文庫

新装版

震える岩

霊験お初捕物控

宮部みゆき

講談社

目次

【新装版】

震える岩

霊験お初捕物控

奇石鳴動の事

享和二年の夏、或人来て語りけるは、此頃《このごろ》田村家の庭に石ありしが、其《その》あたりは人も立《たち》寄《より》ざる事と云々。其所謂《いわれ》を尋しに、往昔元録〔禄〕の頃、浅野内匠頭《たくみのかみ》営中狼藉の罪にて、田村家へ御預《おあずけ》となり、右庭上にて切服〔腹〕の跡へ、大石を置て印とせし由。其頃本家仙台より、「諸侯を庭上にて切服、其礼を失へり」と、暫《しばらく》勘発《かんぱつ》ありし由。当年如何なる訳《わけ》故、右石鳴動せしや、其意は不分《わからず》と。奇談故、爰《ここ》に記しぬ。――『耳袋』（巻の六）

第一章　死人憑《つ》き

一

深川《ふかがわ》は三間町《さんげんちょう》の十間長屋《じっけんながや》で死人憑きの騒ぎが起こったのは、享和《きょうわ》二年（一八〇二）の六月末のころのことだった。死人が生き返って起きあがり、居合わせた人たちを驚かせたのである。

死人の名は吉次《きちじ》、数えで四十になったところの、ろうそくの流れ買いを生業《なりわい》にしている、ごくおとなしい男だった。長屋の住人たちのあいだでは、もっぱらやもめの吉さんと呼ばれていた。惚れあっていっしょになったおゆうという女房を十年前に亡くして以来、彼が独り身を通していたからである。

三間町の十間長屋は、細い路地をはさんで北森《きたもり》下町に面し、背中に五間堀を背負った町屋の一角の、そのまたいちばん奥まったところにあった。日当たりはよくないし、堀のほうからじめついた風が吹き込んでくるしで、口の悪い連中には「貧乏神も嫌がって出ていくぜ」などと言われるほどの貧相なところだったが、吉次はこの長屋のなかでも最悪の、共同の厠のすぐ脇にある四畳半ほどの住まいに、もう十年以上も住み着いていた。ぺらぺらの壁一枚を隔てた隣に暮らしている手間大工《てまだいく》の竹蔵《たけぞう》とおくまの夫婦も、古くからこの長屋に住んでいて、どうかすると、ここの住人たちの暮らしぶりについて、差配《さはい》よりもよく知っているくらいだったが（とりわけおくまは、向こう三軒両隣の家の店賃の溜《た》め具合などはむろんのこと、夫婦もののところに生まれた赤ん坊がいつごろ仕込まれたかということまでちゃんとつかんでいたりする）、その彼らでさえ、もの静かで道楽ひとつ持つことのないこの隣人の日々の暮らしのなかに、これといって変わった事柄を見つけることができないというほど、吉次は目立たない男だった。

「まるっきりね、あんた、紙にかいて壁に張ってある絵みたいな人だよ、吉さんは」

おくまは、噂話に吉次の名前が出てくると、きまってそんなふうに言ったものだ。

「紙にかいてさ、こう、ごはんつぶをつぶして壁にはっつけてさ、そんでもって風にひらひらしてるだけってなもんだよ。うちに帰ってきたって、ことりと音もたてやしないんだからね」

たしかにそれはそうだよと、ほかの女房たちもてんでに頷《うなず》く。ひとりだけ、

「あんたんとこがうるさすぎるんで、聞こえないだけじゃないのかい」と切り返してきた向かいの女房とは、おくまはいまだに不仲である。

吉次にも、後添《のちぞ》いの話はないでもなかった。世話好きの差配や、吉次が買い集めた蠟を持ち込んでいたろうそく問屋のあるじなどが、何度か話を持ちかけたことがあるのだ。だが、そのたびに彼は、

「おれにはおゆうって女房がいるから」

と、亡妻の名をあげて、どこまでも穏やかに、だがきっぱりと断ってしまっていたのだった。

「それだよ。それがいけない。おまえがいつまでもそうやって独りで寂しい暮らしをしていたら、誰よりもそのおゆうさんが悲しむとは思わないかね」

差配がひと膝乗り出してそう言ったときも、吉次はにこりと歯を見せて笑い、

「寂しいなんて思ったことはねえですよ、差配さん。おゆうがいるんだから」

と、彼の住まいにある唯一の家具らしい家具である粗末な物入れの上に、いつも埃《ほこり》ひとつつかないようにきれいに磨いて飾ってあるおゆうの位牌のほうを振り返ってみせた。これで差配はさじを投げた。

ただ、あれの気持ちもわからないではないと、差配にも思うところはあった。吉次の亡妻のおゆうは、お産のために命を落としたのだった。赤ん坊も、おゆうも、両方

助からなかったのだ。取り上げ婆の言うことには、逆子だったうえに、臍《へそ》の緒が赤ん坊の首にからんでいたのだということだった。

そんなにも酷いかたちで、吉次はいちどきにふたつの幸せをもぎとられてしまった。しかも、その責任の一端が彼にないとは言えない。おゆうを孕《はら》ませたのは彼なのだから。

だから吉次は、頭に灸《きゅう》をすえられた亀の子のように、首をひっこめたまま自分のなかに閉じ籠《こ》もってしまっている。それもいたしかたないことであるかもしれない。一度火傷《やけど》をした子供が、どれほど手のつけようのない阿呆《あほう》でも——うちのしょうもない孫はべつとして、と、差配は渋々思った——煮えたぎる薬缶《やかん》のうえに、二度と手を差し伸べようとしないのと同じだ。

そういう次第で、吉次は静かに暮らしていた。おゆうが亡くなって以来、彼が声をたてて笑うところを見聞きした者はひとりもいない。朝はお天道さまといっしょに起きて、そそくさと朝飯をすませ、明六ツにはもう家を出てゆく。ろうそくの流れ買いという商売は、ある程度の縄張りのようなものはあるものの、やはり早く、広く、まめに足を運んだものの勝ちである。それに、当時のろうそくは高級品であったから、とても一般の家庭で使えるようなものではなかった。だからこそ、流れ買いが商売になるのだが、自然と、大店や料理屋、中小の武家屋敷などを廻《まわ》り歩くことになるので、乱暴な気性《きしよう》の男にはとうてい勤まらない。その点でも、寡黙《かもく》で腰の低い吉次は実にうってつけだった。武張《ぶば》っていることで名の知れたお先手組の旗本の屋敷などにも出入りして、いいお得意をつかんでいた。

隣のおくまは、毎朝明六ツの鐘とともに、表の障子を静かに開けて、腰に風呂敷包みをくくりつけ、小さな秤《はかり》をしょって、頭をこぎれいな手ぬぐいで包み、商いに出かけてゆく吉次の姿を、もう数え切れないほど何度も見かけてきた。たとえ鐘の鳴らない日があっても、吉次の家の障子がするりと開けば、それが明六ツだと言っていいほどに、彼の毎朝の行動は、はかったように正確だった。時折、おくまのほうは夫婦で大酒をくらって、陽の高くなるまでそろって沈没しているようなことがあったが、そういうときでも、するりと開けられる隣の障子の音は、彼女の酒で濁った夢のなかに聞こえてきた。

ところが、六月末のその日の朝は、障子の開けられる音が聞こえなかった。

おくまは、最初のうち、自分が聞き落としたのかと思った。薄べったい夜着から抜け出すとき、大きなくさめをしたので、その音にまぎれてしまったのかと思った。

（それにしてもさ……）

障子を開け閉めして、そのあと、どぶ板を踏んで長屋の門のほうへと歩いてゆく、吉次の足音も耳にすることができなかったというのはどういうことだろう。

おくまとて、いつもいつも気をつけて障子の音や吉次の足音を聞いているわけではない。毎朝、それらの物音は、彼女が起きて、夏でも冬でも、まず土間《どま》へ降りて水を一杯くんで飲む——大酒飲みの亭主の習慣が、彼女にもすっかりうつってしまった——そのあいだに、彼女の頭の片隅を、彼女がそれと気づかぬうちによぎってゆくものだった。それは聞こえていながら聞こえていない。おくま自身の呼吸の音と同じだ。

だからこそ、おくまは、それが本当に聞こえなかったとき、すぐに気がついた。妙だなと、すぐにわかったのだ。

(吉さん、ぐあいでも悪いのかね)

竹蔵とのあいだにできたひとり子は、騒々しいことと朝寝が好きなことが父親そっくりの「どうしようもないごくつぶし」だと彼女は思っているが、ひとつだけ、竹蔵と違うところがあった。彼女が怒鳴りつければすぐに言うことをきく、というところだ。おくまにとって、亭主とは怒鳴ると布団をかぶって寝てしまうものであり、子供とは、怒鳴ると何をさておいても「おっかさん、なあに」とすっ飛んでくるものであった。

だから、彼女はそのようにした。朝寝の気持ちのいいところを怒鳴られた息子は、寝ぼけまなこで、半分脱げかかったよれよれの寝間着をひきずるようにして、となりの吉おじさんの様子を見にいった。おくまは両手を腰に、まだ竈《かまど》に火をいれることさえせずに、じっと土間に立ったまま待っていた。胸のうちに、芋《いも》を食べ過ぎたときのような、なんとも心地の悪いものがつっかえていた。

「吉おじちゃん、おじちゃん」

息子が呼んでいる。障子をがたがたいわせている音が聞こえてくる。

開かないのだろうかと、おくまは思った。なんと、やもめの吉さんが寝過ごしているのだろうか。

「おっかさん、しんばり棒がかってあるよ」頭の横っちょをかきながら、戻ってきた息子がそう言った。

「呼んでも返事がないのかい」

「うん」

「なかで唸《うな》ってるような声が聞こえないかい？」

「吉おじちゃんはどっか悪いの？」

おくまは息子を脇にどけると、急いで隣へ向かった。大柄で大股の彼女の足なら、ほんの二、三歩という距離だ。だが、その短い間に、心の臓が十ばかり打ったような気がした。

「吉さん」

おくまは声を張り上げた。

「もう朝だよ。今日は出かけないのかね。吉さん、おくまだよ」

二度ばかり声を張り上げると、吉次より先に、向かいや斜向かいの連中がみな聞きつけて、顔をのぞかせ始めた。おい誰が死んだんだ？　誰が夜逃げをやらかしたんだ？

おくまはもう一度呼びかけ、それから、何か言いたそうな顔をしている近所の連中に背中を向けて、急いで亭主の枕元に走った。

「あんた、やもめの吉さんがおかしいよ。おきてこないんだよ」

おくまはこのとき、口を半開きにして寝入っている竹蔵に、大きな声を出しはしなかった。出せなかったのだ。なぜかしら、胸の芯が冷えるような心地がした。

「あんた」

ひと声呼んで、おくまは亭主のはげ頭の下からくくり枕を取り上げた。それでようやく、竹蔵は目を開いた。おくまはすぐに言った。「吉さんの様子がおかしいんだよ」

あとになって竹蔵には、あのときのてめえの様子のほうがよっぽどおかしかったぜと言われたものだ。それほどに、おくまは不安だった。

竹蔵は、口をもぐもぐさせながら起きあがり、さきほどの息子と同じように脱げかかった寝間着を肩の上に引きずり上げながら外へ出ていった。吉次の家の前には、様子を見に出てきたのか、両袖に手を隠して肩をすぼめた向かいの女房が、妙に寒そうな顔をして立っていた。

おくまは言った。「呼んでも返事がないんだよ」

「吉さんが朝寝とはねえ」向かいの女房は首をかしげ、にやりと笑った。「ようやく女でもできたんじゃないかい」

「それもそうかもしれねえ」と、竹蔵がおくまを振り向いた。だがおくまは激しく首を横に振った。

「そんなのとはちがうよ」

「なんでわかるんだい」

「わかるからわかるんだ」からだの内側でどんどんふくらんでゆく悪い予感が、おくまを短気にした。

「なんでもいいから、早く戸を開けなよ、このとんちき」

おお、怖い、と向かいの女房が笑う。竹蔵は渋々ながら前に進み出ると、障子をちょっとゆさぶり、開かないことを見てとると、雨やあぶらの汚れで黄色くなった障子紙を、無造作に破ってみせた。そうして手を突っ込み、しんばり棒をはずした。

戸が開いたとき、不意に、しかも、何十年かぶりに、おくまは、水飲み百姓の子として生まれ育った信州《しんしゅう》の片田舎で、一度だけ氷室をのぞいたときのことを思い出した。土で塗り固められた厚い壁の向こうの闇のなかに、むしろで幾重《いくえ》にも覆われた氷がおさめてあった。だから氷そのものを目にすることはできなかったが、ひいやりとした冷気を感じることはできた。それは、びっしょりと濡れた、それでいて羽根のように軽い着物の袖《そで》で、すうと撫《な》でられるような心地だった。

六月の末といえば、夏の盛りだ。一日じゅう蒸し暑く、明け方もそうそう涼しいわけではない。だが、そのとき吉次の狭い家のなかにこもっていたのは、明らかに冷気と呼べるものだった。そこだけいっぺんに真冬に戻ってしまったかのようだった。

吉次は、四つ敷いてある畳のいちばん奥のところに、壁にくっつけるようにして床をのべていた。頭の脇の、彼が見あげればすぐに目に入るところに、位牌が乗せてある。そうやって、おゆうの位牌と寝物語をしていたのかもしれない。

彼の住まいのなかをのぞいたのはこれが初めてのことだったが、おくまは、自分のところのとおっつかっつの古さの畳が、ささくれひとつなくきれいにしてあることに気がついた。こんなときにそんな細かいことに目がいくなんてどうかしていると思いながらも、ちゃんとそういうことを見ていた。おそらく吉次は、畳がすりきれてけばがたつと、きちんと切ってならし、切ってならししているのだろう……

吉次は薄い布団の上に仰向けになって、両手を頭の脇に投げ出していた。うんと伸びをして、そのままばたりと倒れたような格好だった。洗いざらしてぼろぼろの麻の夜着が腹のあたりまでずり下がり、はだけた寝間着のあいだから、あばら骨の浮いた痩せた胸がのぞいていた。

おそるおそる近寄って声をかけてみても、返事はなかった。竹蔵がそっと、剝《む》きだしの胸にごつい手をおいてみた。それから、ほんの少しかすれた声で言った。

「こりゃいけねえ。もう冷てえよ」

やもめの吉次は、天井を向いたまま、なにかひどく驚かされたときのように、両目を大きく見開いて死んでいたのだった。

一応は変死ということになるのだが、あまり厄介《やっかい》なことにならずに済んだのは、ひとつには吉次がもめ事ひとつ起こしたことのないおとなしい男であったことと、ふたつめには、差配が日ごろからうまく金を使っていたからだった。本来なら検使願《けんしねがい》を出してしかるべく処理しなければならないところなのだが、知らせを聞いた差配は、すぐに、懇意にしている町医者と、深川のこのあたりを仕切っている辰三《たつぞう》という岡っ引きのところへと使いをやった。岡っ引きのほうが先にやってきて、ひとわたり死人や家のなかの様子を見終えたところに、医者が駆けつけた。吉次の脈をとり、目のなかをのぞきこみ、こぶしで軽く胸をたたき耳をつけて音を聞き、しばらくのあいだ岡っ引きと二人でひそひそと話をしていたが、やがて言った。

「これまで病《やまい》らしい病にかかったことのない者でも、まれにこういうことがあるのだが、眠っているあいだに心の臓が止まってしまったのだろうな」

差配は目をむいた。「そんなことがあるんでございますかね」

「私もこれまでに二、三人しか診《み》たことがないが、あることはある。とくに、今ごろや、秋口などにな」

「年寄りでもないのに」

「若い者でも、身体が芯から弱っていると、そういうことが起こる」

町医者は言って、ちらと辰三の横顔を見た。彼は言葉のあとを引き取って、

「俺の見立てでも、怪しいところはねえ。部屋のなかもきちんと片付いたままだし、身体に妙な痕《あと》や傷もねえ。吉次は棒杭みたようなまっすぐな男だったから、人に恨まれてどうこうされることがあるとは思えねえし……ここは先生の言うとおり、急な病で死んだということでおさめてかまわねえだろうよ」

差配はほっと両肩をおろした。「それはありがとうございました」

こういうとき、妙な難癖をつけられないよう、足廻りよく動いてもらえるように、日ごろから親分には何かと付け届けを欠かさないようにしてきた。それが利いた。つまり、金の使い方がよかったというわけだ。

お許しが出たので、早速、通夜と葬式の手配が始まった。貧乏長屋のことだから、

これというほどのことができるわけもないが、仏さんがちゃんと行くところへ行けるように、少しは心配りをしてやらないといけない。おくまを始め長屋の連中は、金はないけれど気持ちはあるし、差配も気持ち程度には金を出すだけの心があった。

死骸を清め、寝間着を替え、竹蔵がおっかなびっくり髭《ひげ》をあたってやると、吉次はこざっぱりとした死に顔になった。まぶたは町医者が閉じてくれたので、もう驚いたような顔もしていない。白い布を顔にかけ、胸の上で手を組み合わせて寝かせると、どこから見ても立派な死人にまちがいない。

枕経を読んでくれる坊様をどこから呼ぼうかと、皆で頭を寄せて相談したが、先立つもののことを考えると、なかなか話がまとまらない。とにかく、夕方までにはなんとかしなくてはならないと、安く引き受けてくれそうなところに心当たりのある者が、それぞれあたってみることにして、次には吉次の身寄りへの知らせをどうするかである。どこまでも無口だった彼は、身の上話のようなことなど、誰にも語ったことがなかった。どこへ報せてやればいいのか、おゆうの亡くなったときはどうだったかなどと、やいのやいのと言い合っているうちに、どんどん時はすぎてゆく。

いつもなら、そういうなかに割り込んで声を張りあげているはずのおくまは、今ひとつ元気を欠いて、ずっと離れていた。吉次の部屋のなかを掃除したり、細かな片付けものをしたりして、自分の家と吉次の家のあいだを、大股に行ったりきたりしていた。

そのあいだじゅう、どうにも寒気がして仕方がなかった。動き回れば汗をかくのに、背中だけがぞくぞくと冷たいのだ。

何はなくても、通夜のあとのお清めの酒ぐらいは用意しておかねばならない。幸い、吉次をひいきにしていてくれた日本橋のろうそく問屋のお内儀《かみ》が気の利いた人で、すぐにそちらのほうの算段をしてくれたので、貧乏所帯ばかりが集まった長屋の面々としては、大いにほっとしたことだった。大店のお内儀にも、気のいい人はいるものだとおくまは思ったものである。

死人の枕元に逆さ屏風《びょうぶ》を立てようにも、そもそもこの長屋の所帯には、どこを探しても、屏風というもの自体がひとつもなかった。すると差配が、いったいいつごろ買ったのか見当もつかないような古いものを貸してくれた。縁が黒色で、黄ばんだ埃っぽい紙が張られているだけのものだから、どっちが上でどっちが下だかはっきりしない。あんた頼むよと任されたおくまも、これじゃあやりようがないと、さんざん首をひねった。静かに横たわる吉次の頭のところで、膝立ちになってああでもないこうでもないとひねくりまわして、ふと死人のほうに目をやると、

(あらいやだ、気のせいだよ)

吉次の顔にかけた白い布が、心持ちずれているような気がする。

しばらくのあいだ、おくまはじっと息をとめて、吉次の顔のあるところを見つめた。白い布は、もちろんぴくりとも動かない。腹の上で組んだ指も、胸の上に乗せてある魔除けの刃物も。

あまりにも急に吉次が死んでしまったので、まだ本当のこととは思えない。だから、妙な心持ちがするのだ。おくまは自分にそう言い聞かせた。

(だけど……)

気のせいか——気のせいにきまっているが——また、あの冷たい空気に取り囲まれたような感じがしてきた。指先が冷える。首筋が冷たい。

屛風の上下など、急にどうでもいいことのように思えてきた。それでいて、それをちゃんとしておかないといけないような気もする。おくまは気を入れて背中をのばし、しゃんと座りなおすと、なるべく屛風のきれいなところが見えるように気をつけながら、それを死人の頭の上に据えた。

そして、また、何かに引っ張られるような心地で吉次のほうに目をやると——

今度は指が緩んでいるように見えた。さっきまではきっちりと組み合わせていたはずなのに、今はそれが緩んで、手と手のあいだに透き間ができている。剃刀の位置も、少し脇のほうへずれたようだ。吉次が身体を動かしたので、胸の上から滑って動いたというように。

死人に、魔物が憑く。その考えが、おくまの頭をよぎって消えた。

死人憑きだ。魂の抜けた死人の身体に、魔物が入りこんで悪さをする。だから魔除けの刃物を置くんだ。でも、ときにはそれが効かないこともあって――

（あたしときたら、何を考えてるんだろう。いいかげんにおしよ）

強く自分に言い聞かせ、おくまが立ち上がったそのとき。

「うう」

低い唸り声がして、いきなり吉次が半身を起こした。剃刀が薄い布団の上に落ち、顔を覆っていた白い布がひらりと舞い上がった。

おくまの頭の毛が逆立った。彼女は声も出せず、跳ねるように起き上がった死人とまともに顔を突き合わせた。

吉次は、今また両目をかっと見開いていた。白目のところが赤くなり、瞳がどろんと濁《にご》っている。だがそれでもまぶたは開いていた。おくまが目をむいて見守るうちに、死人の乾いて縁が白くなっているくちびるがびくびくと動き、ふたつに割れ、そのあいだからかすれた声がこう呼んだ。

「……りえ」

おくまの目の前が真っ白になった。そのまま横ざまに倒れてしまいそうになったが、頑丈な身体がぐらりと傾き、尻が畳にどすんと落ちると、その音と振動で、彼女の頭も我に返った。

おくまは喉いっぱいに叫び声をあげ、裸足で表へ飛び出した。

「死人憑きだぁ！　吉さんが死人憑きに憑かれたあぁ！」

その声に驚いて飛んできた差配たちの前で、おくまはくたくたと地べたにへたりこんだ。

二

江戸南町奉行所《みなみまちぶぎょうしょ》は、数寄屋橋御門《すきやばしごもん》のそばにある。役宅なので、奉行は妻子と共に奉行所の建物内の奥に暮らしている。

享和二年の七月のはじめ、お堀の水も濃い青色に染まって夏空を映しているころ、この南町奉行所の裏玄関を通って、ひとりの若い娘が、奥向きの奉行の私邸のほうへと入っていった。裏玄関は、このなかで働いている女中たちなども出入りする場所ではあるが、この娘はそういう立場の者ではない。それにしては気楽そうな足取りで、勝手知ったるといわんばかり、ためらう様子も見えない。

娘がおとないを入れて、現れた女中に挨拶をすると、女中のほうも委細承知というてきぱきとした態度で、すぐと娘の先にたって廊下を歩き始めた。廊下の角をひとつ折れ、ふたつ折れ、娘のほうが少しうしろに下がって歩きながら、二人は、ごく気さくな口調で、今朝はまたずいぶんと蒸し暑い、などと話をした。

まもなく、娘は小さな座敷に通され、そこで少し待つようにと言われて、膝をそろえて正座をした。女中のほうは娘を残して一度座敷を出る。きちんと唐紙を閉めてゆく。

まだようやく六ツ半（午前七時）になろうかというころであるし、今月は北の月番《つきばん》なので、南町奉行所は大門も開けていない。近くからも遠くからも、人の声、しわぶきひとつ聞こえてこない静かな座敷のなかで、娘はきちんと膝に手をのせて正座をしている。小柄でふっくらとした丸顔、肌は白いが、近づいてよく見るならば、鼻のまわりにぽつぽつとそばかすが散っていることがわかるだろう。少し下がり気味の目尻の愛らしい顔だちだが、くっきりとした線を描く小さなくちびるをきちんと結んだ口元の線など、なかなかどうして勝ち気そうにも見える。

先ほどの女中が戻ってきて、娘を促し、二人はそろって座敷を出た。大きな座敷の隣に小さな座敷、そこを通り抜けるとまた廊下と、入り組んだ造りの役宅のなかを、女中は足音もたてずにすいすいと抜けてゆく。一歩さがってあとに続く娘は、前をゆく女中の、ちらちらと白く見える足袋《たび》の底に目をやり、急に何か思い出したような顔になってちょっと足を止めると、立ったまま素早く右足をひょいと跳ねあげて自分の足袋の裏を見た。しまったというような表情が、その小さな顔の上をちょっとかすめる。が、すぐに何事もなかったかのような顔に戻り、女中のあとに続いた。

今度女中が足を止めたのは、先ほどと同じような唐紙の前で、二人はその前できちんと正座をすると、女中が唐紙の向こうに声をかけた。

「お連れいたしました」

「入りなさい」と、男の声が応《こた》えて言った。少ししわがれた、充分に年齢を感じさせる声であった。

女中は唐紙を少し開けてうしろに下がり、娘は前に進み出て、廊下のところで両手をついて頭を下げると、

「おはようございます」と挨拶をした。いかにもあの勝ち気そうな口元から漏れ出るにふさわしい、よく通る声だ。

「おはよう」

座敷の向こう側の、縁側を兼ねた幅の広い廊下の端に、こちらに半ば背中を向けて腰をおろしていた老人が、娘に顔を向けてそう応えた。着流し姿で、傍らには華奢《きゃしゃ》なつくりの竹籠がひとつ置いてある。上等なその竹籠のなかには、めじろならぬ雀《すずめ》が一羽、小さな羽と足でちょんちょんと、行ったりきたりしている。老人は、猪口《ちょこ》のようなものと、長い箸を一本手にしていた。餌をやっていたものであるらしい。

「なかへお入り。こちらに来るといい」と、老人は娘を呼んだ。「十日ほど前、庭先に雀が落ちてきての。鳶《とび》にでも追われたらしく、翼が折れていたのだが、すっかりよくなって、餌もよく食べる。そのうち、また放してやることができそうだ」

「それはようございました」

娘はにっこりほほ笑んで、中腰の姿勢を保ったまま、しとやかな仕種で座敷のなかに入った。女中はさがっていったが、娘はまだ唐紙のすぐそばにいて、またきっちりと正座をしていた。

「そうかしこまることはないぞ、お初《はつ》」

笑みを浮かべて、老人は娘に呼びかけた。「なに、足袋の裏に穴があいていようと、気にするな。何も見なかったことにしておくからの」

とたんに、娘の顔がほうっと緩《ゆる》んだ。

「繕《つくろ》うのを忘れてたのを、それまた忘れて履いてきてしまいました」

季節がら、うちのなかでは裸足でいるものだから、ついついうっかりしてしまったのだ。さすがに舌こそちょろりと出さなかったものの、娘は吹き出した。

「本当に――」

遠慮のない、うちとけた笑顔になって、お初と呼ばれた娘は笑った。

「御前《ごぜん》様の目からは、何も隠すことができないんですね」

「そのとおり」

御前様と呼ばれた老人——南町奉行根岸肥前守鎮衛《ねぎしひぜんのかみやすもり》は、娘の笑顔をまぶしそうに見つめ、和《なご》やかな声音《こわね》のまま、問いかけた。

「それで、何があったのだな？」

四半刻ほどのち——

「死人憑きとはな……」

お初は、雀の籠をはさんで老奉行のすぐ脇に座り、ここまでの話を語っていた。先ほどの女中——役宅のほうにおうかがいするようになってからずっと、お初を迎えて取り次いでくれている女中頭で、名前は松《まつ》というと、つい先ごろ知ったところだ——が、麦湯を持ってきてくれたきり、奉行の居間であるこの座敷のなかに、ずっと二人きりである。傍目《はため》には、祖父と孫娘とが縁側で仲良く語らっているように見えるかもしれない。

「この話を聞きこんできたのは、うちの文《ふみ》さん——いえ、文吉《ふみきち》という者なんですが」

お初があわてて言い直すと、奉行は独り言のように呟いた。

「文吉は少しは酒を控えるようになったかの。あのままではお美代《みよ》に愛想をつかされてしまうだろうに」

お初は驚いた。どうしてまた御前さまが、六蔵《ろくぞう》兄さんの使っている下っぴきの一人で、これまで一度も顔を見たことさえない文さんのことをよくご存じなんだろう。あまつさえ、文さんと恋仲の、それでいていつも喧嘩ばかりしているお美代さんのことまで。

彼女の驚きをよそに、奉行は続けた。

「この死人憑きの話も、酒のついでに拾ってきた話なのではないかな?」

「そうなんです。さっきの話に出てくる、三間町のあたりを縄張りにしている岡っ引きの辰三親分は、六蔵兄さんとも古いつきあいの間柄なものですから」

自然と、下っぴき同士のあいだにも行き来があって、始終、話のやりとりをしている。死人憑きの吉次の件も、そういう次第で文吉が聞きこんできたものであった。

「六蔵兄さんが話を聞いて、こいつはおまえ向きだなんて、すぐにわたしに伝えてくれました」

お初は言って、籠のなかでちょこんと首をかしげている雀のほうに視線を落とした。

「珍しいお話ですから、そのときにもすぐ、御前さまにお知らせにあがろうと思いました。それで――」

文吉をつかまえてさらに詳しく聞き出してみると、

「その吉次という人は、いきなり起き上がって長屋の人たちをびっくりさせたあと、まもなくすっかり生き返って、前と少しも変わった様子もなくて、また元気に商いをしているというんです。朝早くから夜遅くまで、真面目に働いている、と。そうするとこれは、死人憑きではございませんでしょう、御前さま」

奉行は、怪談話に興じているというよりも、難しい吟味《ぎんみ》をしているときのような顔つきでうなずいた。

「死人憑きというのは、私の知っているかぎりでは、魂の抜けた亡きがらに入りこんで悪さをする魔物で、暴れたり物を食べたり酒を飲んだり、はては女子供にいたずらをするなど、悪さのかぎりをしつくして、亡きがらがいたんでくると、どこへともなく抜け出してゆくものだというからの。吉次が元どおりのまともな人間になったのなら、それは死人憑きではなく、ただ、少しのあいだ心の臓と息が停まって、死んだようになっていたというだけのものだったのだろう」

お初はうなずいた。「三間町の長屋の人たちも、まだ早桶にも入れないうちに生き返ってくれて本当によかったって言ってるそうです。吉次という人は、とても人柄がよくて、近所の人たちからも好かれていたようですから」

最初に話を聞いたとき、お初もまた、文吉に、ちょうど今、奉行が言ったようなことを話してきかせた。大酒飲み特有の赤びかりする鼻の頭をこすりながら聞いていた文吉は、なあんだという顔をして、

「それじゃあこいつは、死人憑きだなんてもののけみたようなものの出番じゃなかったってわけですね。あっしは牛の野郎にだまされた」と、辰三の下っぴきの名前をあげて悔しがった。

「騙したわけじゃないでしょう。そのおくまという人が、とっさに『死人憑きだあ』って叫んでしまったっていうのも、よくわかるもの。文さんだってきっとそうなるわよ。たとえばうちの兄さんが、御臨終の床からむっくり起き上がったりしたらさ」

「ああ恐ええ。あっしにはそれほど恐ええことはほかにありませんや、お嬢さん」

「あたしだってよ」

そんなことを言って笑いあったあと、ふと思い出して付け足したように、文吉はこんなことを言った。「ただね、お嬢さん。そのおくまってかみさんがね、ひとりだけ、どうも様子がおかしいんだそうで」

「様子がおかしいって?」

文吉はこう説明した。「やもめの吉さんが死にそこなってよかったよかったたって、長屋じゅうが喜んでるってのにね、おくまだけは、なんか浮かない顔をしちまって、元どおりになった吉次とも、昔のような行き来をしてないらしいんです。差配が聞いても、とりたててこうこうと訳を話したりはしないようなんですが、なんかこう、ね。まだ気味が悪いんでしょうかねえ」

文吉の話を繰り返して語ったあとで、お初は奉行の顔を見あげた。

「御前さま、その話を聞いて、わたしはなんだか急に気になってきてしまったんです」

「ふむ」うなずいて、奉行は言った。「それで、おまえのことだから、三間町まで行ってみたというのではないかな？」

まさにそのとおりで、お初は三間町まで足を運んでみたのである。それがつい昨日のことだ。

「一度死んで生き返る前と同じように、吉次という人は、朝早くから夕方まで働きに出ているというので、陽《ひ》が暮れるころを選んで行ってみました。幼なじみがこっちのほうに引っ越してきたので探している、というお話をつくって、その幼なじみの名前を吉次にしてみたんですけど、そうすると、長屋の人たちがすぐに、ああそりゃ吉次違いだ、ここに住んでる吉次は、あんたの友達じゃあないよと笑いだしました。『この吉次さんはやもめの吉さんだ。年も四十、貧相な顎《あご》をした、痩せて小さい男だよ』そんな話をしているところに、ちょうど折よく吉次さんが帰ってきたので、ひょいと指さして教えてもらったんです」

お初はここでまた口をつぐんだ。これから言おうとしていることがどうにも突飛に思えてしようがないので、少したためらってしまったのである。

「吉次の顔を見て、おまえはどうしたのだね」

穏やかに促されて、お初はもう一度老奉行の顔を見上げた。

「御前さま、いったん死んで生き返った人が、それまでよりも若返るということはあるものでございますか」

奉行は水鉄砲で水をかけられたかのような顔をした。根岸九郎左衛門鎮衛、この年数えで六十六歳。禄高《ろくだか》百五十俵のさして古い家柄でもない根岸家に、二十二のときに養子として入って家督を相続、それ以後、世人が目を見張るような出世の道を歩んで遂に町奉行になった人であるから、気質は磊落《らいらく》、人柄を見込めばお初のような町娘や浪人者などともこだわりなく付き合い、世情にも通じている。くだけた人柄であることは知られているが、やはり、このような顔は、あまり人に見せるものではない。その証拠に、奉行があまり驚いた顔をしたので、お初のほうが笑い出してしまった。

「申し訳ございません」笑いながら、謝った。「やっぱり、そんなことがあるわけはありませんね。ただ生き返るだけでもめったにないことなんですし」

「いやいや、少し待ちなさい」威厳を取り戻して、奉行は言った。「さて……若返ると言ったな。それはつまり、おまえの目には、吉次の年が若くなったように見えたということかな」

「はい。そのように見えました」笑いをおさめて、お初は言った。「もちろん、わたくしは、それまでの吉次さんの顔も様子も存じてはおりません。ですから、年は四十――という長屋の人たちの言葉をよりどころにして見るしかないんですが、それにしても、そのとき初めて会った吉次という人は、わたくしの目には、せいぜい三十五、六歳ぐらいにしか見えませんでした。それに、身体は痩せていますけれど、背丈は小さいほうじゃありません。背中がしゃんと伸びているので、そのように見えるのかもしれませんけれども。ただ、顔だちは、たしかに、ぱっと人目にたつというふうではありませんし、おとなしい人柄のようには感じられました」

「髪に白髪は」

「わたくしの目についたかぎりでは、見当たらないようでした」

お初は答え、あらためて首をかしげた。

「それでも、人違いということはありません。長屋の人たちは、吉次さんに声をかけて、べつに変わった様子もなしに、挨拶をしたりしてるのです。吉次さんのほうも、愛想よく受け答えしています。あんまり不思議で仕方がなかったので、まわりの人たちに、『吉次さんという人は、お歳より若く見えますね』と言ってみましたら、笑われました」

「笑われたか」

「はい。わたくしの目がどうかしていると」

しばらくのあいだ、庭先や木立のなかで小鳥のさえずる声を聞きながら、お初も、老奉行も黙りこんでいた。やがて、念を押すようなゆっくりとした口調で、奉行が言った。

「しかし、お初、おまえの目には、吉次が若返ったように見える。たしかにそう見える。そうだな？」

お初はくっきりとうなずいた。「はい。そうでございます」

「それをどう思うかの」

「わたくしにはわかりません」首を振って、お初は答えた。「ただ……」

「ただ、何かな」

目元をほんの少し陰らせて口をつぐんだお初に、奉行は尋ねた。

「そのことと、おくまさんの様子が変わってしまったということをあわせると、とても気になります。吉次さんには、やはり何か起こっているのではないかと思うんです」

「さて」奉行は首をかしげた。「死人憑きではないにしても、何かが起こっていると、な」

お初は神妙にうなずいた。

「何か嫌な胸騒ぎを感じるのかの」

「いえ、そこまでのことはございません。ただ、不思議でたまらないものですから」

老奉行は、痩せた腕をふところのところで組んで、また少し考えた。それから、穏やかな声で言った。「すこし様子を探ってみるかの」

元気づいて、お初はぱっと腰を浮かせかけた。「お許しいただけますか？」

「言うまでもあるまい。初めてのことでもないしの」

笑顔になって、奉行は続けた。「それに、私が何も言わなくても、そのつもりでいたのではないか？」

仰せのとおりで、お初はちくりと肩をすくめた。「だって、御前さまの『耳袋《みみぶくろ》』に、またひとつ面白いお話を加えることができますでしょう？」

奉行はほほえんだ。「そうだの。そのためには、またおまえにひと働きしてもらうか」

「おやすい御用でございます」

それではと、せっかちに立ちあがりかけるお初を、呼び止めるように手で制して、奉行は続けた。

「そう急くな、お初。今日は、私のほうでもおまえに用があったのだよ」

「御前さまがわたくしに？」

ひとつうなずいて、身体をひねると、次の間との仕切りになっている唐紙のほうへ顔を向けて、こう呼んだ。

「右京之介《うきょうのすけ》」

それに応えて、誰かが「はい」と声をあげた。続いて、唐紙をつと開く。敷居の向こうに、羽織袴《はおりはかま》の侍が一人、両手をついて平伏しているのが見えた。

お初はおおいに驚いた。初めてこの役宅に呼ばれたとき、座敷から座敷、廊下から廊下へと、女中頭のお松のあとをついて歩きながら、まるでわざとわかりにくく造ってあるようだと思い、それを素朴に尋ねてみたことがある。すると奉行はそれに答え、たしかに、曲者《くせもの》が忍び込んだときのことなどを考えて、複雑な造りにしてあるのだろうと言った。

「だろう、としか言えぬ。私はその必要など感じたことはないからの」

そのとき、お初は笑ってしまい、「でも、そういう備えが要るということは、このお座敷のどこかに武者隠しでもこさえてあって、御前さまがこうしてわたくしとお話をされているときも、そこに人が控えていて、万が一のときに備えているのでございましょうか」

すると奉行も笑い返し、こう答えたものだった。「では、試してみるか」

それ以来お初は、奉行と二人、こうして話をしているときに、ほかにそれを聞いている耳があるなどということを、まったく考えてもみなかった。あんなふうに笑っておっしゃっていたのだもの——と。

老奉行は、次の間の侍に、こちらへ来るようにと命じてから、お初のほうを振り向いて、言葉を続けた。「そう驚いた顔をするものではない。お初、おまえとこの者を引き合わせようと思って、今日は特に呼び寄せておいたのだよ——こら、いい加減で顔をあげんか」

最後の命令は、ぎこちない動作でこちらの座敷に入ってくると、出入口のほうへ下がってまた平伏していた侍に向けて言われたものだった。彼はあわてて頭をあげた。

まだ若い。お初と同じ歳ぐらいのように見える。つるりとした月代《さかやき》。色白の肌。ひよわな身体付き、ことに肩が細くて撫で肩なので、妙に頭が大きく重そうに目立って見える。お初は、この若侍が頭をあげるのと入れ代わりに、さっと両手を畳についてお辞儀をしたが、それは礼儀であるのと同時に、思わず口元に浮かんでしまった笑みを隠すための動作でもあった。

(あのおかた、眼鏡《めがね》をかけていた)

あの若さで目が悪いとは気の毒な。だが、真ん丸な縁の眼鏡を紐《ひも》で頭にくくりつけた顔は、どういうふうに見ても、どうしても——(おかしいったらないわ)

「これ、お初もお辞儀はそのくらいにしておけ」と、奉行が声をかけた。「それでは互いの顔もよく見えぬだろう」

お初はしなしなともう一度深く頭をさげてから、ようやく背中をのばした。若侍と、初めてまともに顔をあわせた。

するとと先方は、うろたえたような目をしてうつむいてしまう。おかしくて、ちょっと目を見張ったお初は、そこではっと気がついて、奉行のほうに向き直った。

「御前さま、今、わたくしとこちらのお侍さまを引き合わせるとおっしゃいましたね」

「いかにも、そう言ったが」

「それはあの……どういうことでございますか？」

とたんに、老奉行は爆笑した。「なにも見合いをさせようというわけではない。案ずるな、お初」

お初は赤面した。だって――

「それは承知いたしておりますけれど」

「ここにおるこの者は、古沢《ふるさわ》右京之介。年はお初よりもひとつ上だ。昨年の春から与《よ》力《りき》見習に出てな。今もまだ、無足《むそく》見習の身分だ」

無足とは無給という意味である。与力の身分は一代限りのお抱えだが、これは建前上のことで、実際には世襲に近く、親のあとを息子が継いでゆく。おかみの御用を承ってそろそろ二十年になんなんとする岡っ引きの六蔵を兄に持つお初は、町方与力について、その程度の知識は持っていた。だから、急いで頭をめぐらせた。古沢、古沢――

思い出すと同時に声が出た。「ま、じゃああの赤鬼の古沢さまだ」

言ってしまってから、両手を口にあてたがもう遅い。出てしまった言葉を追いかけてつかまえるわけにもいかない。

両手を膝に端座していた古沢右京之介は、面と向かって父のあだ名を呼ばれ、そのあだ名のとおりに自分も真っ赤になった。

「はい、私の父は古沢武左衛門重正《ぶざえもんしげまさ》、吟味方《ぎんみかた》与力をお勤め申しております」

堅苦しい口調で言われなくても、お初はよく知っている。

吟味方というのは、町方与力の職務のなかでも花形である。犯罪の捜査や刑事・民事事件に関わる取り調べや刑の執行など、一切を司《つかさど》る。古沢武左衛門はそのなかでも腕利きと評判の人で、読売りの瓦版《かわらばん》などにまで名前を取りあげられたことがある。ただ、天は二物をなんとやらで、容貌のほうはちといただけないということでも知られていた。お初の兄の六蔵がその手札を受けている定町廻り同心の石部正四郎《いしべせいしろう》など、一度お初が古沢さまはどんなかたですかとせがんで尋ねたとき、

「古沢さまか。ああ、あの人なら、漬物石が酒を飲んで赤くなったような顔だ」などと言ったくらいだ。そして事実、古沢武左衛門の通り名は、赤鬼だというのである。

「奉行所の者ならみなそう呼んでいる。奥向きの女中まで知っているぞ。有名なことだ」

古沢武左衛門はほとんど酒を嗜《たしな》まず、顔の色が赤いのは、どうやら生まれついてのものであるらしい。彼の吟味の厳しいことは有名だが、短気で激しやすいというわけではない。そういう点でも、赤ら顔であることで損をしているようだという噂は耳にしたことがあった。

武左衛門はまた、直心《じきしん》影流の遣い手でもあるそうで、吟味方与力ではそう頻繁に剣をふるう必要などないが、お役目繁多のあいだを縫って道場にも出かけてゆくという話だ。そもそも古沢の家そのものが、ごつごつに武張ったところなのである。

その古沢家の、武左衛門の跡を継ぐべき嫡男《ちゃくなん》が、これはまたどうしたことか、親父殿とはまったく違う優男《やさおとこ》――と言えば聞こえがいいが、なんだか立ち枯れした胡瓜《きゅうり》のような頼りのない若者である。お初は本当にびっくりしていた。

「それでその……」思わず、言うことがしどろもどろになってしまう。「御前さまは、こちらの古沢さまをどうしろとおっしゃいますのでしょうか」

随分と失礼なもの言いなのだが、驚きの渦中にいるお初は自分の口が滑ったことに気づいていないし、奉行もそれを咎《とが》めない。右京之介のほうも、お初の身分について何か言い含められているのか、静かに黙しているままだ。

「どうしろこうしろと言っているわけではないが」

「はあ」

「この右京之介に、少しばかり、おまえと一緒に町方の探索をやってもらってみてはどうかと思ったのでな」

「は？」

「そう間の抜けた合いの手ばかり入れるものではないぞ。一緒に探索をせいと申しているのだ」

「わたくしが」

「そのとおり」

「こちらの古沢右京之介さまと」

「しつこいぞ、お初」

口元は真面目に、目尻のあたりだけで笑いながら、奉行は言った。

「詳しいことは、二人で道々相談しあって決めるがよい。私はそろそろ出仕せねばならん時刻だ。よいな？」

という次第で、ことは始まったのである。

三

お初と共に町中を歩くには、やはりこのほうが具合がよかろうと、右京之介は、定町廻り同心と同じ出で立ちで現れた。三つ紋の黒羽織、十手《じって》に長脇差《ながわきざし》。それでも、風采《ふうさい》のあがらないことは変わらない。帯のあいだにねじこんだ十手の座りが悪くて、なんだか歩きにくそうだ。

ちょっとのあいだ、お初は呆れた。定町廻りは、ほどよく年期を積み、活気にあふれた三十代から四十代の働き盛りの同心が勤めるものだ。どこをどうひっくり返したって、右京之介のような青二才の定町廻りがいるわけがない。八丁堀《はっちょうぼり》の旦那はそこで顔が売れており、新顔が来ればすぐに評判になるから、これではかえって悪いほうに目立ってしまう。右京之介がお初と一緒に歩くのに、わざわざこの出で立ちを選んできたというのは、この与力見習いの若者が、そのくらいのことも知っていないという証拠だ。

(まあ、いいか)と、お初は思った。ここでくどくど言わなくても、半町も歩けばすぐにわかることだ。

老奉行の言った「道々相談せい」という言葉の意味については、二人して南町奉行所をあとに、日本橋通町《にほんばしとおりちょう》のお初の住まいのほうへと足を向けたころ、右京之介がぼちぼちと説明を始めた。

「少し奉行所から外に出て、町中のことに詳しくなるといいとの仰せなのです。それには、お初どのや六蔵どのに頼るのがいちばんだとも申されました」

つまり、お初の兄で、通町一帯を仕切っている岡っ引きの六蔵に、この古沢右京之介を引き合わせてくれ、細かいことは任せるのでよしなに頼むぞ、ということだったわけだ。

「それは、御前さまがじきじきに古沢さまにそうおっしゃったのですか?」並んで歩きながら、お初は問うた。「そうして、それには、わたしと一緒に探索をしてみるとよいと」

「いいえ、父はこのことを知りません」

堅苦しい口調で、右京之介は言った。

「ということは、このことは御前さまと古沢さまのあいだだけのお取り決めなのですね?」

重ねた問いに、右京之介は焦れたように首を振った。「いいえ、ですから違うのですよ。父はこのことは――」

言いさして、彼はやっとこの堂々めぐりの原因を理解したようだ。

「お初どのの言っておられる『古沢さま』というのは、私の父のことではなく、私のことなのですね？」

あたりまえじゃないのと思いながら、お初はうなずいた。「はい」

「ああ、そうか」眼鏡の紐に触れ、その掛け具合を直しながら、心持ち顔を紅潮させて、右京之介は言った。「そうか、私のことなのですね。それなら、そう、いかにも、今度のことは私とお奉行のあいだだけで取り決められたことです」

変なおひとだこと、という感想を押し隠して、お初はきいてみた。「今どうしてわたくしがお父上の古沢さまのことをさして呼んでいるとお思いになられたのです？」

今は見習とはいえ、身分の上では同心たちよりも上役なのだし、奉行所のなかにいれば、毎日何度でも「古沢さま」と呼ばれる機会があるだろう。それとも、父親とまぎらわしいので、何か格別の呼称でもつけられているのだろうか。

だが、右京之介はちょっと目を伏せ、今なおしたばかりの眼鏡の向きをまたかえようとするように手を添えながら、言い訳めいた口調で言った。「それは、私のことは、なんでも父が決めるからです。私は、その――」途中で口をつぐんで、

「いや、いいです。なんでもない」

二人は数寄屋橋御門を渡り、新両替町《しんりょうがえちょう》のほうへと向かっていた。明るい陽差しがさしかけて、町はもう活動を始めている。忙しく行き交う人たちに混じって番屋の前

を通りすぎるとき、それまではのんびりとしていた番人が、黒羽織の右京之介の姿を見て、泡を食ったような顔をしたのがおかしかった。二人が通り過ぎたあとも、しばらく番屋の戸口から顔を出して見送っていたようだ。見慣れない旦那が現れたと、噂になるかもしれない。

「お初どのの兄上の六蔵どのは、これまでに数々の難しい事件を解いてこられたと聞いています」

あい変わらずの真面目な口調で、右京之介が言った。お初は思わず吹き出した。

「とんでもない。六蔵兄さんはなにも解いたりしていませんよ。御用を勤めているだけです。それに、古沢さまが兄やわたしのことをそんなふうにお呼びになることもありません。どうぞお呼び捨てになすってください」

ちょうどそのとき、道の真ん中を、威勢のいい掛け声をかけながら、米俵を山と積み上げた大八車が通り抜けた。お初は道の右端に、右京之介はうろたえながら左端へとよけたので、声が聞こえなかったらしい。車が行ってしまうと、

「今なんと申されました？」と問い返しながら、彼はこちらへやってきた。

このところ雨がなく、道はすっかり乾ききっている。元のように並んでみると、右京之介の黒羽織には、大八車の車輪が舞いあげた、細《やさ》かな土埃がいっぱいにくっついてしまっていた。手をのばしてはたいてあげるのは易しいことだが、重ねて失礼にな

るような気がして、お初は手を出しかねた。ほっとしたことに、右京之介もそのことに気がついたのか、あちこちをぱたぱたとはたき始めた。

(あまり表へ出たことがないのかしら)

右京之介を横目に見ながら、お初は胸のうちで考えた。いったい、見習与力とはどういうことを「見習って」いるのだろう。希望したからと言って、誰も彼もが吟味方になれるわけはないだろうし、お役目はほかにもいろいろあるはずだ。右京之介はどういう仕事をしているのだろう。

町中のことに触れてみるといいというのも、また漠然とした仰せだ。それに、お初には何よりも気になることがある。右京之介が、何をどこまで知っているのかということだ。

「古沢さま」

呼びかけると、彼はようやく埃をたたき落とすのをやめて、こちらへ律儀に顔を向けた。丸眼鏡の奥の細い目が、迷子になった犬のように、しばしばとまたたきを繰り返している。

「古沢さまは、御前さまから、わたしのことをどのようにお聞き及びでいらっしゃいますか」

「ど、どのようにと言うと?」

「わたくしのような町の者が、なんの理由もなく古沢さまのような立派な御身分の方と一緒に働くことができるわけもありません。それをいうなら、わたくしが奉行所の奥向きに出入りしていることそのものがおかしゅうございましょう？　そのあたりのことは、どのように聞いておられるのでございますか」

右京之介がへどもどするので、けっして気の長いほうではないお初の口調は、ついつい尖《とが》り気味になる。今さっきまで、心の底では、（御前さまは知らん顔しておられたけれど、実はこの右京之介さまは見かけによらぬ剣豪で、その腕を見込んでこっそりとわたしを守るようにとよこしてくださったのかもしれない）などと虫のいいことを考えないでもなかったのだが、表通りを歩いていて大八車に轢《ひ》かれそうになっているところをみると、そんな巧い話ではないらしい。この御仁は、見かけどおりの不器用なおひとなのだ。そのつもりでいなければならないと思うだけに、お初もついついぞんざいになる。勝手に期待していたほうが悪いのだが、それを相手のせいにして口を尖らしてみたくなるのは人情――ましてや若い娘のことだから、いたしかたない。

「どうなのでございますか、古沢さま」

おっかぶせて尋ねると、右京之介は、意味もなく行き交う人たちのほうへ目を配り、あたりを憚《はばか》るような顔をする。

「こんな騒がしい通りっぱたでは、何を話しても誰に聞かれる心配もございませんよ」

機先を制してぴしゃりと言ってみると、右京之介はまた狼狽した。「や、や、それはそ、そうだが……」

舌を咬《か》んでしまうのではないかと、見ているほうが心配になってくる。

「古沢さまったら、そんなにおどおどなさらないでくださいな。まったくもう――」

さらに言葉が荒っぽくなってきたが、お初も言い出したら止まらないほうなので、口を閉じていられない。

「お武家さまでしょう。お父上はあんなに凄い、鬼と評判をとっている方じゃありませんか。しっかりなさいまし」

町娘にぴんしゃんとやりこめられている若い同心の姿が面白いのか、通りかかりの人たちがちらちらと目を向けてくる。そのあいだにも、右京之介は、前のほうから空風呂敷を首にかけて突っ走ってきたお使いに行くらしい小僧っ子とぶつかりかけて、たたらを踏んだりしているのが情けない。

「よろしゅうございます。続きのお話はあとにして、急ぎましょう。とりあえずはうちへおいでください」

このおかたとは、大忙しの江戸の町を歩きながら話をするのは無理であるようだ。思い決めて、お初は先に立ち、どんどん歩き始めた。歩いてゆくうちに、御前さまはなんだってこんな人をあたしに押しつけて寄越されたのだろうと、ちょっとむかっ腹も立ってきて、それでまた早足になる。そのお初を、右京之介は急いで追ってくる。二人して駆けっこをしているようになり、中橋広小路《なかはしひろこうじ》のあたりで追いつくと、右京之介は少し息を切らしながら言った。

「私はよく存じています。お初どののことを」

お初はそれを背中で、髷《まげ》のたぼのあたりで聞いた。右京之介の背丈はお初よりわずかに高いだけなので、ちょうどそんなふうに感じられるのだ。

「お初どのには、他人には見えないものが見えたり、聞こえないものが聞こえたりすることがある、と。それが、難しい事件を解く手掛かりになることが何度もあったということも」

ここで、お初は足を止めた。御前さまが、お初のそうした能力のことを、お初が知らないところで人に話していた――それをまともに耳にしたのは、今が初めてのことである。

「本当でございますか？」

振り向きざまにそうきいてみると、右京之介はお初とぶつかりそうになってあわてて飛びのき、うんとうなずいた。

「そして、お初どのとしばらく一緒に働いてみれば、きっと私のためになるだろうとおっしゃって、それで私を貴方に引き合わせてくだすったのです」

なるほど、と、お初はようやく納得した。だが、気持ちのほうは割り切れない。御前さまは、わたしのことを、こんなはっきりしない頼りない軒下につり下げたひょうたんみたいな人にあっさりと打ち明けて……

（本音では何を考えていらしたのかしら）

ひょっとすると、と、右京之介と顔を合わせて以来、初めてはっとして、お初は彼の顔を見た。

「古沢さま、古沢さまも、わたしと同じように他人には見えないものが見えたり聞こえたりすることがあるのでございますか？」

右京之介は、お初にまじまじと見つめられて、眼鏡の奥の目をまたたいた。

「私が？」

「はい、古沢さまが」

「そんなことはない。私には何も——変わったものは見えないし聞こえもしない。なぜそんなことを尋ねるのです？」

お初はがっくり気落ちした。なあんだ。してみると、わたしと同じような力の持ち主を見つけたので引き合わせた、ということでもないらしい。

そうなると、言っては悪いが、この古沢右京之介は、六蔵にとってもお初にとっても、とんでもないお荷物ということになるかもしれない。奉行所のなかだけで面倒みきれないからと言って、それをしもじもに払い下げるとは、御前さまもあんまりななさりようだ。

中橋広小路を通り過ぎると、もう通町の四丁目だ。お初は足を急がせた。

「わかりました。今なら、兄も家にいると思います。わたしは店のほうをみなくちゃなりませんけれど、まずは兄のほうから、これからどういうふうにしていくことがいちばんいいか、お話をさせてくださいまし」

兄の六蔵がおかみの御用を勤める一方で、お初は兄嫁のおよしと二人、「姉妹屋《しまいや》」という一膳飯屋を切り廻している。日本橋のたもとに近い場所柄もあって、年中目の回るほどの忙しさ、気持ちよく繁盛している店だ。お初とて、探索ごとばかりをしているわけではない――というよりも、御前さまとのつながりで、兄と似たようなことをしているときのほうが、ずっとずっと少ないのだ。そのお初に、御前さまはなんでまたこのような手のかかる見習与力さまを付けてよこしたのかしらん――

そのとき。

お初の頭の奥が、ずんと痛んだ。

目と目のあいだから指二本分ほど上にずれた、額の真ん中。ちょうどそこから畳針を頭のなかに突き通したかのように、かっと熱いような痛みが走った。そして、目の前がぼうと霞《かす》み、白い霧のようなものに閉ざされる。通町の幅十間の表通りを満たす、江戸でも一二の賑わいが、急に遠くへと離れ去った。

そういうときのお初は、自分で自分の頭のなかをのぞきこんでいるような心地になる。そこは暗く、手ですくいあげることができそうなほど濃い闇にとざされている。聞こえるはずの音はすべて消えてしまっているのに、なぜかしら、どくん、どくんという低い音だけが響いてくる。それはお初の身体のなかを流れる血が、こめかみのところで脈打つ音だった。

お初は強く目を閉じた。閉じても同じ闇がある。同じ血の流れる音がする。

そして、次に目を開けてみると、お初は油問屋の店先に立っていた。

つんと鼻をつく異臭は魚油のものだ。お初のまわりには、見上げるような高さの大樽が立ち並んでいる。お初の腕の太さほどありそうなたがに締められているのに、それでも、樽板の透《す》き間《ま》から、じわじわと油が漏るのだろうか。それとも、升《ます》ではかって運び出すときに、誰かがこぼしていったのだろうか。土を踏み固めた土間の床には、かすかに光る油の溜《たま》りができている。

お初は、いちばん近くにあった大樽を見上げた。上のたがと下のたがのあいだに、屋号が大きく焼き付けられている。丸に雁《かり》の字。

異臭はますます強く鼻をつく。これは——（油の臭いじゃない）

身体から離れたお初の目は、本来なら見通すことのできるはずがない樽の内側を見つめていた。それはちょうど、夜の池を松明《たいまつ》を掲げてのぞきこむようなもの。夜の水は黒い。お初の目に映る油も黒い。だが、真っ黒な油のなかに、油の表面のすぐ下に、何かが浮いているのが見えた。

小さな——お初のそれの半分くらいの大きさしかない、それは小さな白い手だった。

(ああ、たいへん)

その手の形を見定めると同時に、お初は自らの頭の闇のなかで声をあげた。とたんに、闇も白い霧も消え失せた。すぐ目の前に、古沢右京之介の眼鏡があった。

「お初どの？　いったいどうなさった」

我に返ると同時に、町の喧騒がいちどきに戻ってきてお初を包みこんだ。幸い、行き交う人たちは、忙しさにまぎれ、こんなところに突っ立っている二人連れに構おうとはしていない。お初はその場に立ったまま、大きく肩を動かして深く呼吸をした。

それから、素早く頭を巡らせて、道の両脇に立ち並ぶ、本瓦葺《ほんがわらぶ》きの堂々たる土蔵造りの構えの店を、その看板を、漆喰《しっくい》で固めた壁を見ていった。探していった。丸に雁。

丸に雁の印の油問屋はどこだ。

明暦《めいれき》の大火を境に、それまで厳格に守られ、町名の元にもなっていた職種や商う品物ごとの住み分け制度は次第にはっきりしなくなって、このころにはもう、すっかり有名無実のものとなっていた。だが、まだところどころには、商いものの名前をつけた町に、その商いの店が並んでいることもある。お初は、今自分の立っているところ、幻に襲われて闇に包まれ足を止めたこの場所が、南油町《みなみあぶらちょう》のとっつきであることを知っていた。

ならば、この一角のどこかに、すぐ近くにあるはずだ。

そして、右京之介の存在などすっかり忘れ、ひたすら今見た幻の像を追いかけるお初の目に、丸に雁の印が飛び込んできた。丸屋《まるや》の看板と、店先に据《す》えられた樽。

「古沢さま」

くちびるの震えをおさえ、お初は気持ちを落ち着かせて右京之介に呼びかけた。さいぜんから、呆気にとられたような顔でお初につき従っていた彼は、返事の代わりに間の抜けたような声をあげた。

「たいへんなことになりそうです」

振り向いて、お初は彼の臆病そうな細い目に語りかけた。

「わたし、今、ここで幻を見ました。ほかの人には見えないものを見ました」

「うん」と、かろうじて右京之介はうなずいた。「何を見たのですか?」

帯で締めた胸の上に手をあてて、お初はきっぱり言い切った。「この丸屋という油問屋の大樽のなかに、子供が沈んでいます。早く手をうって、なきがらを引き上げてあげなくちゃ」

四

通町の六蔵は、今年数えで三十六になる。生まれは馬喰町《ばくろちょう》、小さな紙屋の倅《せがれ》、三男坊である。子供のときから喧嘩っ早く、十五の年に、店の客相手におおたちまわりをしでかし、相手に手傷を負わせて危うく縄付きになるところだったのを、そのころ日本橋の南方一帯を仕切っていた神六《じんろく》という岡っ引きに助けられたことをきっかけに、この道に入った。通町の大店の旦那衆から一目も二目も置かれ、また煙たがられてもいた神六親分は、この当時もう六十近い年齢だったが、孫にもあたるような年のこの少年を、親身になって面倒みてくれた。大げさに言えば、自分の人生はあの親分に拾われたときに始まったのだと、六蔵は思っている。

実を言うと、この六蔵という名前も、神六親分の跡目を継ぐことになったとき、親分から一字をもらってつけかえたもので、親にもらった名前は参蔵《さんぞう》という。三男の参に、倅の数だけ蔵がたつようにという、ふた親のかなり欲張りな願いをこめて付けられた名だった。俗にいう名前負けというのがあったのか、一蔵はまだ子供のうちに流行病《はやりやまい》で死に、二蔵は、四文五文の鼻紙おとし紙を売っては日銭を稼ぐ紙屋の商いと貧乏暮らしをひどく嫌い、ろくすっぽ肩上げもとれないうちから悪い仲間とつるんで遊び歩くようになって、挙げ句には家を飛び出し今でも消息が知れない。そして自分も、神六親分に巡り合わずに参蔵のままだったなら、遅かれ早かれ次兄と同じような道をたどって家を離れていただろうと、六蔵は思う。

十五の年の喧嘩の理由は、あのころも今でも、表向きには、金のやりとりの行き違いということになっている。勘定に弱い六蔵が、つり銭を間違え、それがもとで客とのあいだにいざこざが起こったというものだ。先に手を出したのも六蔵のほうだった。

だが、神六親分と六蔵と彼のふた親とは、それが事実ではないことを知っていた。六蔵が渡り合った相手は、通町の足袋股引問屋の三男坊で、神六の下っぴきの一人の言うことには、「てめえの垂《た》れたしょんべんより役に立たねえ野郎だ。しょんべんはまだ、畑にまきゃ肥やしになるからね。野郎は駄目だ。肥やしにもなりゃしねえ」というぐらいのできそこないだったのである。

この放蕩《ほうとう》息子は、通町の町役人のあいだでも悪いほうで名が知れていたくらいだから、神六親分も、そのうち何か起こさずにはおかないだろうと思っていたから、足袋股引問屋から、大事な息子が紙屋の乱暴者に眉間を割られて大怪我をしたという訴えが入ったときにも、すぐと行動を起こすことができた。

神六は、六蔵と、六蔵のふた親と、興奮してわめき散らす放蕩息子との言い分を聞き比べ、先に手を出したのがまずかったとはいえ、これは六蔵のほうに理があると判断すると、その足で足袋股引問屋へと乗り込んだ。そして、鰯《いわし》を焼く煙を団扇《うちわ》で散らすときのように、のっけから盛大に匂わせたのだ。ここでおとなしく俺の言うことを呑んでことをおさめておかねえと、先のことが蒸し返されるかもしれねえぜ、と。

この「先のこと」というのは、喧嘩沙汰の一年ほど前に起こったことで、この足袋股引問屋にとっては、きわめて不名誉な事件だった。大枚の金子《きんす》を、住み込みの手代に持ち逃げされたのである。神六親分は、自分の手柄をあげることよりも、通町の平穏と繁盛を先に考えていたので、この種の商家にとって面目丸潰れの事件については、できるだけ表沙汰にしないで処理するように心がけていた。また、そうして貸しをつくっておけば、それには必ず利子がついて見返りが戻ってくるし、そういう貸しにはいくらでも使い道があると知っていたからである。

その知恵が、六蔵の事件のときにも生きた。足袋股引問屋は訴えを引っ込め、六蔵はお咎めなし。ただし、そのまま紙屋のふた親のもとへ返すのもなんだということで、しばらくのあいだ、神六親分が身柄を預かるということで一件は落着した。

岡っ引きは、あくどく立ち廻ればいくらでも儲けることはできるが、そもそも職業として成り立っているものではないので、たいていの親分は、別の生計の道を持っている。神六親分も例外ではなく、女房と娘が、金六町《きんろくちょう》で甘味茶屋をやっていた。六蔵は、最初の三月ほどのあいだ、この茶屋を手伝ってよく働いた。客の相手をして表に出るよりも、掃除だの洗い物だの買い出しだの、裏方の仕事を好んで黙々とこなした。神六親分は、そういう彼をじいっと観察していた。

　そうしてある日、六蔵一人を誘ってぶらりと大川を渡り、富岡八幡宮や永代寺《えいたいじ》のほうまで足をのばして散歩に連れ出した。道々は、これといって実のある話も持ち出さず、宵になって、門前町の馴染みの料理屋にあがると、酒と肴《さかな》をあつらえ、十五の六蔵を一人前の男のように扱って、そこで初めて、膝づめで懇々と話をしたのだった。

　そのときの親分は、六蔵の気性を――短気であること、ただ、その短気が理由のないものではなく、たとえば酔ってだらしなく女に悪さをする酔漢《すいかん》や、こちらは商売だと思って我慢をしているのをいいことに図に乗ってやりたい放題のことをやる客など、人間として最低の弱いもの苛めを好んでするような連中に対して、どうにもおさえきれずに激発してしまう種類のものであることなどを、もうすっかりと見抜いていた。それだから六蔵が、手伝いの立場でも茶店の表に立ちたがらないのだということも、実家の紙屋の商いをしていても、度々そのために客といざこざを起こしてきたことまでも、ちゃんと承知していた。

「おめえには、客商売はあわねえだろう」

銚子《ちょうし》を振って酒の具合をみながら、天気の話でもするように淡々と、神六は言った。

「ただ、おめえは少し、堪忍することを覚えなきゃならねえ。いくらおめえが正しくて相手がたに非があったにしても、ちっとは手加減するってことも覚えねえとな。酔っ払いは酒が醒めればてめえのしたことを後悔する――きまって後悔するもんだし、商人相手に威張る客は、たいてい、ほかに威張るところのねえ、気の小さい人間なんだ。おめえの幼なじみで、おめえにとっては掛け値なしにいい野郎でも、どこかで鼻紙を買うときに、紙屋に威張り散らしたりしてるかもしれねえ。いや、早合点するなよ、だからといって俺は、あの馬鹿息子のしたことまでも、出来心だから許してやれと言っているわけじゃあねえ」

機先を制して釘をさされて、六蔵は首をすくめた。六蔵が足袋股引問屋の三男坊をはり飛ばしたのは、彼が、店番をしていた六蔵の母親に――まだ三十五で、しかも年よりも四、五歳若く見え、充分に人目にたつ美人ではあった――真っ昼間から嫌らしいことをしかけて、逃げる彼女を追いかけ家のなかにまで上がりこんできたからなのである。

「おめえが手を汚さなくたっても、これからは、あの阿呆な息子の親兄弟が、野郎がまずいことをしでかさねえように、それこそ目ん玉を皿にして見張ってるだろうよ。だいたいが、息子にも奉公人にも躾《しつけ》の甘え家だから、少しぴりぴりするくらいでちょうどいいんだ」

ああいう野郎のことはもう放っておけ、それより、肝心なのはおめえのこれからの身の振り方だ——そう言って、神六親分は、酔いでうるんだ目をひたと六蔵の顔に据えた。

「どうだ、俺の下で働いてみねえか。おかみの御用だなんて言やぁ聞こえはいいが、これっくらい辛抱と堪忍の要《い》るお役目はねえ。おめえにはちょうどいい商売だと思うがね」

神六親分は、はっきりと「商売」と言った。通町が繁盛し潤っていくように、それを助ける商売だと。

六蔵は、その話を呑んだ。こうして、神六親分の下で、いちばん年若の、いちばん下っ端の下っぴきとしての生活が始まったのだった。

住み込みだから、馬喰町の実家は出ることになった。昼間、たまに顔を出しても、四半刻もゆっくりとはしていられない。それほどに、日々の仕事が多かったのだ。だが、激しやすいことだけが傷だと言われていた末の伜が、どうやらその気性のために道を誤ることもなくなったようだと、ふた親は心から喜んでくれていた。

そういう暮らしを続けてゆき、六蔵が二十歳になり、下っぴきのなかでは腕っこきと周囲からも一目置かれる存在になったころ、縁談が持ち上がった。神六親分の碁敵で、浜町《はまちょう》で豪勢な料理屋を営んでいる男が妾《めかけ》に産ませた娘で、名はおよし。そのとき十七で、日陰の身の子の陰を感じさせない、おっとりとのびやかな気性の娘だった。その当時は、むしろ六蔵よりも神六親分のほうが乗り気になって、この話をとりまとめた。こうして若夫婦は、最初、元大工町で所帯を持った。

そして、ちょうどこれと同じころのことだ。馬喰町の両親が、捨て子を拾ったのは。

知らせを聞いて驚いた六蔵が顔を出してみると、店番をしながら、父親があぶなっかしい手付きで赤ん坊をだっこして、しきりとあやしている。彼の顔を見ると、大喜びで赤ん坊を差し出し、「ちょいと遊んでやっててくれ。俺はおしめを洗うから」などと言って井戸端へ出ていってしまった。母親はもらい乳のあてを探して飛びまわっているという。

いったいどういうことかと聞き出してみると、この頃になってようやくすこし暮らしにゆとりのできてきた父親が、友達にさそわれて新内節《しんないぶし》を習っているのだが、一昨日の夜のこと、その稽古の帰りに、一杯気分で通りかかった柳橋《やなぎばし》のたもとに、真新しいねんねこにくるまれたこの子が捨てられていたのだ、という。

「捨てた親が近くにいるかもしれねえと思ったから、あたしは馬喰町の紙屋のもんだと大声で呼ばわって、それからこの子を抱いて帰ってきたんだがね。懐炉《かいろ》を抱いているようにあったかくて、すやすや眠っていてな。ちっとも泣きやしねえ」

子供は女の子だった。生まれてまだひと月とたっていないようだった。

一応町役人に届け出はしたものの、親が名乗り出たという話もなく、引き取り手も現れない。夫婦は相談のあげく、この子をもらい子にしようと決めた。とりあえずは、うちで引き取って育てよう。そのうちに親が現れたなら、そのときはそのときだ。

幸い、紙屋の商売は繁盛していたし、とりたてて邪魔だてする事情もなく、赤ん坊は紙屋の娘として育てられることになった。殺風景な息子たちばかりを育てあげたあと、本当に天からの授かりもので女の子を得た母親は、大喜びに喜んで、そのころ朱引きの内ではいちばんだと評判をとっていた八卦見《はっけみ》のところにまで出かけていって、女の子の名前をもらってきた。

そうしてついた名前が、お初。世間的には、六蔵と血の繋がった妹ということになっている。年は離れているが、そういう例もないではないから、誰にも——とりわけお初自身にも、不審に思われている様子はないようだ。

そのまま平和な暮らしが続いてくれればよかったのだが、そうはいかないのが世の中の常だ。お初が三つのときに、馬喰町の家が貰い火で焼けた。この火事は、真冬の北風の強いころに南伝馬町のほうから出たもので、これまでの三十六年間で六蔵が経験したなかでは、もっとも大きなものだった。宵《よい》の口《くち》から空恐ろしいような突風が吹き荒び、嫌な予感を覚えていたところへ、はかったように襲った惨禍《さんか》だった。

馬喰町の家は焼け落ち、逃げ遅れた両親は死んだ。助かったのは、お初ただ一人。考えてみれば、あれが不思議の始まりだったのかもしれないと、六蔵は思うことがある。

あの火事で命を落としたのは、六蔵の両親だけではなかった。馬喰町の紙屋の周囲の町屋だけでも、二十人以上の犠牲者が出た。そのなかで、煙にまかれて親とはぐれ、頭をあげていることもできないほどに強い風と荒れ狂う炎をかいくぐって、三歳のお初が、かすり傷程度の怪我で済んだのだ。六蔵は、むろん喜んだが、我が目を疑う思いでもあった。

それは神六親分にしても同じことだった。親分は、このころにはもう隠居して、岡っ引きとしてのお役目は六蔵に任せ、金六町の娘の甘味茶屋へ引っ込んでいた。混乱のなかで両親とはぐれたお初が、小さな足を運んで、まず真っ先にこの親分のところへ駆け込んだとき、煤《すす》をかぶって鼻の頭はまっ黒、わらじの片方はどこかへ脱げてしまい、着物の袖が裂けて肩脱ぎになっている姿を見て、神六は思わずその子に足があるかどうか確かめてしまったという話だ。

「よく……まあ助かったもんだ、なあ」

信じられない思いでお初を抱き、その目をのぞきこんで、神六は言った。

「よく煙にまかれなかったな。よく方向がわかったな」

すると、お初は、まだ呆然とした顔をしながらも、こう言ったという。

「あたいの走っていくところには火がもえてなかったんだよ。火がぱあってなくなったんだ。それにね、あたい、焼け跡が見えたの。そいで、焼け残ったところも見えたの。だから、そういう焼け残ったところをよって走って逃げたんだよ。とうちゃんとかあちゃんのことも呼んだんだけど、もう聞こえなかったみたいなんだ」

あとになって、六蔵は、お初にこの当時のことを聞いてみたことがあるが、さていったいどこをどう走ったのか、金六町の家にたどりついたとき、神六親分とどんな話をしたのか、もうはっきりとは覚えていないと言われた。まだ三歳のときのことなのだから、無理もない。だが、今こうして考えてみると、あの火事の夜の出来事が、お初という娘にまつわる不思議なことどもの始まりであったように、六蔵には思えてならない。

残されたお初を引き取り、六蔵とおよしの夫婦は、家族三人の暮らしを始めた。火事から半年ほどして神六親分が亡くなり、名実共に彼の跡を継いだ六蔵は、通町を仕切って立つ岡っ引きとなった――

(早ええもんだ。あれからもう十三年か)

この春、お初は十六になった。

十三年のあいだに、いろいろなことがあった。お役目で関わったことどもはともかくとしても、およしが念願の一膳飯屋を開き、元大工町の家から日本橋のたもと万町へと移ってきた。お初はそのおよしを手伝い、今ではすっかり看板娘として名が売れてしまっている。一人前の娘になり、そろそろ縁談も舞い込もうかというころだ。

だが、それなのに、お初はその一方で、

(あろうことかってなもんだがな)

廻り廻って、六蔵と同じようなお役目を勤める身の上となった。

といっても、お初は、六蔵のような岡っ引きの稼業を張っているわけではない。いや実際のところは、今の南町奉行根岸肥前守さまに直《じか》につき従って、ごく内輪の、公にはならないところの働きをしているのだ。

お初には、人には見えないものが見え、聞こえないものが聞こえる。あたかも、三つめの目、三つめの耳があるかのように。また時には、彼女が夢で見たことが、寸分たがわず現実のものになることもある。人の心を読んで、思っていることを言い当ててみせることもある。昔起こった出来事を、まるで今目の前で見ているかのように細かいところまで説明してみせることもある。およしと二人、頭を突き合わせて考えてみると、お初がごく小さいころから、彼女のなかにそうした不思議な力のあることをうかがわせるような小さな出来事が、例の火事のときだけでなく、ほかにもちらほらと起こっていたと、思い当たる節がいくつかあった。

だが、それがはっきりと表にあらわれてきたのは、なんといっても、一昨年の春、彼女に初めて女のしるしがあってからのことである。少なくとも、およしはそう言い切っている。

「身体が大人になったから、お初ちゃんのなかの力も大人になって、外に出てきたんでしょう」

六蔵としては、最初のうち、お初が、

「兄さん、昨日百本杭《ひゃっぽんくい》のところにあがった土左衛門、よく調べてみてくださいな。あれは殺しよ。あたし、下手人がどういう顔をしてるかもわかる」とか、

「兄さん、筆屋のお夏《なつ》ってあの娘さんは、恋敵のおちかって娘を殺そうとして、ふところに石見《いわみ》銀山をしのばせて歩いてるわ」とか、箱膳のなかから茶椀を取り出すように、ひょいひょいとびっくりするような話を持ち出してくるたびに、手厳しく彼女を叱り付けていた。めったなことを言うもんじゃねえ、と。するとお初は、勝ち気そうに眉をきりりとあげ、口元を尖らせて、

「出鱈目《でたらめ》じゃありませんよ。あたしにはわかるの。見えるんだもの」と言い返す。そして実際に、（そんな馬鹿な）と思いながらも六蔵が調べてみると、本当に、百本杭の土左衛門の首には、手だれの検使役でさえ見逃してしまいそうなほど薄っすらと、紐で絞めたような痕が残っていたり、筆屋の出入りの客を通して聞き込みをし、お夏という看板娘の様子を探ってみると、確かに彼女は、一緒に裁縫を習っているおちかという娘と、役者くずれの優男《やさおとこ》をめぐってさや当てをしていたりするのだった。

なんだかおんぶお化けをしょったようだと、六蔵は考えたものだ。お初の言うことが当たるたびに、背中にくっついた見えないお化け――お初の霊験《れいげん》というお化けが重くのしかかってくる。信じないわけにはいかなくなってくる。

六蔵もおよしも、お初のこういう力については、固く約束しあって他言しなかった。お初自身も、なかなか他人には信じてもらえないとわかっているのか、何か見聞きしたり感じたりしても、それを兄夫婦にしか話さないようにしていた。

だがそれでも、いったん火を起こしてしまえば、どうやったって煙は立つのである。まして、お初の「霊感」が、六蔵のお役目に役立つことが増えてくるにつれ、隠し通すのは難しくなってきた。下っぴきたちはなんとでもごまかすことはできても、六蔵を信頼して使ってくれている同心の石部正四郎はごまかせない。実際、お初の霊感に頼って解決した事件があれば、それを打ち明けて話さないわけにはいかないのだから。

石部はもの堅い人物だから、迂闊《うかつ》に他人に吹聴したりはしない。だが、彼にとっても、お初の力によって解決した事件を、それについては一切触れずに報告することは、やはり難しいのだ。言上帳《ごんじょうちょう》ひとつ付けるにしろ、口書きをつくるにしろ、そのなかに曖昧な部分、歯切れの悪い部分、説明の足りない部分が出てきてしまうことが、ままあった。そしてそれを、奉行じきじきに突っ込まれたので、ついつい白状してしまった——というのが、今年の春先のことだった。

南町奉行根岸肥前守は、お初について、彼女の持っている霊感について、いたく興味を唆《そそ》られたらしい。彼女をじきじきに召し出して、詳しく話を聞き、そして、すっかり感心してしまったらしいのだ。

(おまけにまた、あのお奉行様ときたら変わったお人だからなあ)

心中ひそかに、六蔵はそう思っている。

侍の身分でありながら、若いときから巷《ちまた》に溢れる噂話や不思議な言い伝えに興味を持ち、それを書き記したものが膨大な量になっているというのだから恐れ入る。そうして、『耳袋』とか名づけたその記録を、今後も記し続けてゆくうえで、常人にはないお初の力が役に立つとかいうことで、たかだか十六の小娘を、奉行所の奥向きに自由に出入りさせるようになったのだった。

六蔵としても、お初が見聞きしたことが、尋常一様ではない事件の端緒になってきたことを知っている以上、むげに彼女の力を否定することはできない。だが、それでも、やはりどうしても、今ひとつ割り切れない思いが――いや、白状すれば、割り切れないと思いたいという思いが残っている。こればかりは気持ちだからどうしようもない。

さて、お初が「姉妹屋」へと駆け戻ってきたとき、六蔵は、ちょうど遅い朝飯を済ませたところだった。前夜は遅くまで、ちょっと厄介ごとのために駆り出され、床についたのはもう空が白むころのことだったから、実を言うとまだ寝の足りないくらいで頭が冴えきっていない。そこへ、お初が声を裏返して叫びながら帰ってきたのである。

きたか、と、彼は思った。お初の霊験か。

声を聞き付けて驚いて飛んできたおよしが、上がり口のところで息を切らせているお初を抱き留めるようにして、とにかく水を一杯呑ませている。六蔵はしかめ面で立ち上がり、ゆっくりと戸口のほうへ出ていった。

お初のうしろに、見慣れない顔の若い同心がついている。さて、誰だったろう。それに、今度はいったい何がおっぱじまるのか。

「騒ぐんじゃねえ、お初」

大声でどやしつけておいて、彼は妹の顔を見据えた。

「順序だてて話せ。いったい何事だ」

「兄さん、たいへん――」

六蔵は、お初が、南油町の油問屋丸屋の大樽のなかに子供の死骸が浮いていると話したときも、驚きはしなかった。とりあえずそれを受け入れる用意はできていた。ただし、それで舞い上がりもしなかった。

「たしかだな？　たしかに、おめえはそれを見た――いや、感じたんだな？」

念を押すように言う彼の腕を引っ張るようにしてお初は言った。

「そんなことわかってるでしょう。六蔵兄さん、あたしがこんなことで嘘を言うわけないじゃないの。さ、早く、お願いだから早くして」

言われるまでもない。六蔵は頭をひとつ振り、妹の関わる事件のときにいつも感じてきた戸惑いのようなものをふっ切ると、立ち上がった。履き物をつっかけて飛び出すと、お初を案内にたてて、先を急いだ。走りながら、先ほどの若い同心が、与力見習の古沢右京之介であると名乗るのを、頭のうしろのほうで聞いていた。

六蔵に比べて、古沢右京之介さまとやらは、えらく足が遅かったのである。

第二章　油　樽

一

丸屋の油樽のなかには、五歳ばかりの小さな女の子が沈んでいた。引き上げてみると、赤い小袖には菜種油《なたねあぶら》がびっしょりと染み込み、耳の下で切り揃えた黒髪も、油に染まっててらてらと輝いていた。

呉服橋《ごふくばし》の北町奉行所と通二丁とは目と鼻の先なので、検使の御役人が駆け付けたのも早かった。六蔵は南の定町廻り同心の下で働いているので、北にはあまり顔がきかない。やってきた二人の同心のことも、どこかで顔を拝んだことがあるようだ、という程度だった。

それでも、先方は六蔵を知っていたようだ。六蔵だな、と言って、ちょっとのあいだじっと見つめた。それから、二人のうちの体格のいいほうの同心が、

「このごろ、通町の近辺で子供がいなくなったというようなことはないのだな」と、同じように報《しら》せを聞いて自身番から飛んできた差配に尋ねた。

月番の差配は亥兵衛《いへえ》といい、先月還暦を迎えたという歳だが、さすがに老練で落ち着いている。六蔵とも気心のしれあった親父だから、この点ではついていた。

亥兵衛はすぐに答えた。「いいえ、届けはございません」そして、たしかめるように六蔵の顔を見た。

「たしかにございません。通町一帯は騒がしい場所ですが、もしも子供が拐《かどわ》かされたの姿を消したのということがあったなら、なにか障《さわ》りがあってお届けが遅れるようなことがあっても、あっしの耳には入るはずです。この子は他所から運ばれてきた子じゃねえかと思うんですが」と、六蔵も言葉を添えた。

うんとひとつ頷いて、岡野《おかの》奏太郎《しんたろう》と名乗った体格のいい同心は、六尺はあろうかという丈の高い油樽を見上げた。

「それにしても解《げ》せねえ話だ。なんでまたこんなところに死骸を投げこんだんだろう」

「お店の者は集めてあります」

帳場の奥から、丸屋の一同がお互いにすがりつきあうようにして顔を寄せあい、こちらに不安そうな視線を投げてきている。むろん、お調べが済むまでは気の毒だが店じまいだ。岡野が顔を向けると、一同は野分《のわけ》に吹かれた野草のようにいっせいに頭を下げた。

「ここは表店のなかでは規模の小さい店ですが、堅い商いで、地道に稼いでいることでは知られています。出入り先も筋のいい料亭や通町一帯の問屋ばかりで」

岡野の厳しい視線を和らげるように、亥兵衛が穏やかな声でそう言った。同心は、真新しい履物に油がしみるのを用心するように、足元にできた油溜りをよけながら、ぐるりと油樽を一周した。同じ大きさの油樽が二つ、土間に据えてある。六蔵は一歩下がって道を開け、岡野のすることを見守った。

もう一人の、岡野よりも年若に見える同心が、店の表のほうで誰やらを問いただすようにして話を聞いている声が、野次馬のざわめきに混じって聞こえてくる。六蔵は頭の隅でちらりと、お初はおとなしく引っ込んでいるかなと考えた。

ここへ案内させて、「ほら、あの樽」と指差させたあとは、巻きこまれないようにどこかへ隠れて知らん顔をしていろと、きつく言い聞かせてあった。お初よりもうろたえて身の置き場のないような顔をしていた古沢右京之介も御同様だ。しかし、赤鬼の古沢さまのご子息が、なんでまたお初なんぞとつるんで通町をうろうろしていなすったのだろう。

それにしても、今度ばかりは往生した。いくらお初が「あの樽よ、間違いありません」と言ったところで、ただそれだけをより所に樽のなかを調べさせるわけにはいかない。思案のあげく、六蔵は、丸屋に客の来るのを待って、ころ合いをはかって店に顔を出し、奉公人の一人が先ほどの客のために、樽の下の注ぎ口を開けて升で計っているところへ、「どうも油の出が悪かねえかい？　何か詰まってるのかもしれねえぜ」と無理な謎をかけて、ようやく蓋を開けさせるところまで漕ぎ着けたのだ。

開けてみればこのとおり、本当に女の子の死骸が出てきた。お初の言うことに外れはない。妹のこととはいえ、薄気味悪いような眼力だ。

「量り売りはこの樽からしているのだな」

ひと廻りして元の場所に戻ってくると、同心は言った。六蔵は短いあいだのもの思いをふりきった。

「さようでございます」と、亥兵衛が答える。六蔵は黙って脇に控えている。

今回はたまたま亡きがらを見つけるきっかけをつくったからこの場にいることができるけれど、本来、岡っ引きという公にはないはずのものである六蔵は、こういうところでは口をはさむことができない。あくまでも、岡野たちの探索の手助けをするのは町役人である亥兵衛である。享保《きょうほう》のころに目明《めあ》かし禁止令が出され、一度は厳しく取り締まられたものの、名前を岡っ引きと代えてしぶとく生き残り、なしくずしに今まで幅をきかせてきている稼業だが、表向きには認められていないのだ。

「菜種油ばかりだな」

一升四百文、庶民にとっては高価なものだが、丸屋では客筋が全体に上等だから、これしか扱っていない。

樽の上部はあげ蓋《ぶた》式になっている。土間の隅には梯《はしご》もたてかけてあるので、その気になれば、樽に梯をかけ、段々を登って蓋を開け、そのなかに物を投げ入れることもできなくはない。子供の死骸もそうやって投げ入れられたものだろう。

だが、なぜわざわざこんなことをしたのか。隠すつもりならもっといい場所があるだろうし、ただ捨てるだけなら大川へ投げ込めばそれで済む。

「遺恨がらみかもしれんな」

岡野がぼそりと呟き、同意を求めるかのように六蔵の顔を見た。六蔵は目礼した。今度も亥兵衛が答える。

「丸屋の連中もとりのぼせてますので、しかとは言い切れませんが、今きいてみた限りでは、この店につながる親戚だの客だの奉公人たちの身内だので、このくらいの年格好の女の子に心当たりのある者はいないようでございます」

居合わせた者たち全員に引き上げた子供の顔を見せてみたが、皆が首を横に振って知らない子供だと答えた。

すると岡野は髭の濃そうな顎をこすりながら、首をかしげた。「だとしても、遺恨の線は捨てられまい。丸屋に遺恨のある者が、嫌がらせのつもりでしたことかもしれん。係わりがあろうとなかろうと、世間は、この子と丸屋とのつながりを、あれこれ憶測するだろうからな」

六蔵は内心ほうと感心した。岡野の旦那は、これで案外世情に通じておられるようだ。

丸屋の主人幸兵衛《こうべえ》は今年四十。二十五で親の跡目を継いで主人に納まって以来十五年、商いのほうでは手堅いばっかりだが、女出入りがなかなか激しく、艶福家《えんぷくか》だということでは評判の御仁である。先代つまり幸兵衛の父親が奉公人あがりの入り婿で、家付き娘のお内儀のために、散々苦労した人であったことが、倅の代で逆目に出たのだとささやかれている。幸兵衛なら、余所《よそ》に隠し子の一人や二人、いてもまったくおかしくはない。そしてもしもこの女の子がそういう子供だったとしたら——

「それにしても酷い話でございます」と、暗い顔をして亥兵衛が答えたところに、迎えをやっていた町医者がやっと着いたという報せが入った。

源庵《げんあん》という、通町界隈《かいわい》で変死や殺しがあると、かならず顔を見せる古顔の医者である。御用の向きに関わるこうしたあらためにに慣れており、口も固いし腕も確かだ。ときどき姉妹屋にも飯を食いにやってくる。もう五十を出たところだが独り身で、西川岸町の貸家に住まっている。行灯建《あんどんだ》てのこぢんまりしたその家の二階で診療をし、二階で寝起きする。通いのおさんどんが一人いるが、この女が無類の料理下手だとかで、姉妹屋に来る度にこぼしているが、それでも暇を出さないでいるのは、飯以外のところは具合がいいからだろう。無類の酒好きで酒気の切れたことがない。姉妹屋でも、冷や飯に燗《かん》ざましをぶっかけてくれとねだるようなことを平気でする。およしの嫌がる客の一人である。

「須田町《すだちょう》の普請場で、怪我人が出ましてね。お迎えをいただくちょっと前に担ぎこまれてきたもんで、遅れました」

いい加減白髪が混じってもよさそうなのに、いまだに青々としている坊主頭を撫でながら、源庵は言い訳の口上を述べた。六蔵はその息をかいでみた。微かに酒の臭いがした。

「子供だそうじゃないかね」

打ち解けた口調で六蔵に言って、医者は土間に寝かされた女の子の身体の脇にかがみこみ、荒むしろをはぐった。

源庵の、身体と不釣合いなほど小さな手が、油の衣を着た女の子の身体をすばやく探り、まぶたをめくり、うつ伏せにして背中を調べ、手足の関節の具合や爪の色、何を見るのかわからないが指の叉のあいだまで丁寧に調べてゆくのを、六蔵と岡野と亥兵衛とは、押し黙ったままじっと見守った。

「油に溺れて死んだのじゃあなさそうです」

まだ片膝をついたまま、源庵はそう言った。その手は今、女の子の額を撫でて髪を整えてやっている。

子供が油樽のなかで溺れたのではないことぐらい、六蔵にもわかっていた。もしそうだったなら、当然丸屋の誰かが気がついているはずだからだ。岡野とて同様だろう。だから、さっきも、「なんでこんなところに死骸を――」と言ったのだ。

「これと言って目立つ傷もない。しかし、こんな小さい子供のことだ。鼻と口を手でふさがれただけでも、あっという間に息が止まってしまう。そんなやり方で殺されたもんだと思いますな」

「縛られたような痕は見えないか」

岡野の問いに、源庵は顔をあげて答えた。「ないと思います。小さい子供の肌は弱いんで、手ぬぐいで縛った程度でも、赤く残りますからね」

「死んでからどのくらいたってますか」

六蔵が尋ねると、坊主頭の後ろ首に段々を刻んで天井を見上げ、源庵は少し考えた。

「さかのぼって、一昨日ぐらい……あるいは今朝の早い時刻……」

「ずいぶんあいだがあるな」

岡野に言われて、立ち上がりながら源庵は太い首をすくめた。「土左衛門なら見たことはいくらもありますが、油のなかに投げ込まれた死骸を検分するのは初めてです。ひょっとすると、身体の傷み具合とか、肌の色合いの変わりかた、強《こわ》ばりの進みかた、そういうものが、ほかの場合とは違ってくるかもしれません。目の玉の濁り具合から判断すると、遅くても昨日の宵のうちにはもう死んでいたように見えますが、こればっかりは私もしかとは言い兼ねます。それでなくても、子供の死体は検分が難しい」

「なるほど」と、岡野はうなずいた。源庵は六蔵に顔を向け、

「それより、子供が投げ込まれたのがいつなのか、そっちを調べるほうが早い。大川へどぶんというのとは違うんだ、この人殺しがこんなことをしでかすことのできた時間は、うんと限られてると思いますがね」

「言われるまでもありませんよ」

六蔵が答えると、源庵は口の端をひっぱるようにしてにやりと笑った。通町の親分さんよ、あんたの腕前のほどを問われる殺しだよ、と、ちっこい目が言っていた。

「湯灌《ゆかん》をしてやらねばならないな」

元のように荒むしろをかけながら、女の子の死骸のそばから立ち上がって、岡野が言った。

町内で身元のわからない死人が出たら、とりあえずは町役人が引き取って、葬むってやるのが決まりだ。亥兵衛が言った。「よろしければ、すぐにも引き取って清めてやりたいと存じますが」

そして、目の隅《すみ》でちらりと六蔵に合図を送ってきた。六蔵はそれとわからないほどにうなずいた。女の子の亡きがらは六蔵のところに運びこむ。そうすれば、人相書きをつくるにしろ、何かと便がいい。

岡野は頷いた。「そうしてくれ。それから、私のほうでも手を尽くすが、人を遣って掛札場《かけふだば》を調べさせてみるがいい」

「承知いたしました」

では、まずは丸屋の主人の話を聞くか——と、独り言のように呟いて土間を出ていきながら、ふと振り返って、岡野は言った。

「私の家は、八丁堀の北島町寄りにある。隣に手跡指南《しなん》の看板があがって、南天《なんてん》の木が植わっているからすぐわかる。誰か寄越してくれぬか」

「はあ」

「私にも、この子くらいの娘がいる」と、荒むしろのほうに目を落とし、同心は言った。「何か着せるものを見繕わせておこう。台所のほうへ廻って声をかければ、すぐにわかるようにしておく」

岡野が出ていってしまうと、源庵が六蔵のほうに顔を向けた。

「鬼の目にも涙ってやつだろう」

六蔵は黙って顎をうなずかせた。彼も、湯灌をしたら、この子に、お初が昔着ていたお古を引っ張り出して着せてやろうと思っていたところだった。

「一杯やりてえ気分だ」と、源庵が言った。「本当に」と、亥兵衛が応じた。

二

六蔵に締め出しをくわされたお初と右京之介は、そのころ、姉妹屋に戻っていた。お初一人なら、通りにたかった野次馬の群れのなかに混じって知らん顔をしていることもできるが、格好だけは定町廻り同心然とした右京之介が一緒では、目立ち過ぎてしまってとうてい無理だ。右京之介のほうも、ここは自分の出張ってゆく場面ではないということはわかっているのか、おとなしく丸屋をあとにしてくっついてきた。どこまでも、御前さまの命に従って、お初と行動をともにしてゆくおつもりであるらしい。

しかし、姉妹屋に帰るなり、お初はその右京之介を奥の座敷に押し込めて、どうぞお楽にと言い置いて、さっさと店に出てしまった。御前さまとああしてお話をするにはどうしても朝早い時刻に出向いていかねばならないので、今朝はことわりを入れて出してもらったのだが、本来なら、早朝から昼どきまでが、一膳飯屋の稼ぎ時だ。人手はちょっとでも多いほうがいい。あんなことがあって六蔵兄さんは出かけてしまったし、古沢さまは後廻しにして、商売が先である。

案の定、およしはうなじを汗で光らせてくるくる立ち働いていた。ただ、色白で肌の奇麗な兄嫁は、そんなふうに大汗をかいても女が下がらない。六蔵兄さんはこんなきれいな女《ひと》をどうやってだまくらかして嫁にしたのだろうと、お初は時々考える。

南油町はすぐそこだから、丸屋での騒動は、やってくる客たちや、表の通りを行き交う人たちの口を通じ、お初のあとを追うようにして、姉妹屋のなかにも届いてきた。およしは、むろん、お初が一度帰ってきて六蔵を連れ出したことを知っているので、何かあったということだけは承知していたが、油樽のなかに子供が浮いていたということを耳にすると、はっと目を見開いてお初を見つめた。「そうなの」と、お初は小声でささやいた。「あたしが見つけたの」

「あとで話してちょうだいね」

それだけ言って、姉妹はお客の相手に専念した。

日本橋川沿いの日本橋から江戸橋まで、その北岸の本船町《ほんふねちょう》は魚河岸《うおがし》で、昼の九つごろまでは、毎日火事場のような騒ぎである。江戸の町なかを流通する魚は、お大名のお膳にのぼる一切れいくらの値がつくような高級品から、裏店の七輪で焼かれるいわしの一尾まで、すべてこの河岸を通ってゆく。軒を連ねる魚問屋、仲買、魚屋に集まる人たちは、お城の賄《まかな》い方から棒手振《ぼてふ》りまで様々だが、大勢の人が集まるところに食い物商売が流行《はや》るのは世の常で、本船町の北側の長浜町《ながはまちょう》安針町《あんじんちょう》本小田原町《ほんおだわらちょう》の一帯のなかには、魚店や干物屋などに混じって、食い物屋が何軒も商いを張っている。むろん一膳飯屋も数多い。

そういうなかに割り込んで、兄嫁が一膳飯屋を始めると言い出したときには、お初もずいぶん気をもんだものだった。それは六蔵も同じ思いだったようで、俺の縄張りってえこともあるんだからと、長浜町へ行くんだと言い張っていたおよしを口説き落とし、日本橋をこっちに渡った万町《よろずちょう》に店を開くことで落ち着いたときには、さすがにほっと息をついていた。最初のうち、気の短い魚河岸の連中が、悠長に橋を渡って飯を食いにきてくれるはずがないと、向っ腹をたてていたおよしも、もとが負けん気の強い人だから、店が立ちゆかなくなれば自分の恥と、いろいろと手を替え品を替え料理に工夫をこらして姉妹屋の名を広め、それがかえって幸いしたのか、このごろでは、短気が売り物のはずの魚河岸のお阿仁《あに》いさんたちが、縄のれんの外で列をつくって待っていることさえある。

板場には、加吉《かきち》という名の五十すぎの板前がいて、およしと手分けしながら、日に百人分、二百人分の飯の支度を、さして大変そうな顔もしないでこなしている。この加吉という人は、姉妹屋の開業のときからいてくれて、もう長い付き合いになるが、元は神楽坂《かぐらざか》あたりの料亭の板場を預かっていたこともあるというほどの腕で、それだのに何を思ってこんな一膳飯屋にやってきたのか、子細《しさい》のほどはおよしと六蔵の二人しか知っていない。お初はただ、加吉のこしらえる料理の、とりわけ焼き物の美味しさと、彼がお初を呼ぶときの、「お嬢さん」という声音の優しさがとても気に入っていた。

そのほかには、お初と同じようにお運びや店の掃除、洗い物までなんでもやろうという手伝いの小女が二人いるだけの、こぢんまりした店である。お初は袖をたすきでくくって、「おや、やっと来たね。お初ちゃんの顔を見ねえと飯がうまくねえよ」などと声をかけてくる阿仁さんたちに笑顔を返しながら、商いにせいをだした。

昼の時分どきの峠をこし、店のなかがすいてくると、姉妹屋の面々も交替で遅い昼飯をとる。一膳飯屋のなかには宵になると酒を出すところもあるが、姉妹屋は本当に飯だけの店で、夕方も七ツ(午後四時)になると縄のれんをひっこめてしまうから、一日のうちのいちばん忙しいときは、これで過ぎたことになるわけだ。

一段落すると、さすがにお初も右京之介のことを思い出した。おなかをすかしておられることだろうしと、小さく声をかけてから奥の座敷をのぞいてみると、右京之介は窓際の敷居のほうに向かってきちんと正座して、明るいほうへ頭をかがめ、何やら一心に見つめている――

いや、見つめているのではない。手を動かして、何かを書いているのだった。

「古沢さま」

先ほど声をかけたときには聞こえなかったものか、右京之介は正座したまま一寸ばかり飛び上がったように見えるほど驚いた。

「お初どのか」

書き付けていたものを肘で隠すようにして、あわてて言った。

「そろそろ町中を廻ってみますか？」

お初はまた呆れた。そして、不本意ながらちょっと感心した。こんなふうに放ったらかしておいたら、ひょっとして腹を立てて帰ってしまうのではないかと、半分くらいはそれを期待していたのに、このお方は、御前様に申し付けられたことを、どこまでも実直に考えておられるとみえる。

「それはともかく、古沢さま、お昼を召し上がりませんか？　おなかがおすきでございましょう」

「いや、私は――」

右京之介が言いかけたとき、彼の腹がぐうと鳴った。お初はにっこりした。

「うちは飯屋でございますから、店で出す日がわりの商いものと同じ献立しかございませんが、お味のほうは請け合います。こちらへお持ちいたしますから」

板場のほうへ戻りながら、さてどうしたものかとお初は考えた。店の者たちと一緒に食べていただくわけにはいかず、さりとてお初がさしむかいでお相手をするのも妙な話だ。

(今後のこともあるし……)

およしに来てもらって、右京之介からあれこれ聞き出しながら、昼ご飯にするとしようか。

お初がざっと事情を話して聞かせると、およしはあんぐり口をあいた。

「お初ちゃんたら、じゃあその古沢さまを、今までずっと奥に押し込めて放ったらかしにしてたっていうの?」

「そうよ」

「そうよってあんた、そんな失礼な」

どうして早く報せないのと、およしは咎め顔だ。

「いいじゃありませんか。御前さまがあたしにお預けになったかたですからね。煮て食おうと焼いて食おうと」

「お初」さすがに兄嫁はぴしりとたしなめた。「御前さまには御前さまのお考えがあるんでしょうけれど、あんたがその尻馬に乗って大きな口をきいちゃあいけないね」

お初はぺろりと舌を出した。「そうね。だけど、古沢右京之介さまったら、真面目は真面目だけど、日向《ひなた》の金魚みたようにとろんとしたかたよ。なんだか気の毒になるくらい」

加吉が笑いを押し殺しながら整えてくれた膳を捧げて、二人は右京之介の座っている座敷へ向かった。顔をあわせると、それまで「赤鬼の古沢さまのご子息だ」というのでしゃっちょこばっていたおよしも、とたんに気抜けがしたらしい。

（ね？）と、お初は目顔でうなずいた。

その日の日がわりの献立は、熱い飯にこれも熱々の豆腐の味噌汁、焼き物は鰺《あじ》、蕗《ふき》の煮しめに、およしが漬けた茄子《なす》の漬物と梅干し。空腹でもあり、だいたいが食べ盛りの年ごろだから、右京之介は、最初のうちこそ遠慮気味だったが、そのうちものも言わなくなって熱心に箸を動かすようになった。およしとお初はちらりと顔を見合わせ、しばらくするとおよしがつと席をたって、生卵を器に入れて持ってきた。

「お醤油をさして召し上がってくださいまし」にこやかに言って、右京之介に勧める。

「これはありがたい」

右京之介は気持ちいいくらいに嬉しそうな顔をして、飯をお代わりして食べた。鼻の頭に浮かんだ汗の粒も、湯気で眼鏡が曇っているのも気にならない様子だ。かたわらで、およしが団扇《うちわ》をとり、ずっと風をおくってやっていた。

食事が済んで、熱い番茶をいれるころになって、ようやく、お初は、今日御前さまをお訪ねしたときのことから説明を始めた。右京之介は口をはさまず、そうそのとおりというように顎を頷かせている。およしは時々二人の顔を見比べながら聞いていたが、

「なんだか畏《おそ》れ多いようなお話でございますね」と、まず言った。

「御前さまは、お初ちゃん、あんたに、古沢さまをご案内するようにとおっしゃったの？」

「案内って、町中を？」お初は言って、吹き出した。「やまだしの女中さんじゃあるまいし、そんなことはしなくたっていいでしょう。ねえ古沢さま」

およしはお初の気軽なもの言いに恐縮して、あわてて右京之介に頭を下げた。

「御無礼の段は平にお許し下さいませ、この娘ときたら口のききかたを知りませんで……」

右京之介は人の好さそうな笑みを顔いっぱいに浮かべると、およしをさえぎって言った。

「お気になさることはありません。私はお奉行から、お初どのにしたがって、お初ど

ののお手伝いをして見聞を広めてくるようにと言いつかって参ったのです。むろん、探索もいたします。さしあたっては例の油屋の件でしょうか」

右京之介はお初の顔をうかがった。お初は首を横に振った。「さあ、あれについては、六蔵兄さんが戻ってこないことには何とも申し上げられません。あたしだって、帰り道であんなことに出くわすなんて思ってもみませんでしたしね。御前さまとしては、わたしがお伺いしてお話をした、あの三間町の死人憑きの吉次という人のことを調べるようにというおつもりだったんじゃないかと思います」

死人憑きと聞いて、およしがそっと顔をしかめた。

彼女とて、お初の持っている奇妙な力のことや、それにまつわって起こってきた出来事や、それが彼女の亭主の六蔵のお役目を果すときに役立ってきたことや、もろもろの事情をすべて承知している。だが、どちらかと言えば薄気味の悪いこの力を、あまり使わずに、お初にはおとなしく可愛らしくしていてもらいたいというのが本音なのである。

「それより古沢さま、本当にわたくしなんかと一緒に出歩くおつもりがおありなら」

「もちろんそのつもりです、お初どの」

「それなら、そのお召物では困ります。いっそのこと、町人風の身形《みなり》をしてみたらいかがでしょうか。それなら、ずっと歩きよくなります」

右京之介は、さすがにひるんだ。「しかし、どのように……」

「着物なら、なんとでもなりますよ。うちの文さんや北さんのような格好がいちばんいいと思います」

隠密廻りの同心など、しばしば差配や商人のような格好をして歩いている。またそれでなくてはお役目が勤まらない。それを考えたのか、右京之介もすぐとその気になった。一人心もとなそうな顔をしているのはおよしだけである。

「お腰のものも十手も、しばらくは要りませんよ、古沢さま」

お初が御前さまと約束をしているのは、町中の不思議な出来事、奇妙な風聞の出所や詳しい内容を調べてお知らせするということで、それが捕物に関わるようなことにまで発展するのは、十件に一件ぐらいのものだ。そういう意味では危険な探索ごとをしているわけではない。

およしの手配で、右京之介は縞《しま》の着物と股引に着替え、髷《まげ》もお店者ふうに結い替えた。ただし眼鏡だけははずすわけにもいかない。「両替屋の手代さんという風情ですねえ」と、お初は笑った。「お似合いになります」

両袖の端を手でつかんで、新しい元禄《げんろく》を着せてもらった子供のように、右京之介がしげしげと自分の姿を見ているところに、六蔵の帰ってきた声が聞こえた。

六蔵と一緒に、まだ名前もわからない女の子の亡きがらも運びこまれてきた。およしは、幼い子の無残な姿に、さすがにちょっと青ざめたが、すぐに気をとりなおし、てきぱきと動いて、亡きがらを清めてやった。その合間に、六蔵の下っぴきのひとりで絵の巧い信吉《のぶきち》が、きれいになった女の子の顔を描いて、人相書きをつくった。八丁堀へ遣いに行ってきた店番が、赤い小袖をもらってきて届けてくれたので、それを着せ、ごくささいな形でも通夜をしてやろうと、その手配もした。

お初もそれを手伝い、このとき初めて、幻のなかでみた子供の小さな白い手を、自分の手で握ってみた。その小さな顔を見た。

だが、今度はもうどんな幻もやってはこなかった。

これまで何度か、人殺しがあったときに、犠牲者の亡きがらに触れたとたんに、彼らを手にかけた者の顔が、お初の頭のなかに、ちょうど幻灯《げんとう》で見るように浮かび上がってきたことがあった。名前や身元がわかるわけではないから、そこからの探索が勝負であることに変わりはないが、それでも大きな手掛かりになることに間違いはない。六蔵がこの子の亡きがらを引き取ってきたのは、お初の心の目――頭のなかに眠っている目が、この子の亡きがらにじかに触れたら、何かを見ることができるのではないかと、期待するものがあったからだろう。

だが、今回は、それは空《むな》しい試み、そら頼みだった。目顔で尋ねる六蔵に、お初は黙って頭を振ってみせた。

ひととおり片がつくと、今朝からのことの次第を、お初は兄に説明した。それを聞き、妙に生真面目な顔の上に町人髷を乗っけた右京之介に、目をぱちくりさせながら挨拶をしたあと、六蔵は、朝昼兼ねた飯をかきこみながら、丸屋でのその後の話を説明した。

「子供の身元も、いつ油樽に投げ込まれたのかも、まだ何もわからねえ。ただ、丸屋に係わりのある子供ではなさそうだ。いろいろ噂のある主人のことだが、子供の顔を見せたとき、知らない子だと答えたあの様子に、芝居《しばい》の色は見えなかったからな」

子供殺しという事件の浅ましさに、口の端をひんまげて六蔵は続けた。

「うちの連中には手分けして、人相書きを持って、この子を見かけたことがねえかどうか、町中を聞き廻らせている。今のところはそれしか策がねえ。文吉が掛札場からなんかつかんで戻ってくれるといいんだが。ただ、お初おめえには、それとなくもう一度丸屋の現場を見てもらいてえ。最初には見えなかったものが、何か見えてくるかもしれねえからな」

お初は承知し、右京之介といっしょに行くことにした。身形の変わったところでちょっとでも表に出てみれば、彼も歩きよくなったことを実感することができるだろうと思ったからだ。だが、それを聞くと、六蔵のごつい顔が、にわかに曇った。

「古沢さま」と、彼は丁寧に言いだした。「御前さまのお考えは、あっしらのような者にははかりかねます。しかし、れっきとした与力の御身分のあなたさまが、何もすき好んでこんな小娘なんかを助けることは——」

皆まで言わせずに、右京之介は爽やかな口調で言った。「私はお奉行の御命令に従っているのです。六蔵どの、御懸念なく」

六蔵どのと呼ばれて、さすがの通町の親分も二の句がつげなかった。

右京之介と連れ立って姉妹屋を出、丸屋の前にまで歩きながら、お初は言った。

「丸屋の奉公人のなかに、あたしのよく知っている女中さんがいます。まずその娘《こ》に声をかけてからお店のなかをのぞかせてもらいますから、古沢さまは通りがかりの野次馬のようなふりをしていてくださいまし」

「お初どのは、また何か見ることができると思うのですか？」

「さあ、わかりません。これぼっかりは、いつ見えるか、何が見えるか、わたしにも見当がつかないんです。雷がおっこちるみたいに、向こうから来るものですから」

丸屋の前には、さすがに少なくはなったものの、まだそこそこのひとだかりができていた。近所のお店の奉公人の顔も見える。殺された子供が丸屋に係わりがあるにしろないにしろ、災難であることに違いはない。見守る人たちも、一様に眉をひそめて声も低く、怖いものでも見るように、丸屋の油樽のほうをうかがっている。表戸が半分だけ閉められて、透き間から樽の下のほうだけをのぞきみることができるだけだった。

お初と仲良しの女中はお紺《こん》と言って、年は十五。奥向きの雑用を一手に引き受けている。佐倉《さくら》のほうから一人で奉公に来ているしっかりした娘だ。勝手口のほうから入ったお初は、裏庭の井戸端のところで洗濯をしていた彼女を見つけた。手を止めて、こちらを仰いだ顔がいささか青ざめていた。

「たいへんなことになったわねえ」

前掛けで手をふきながら、お紺は立ち上がって近寄ってきた。

「親分さんから、あたしたちも色々聞かれたんだけど」

「うちの兄さんは顔はあんなだけど怖くはないのよ」

「ええ、それはわかってるんだけど。でもねえお初ちゃん、商いものの樽のなかに、あんな小さな女の子が死んで浮かんでいたなんて……あたし恐ろしくて」

「いつ投げ込まれたんだか、さっぱり見当もつかないの？」

「お役人さまにも親分さんにも、ずいぶんとそのことはきかれたみたい。今はまだ、そのあたりのことははっきりしてないの。あたしなんかにわかるはずないし。だけど、ねえお初ちゃんも知ってるでしょう？　うちの旦那さま、ああいうおかただから」

丸屋の主人には、隠し子の一人や二人いてもおかしくないという話だ。

「ええ、知ってるわ」

「もしもあの子が、そういう……世間さまをはばかるような子だったらどうしようって、おかみさんはそっちのほうできりきりしていなさるわ。あたしたちどうなるのかしら。もしも旦那さまにお咎めがかかったら、あたしたちも奉公できないようになってしまう」

お初は小柄なお紺の肩を抱くようにした。「取りこし苦労をしたってつまらないわよ。そんなことにはなりゃしない。旦那さんは関わりないって、うちの兄さんも言ってたし。安心しなさいな」

俯《うつむ》いてしまったお紺を慰《なぐさ》めながら、目をあげて丸屋の家のなかのほうを眺めてみた。裏庭からは、廊下を隔てて、奉公人たちが寝起きしている小部屋の並んでいるのが見える。もう少しまわりこんでみると、石灯籠や植え込みのある、立派な中庭へと出るのだが、今はそこまですることはないように思った。それより、もう一度表へ廻ってみよう。

お紺を励ましておいて、お初は裏庭を出た。表通りに廻る。

右京之介は言われたとおり、道の端に立って、少し眠たそうに見える目をしばたたかせながら、丸屋の入り口のほうをぼうっと眺めていた。お初は彼の脇を通り過ぎ、表戸の透き間を抜けて、丸屋のなかへと足を踏み入れた。

さっき右京之介にはああ言ったし、あれは嘘ではないのだが、ただ、何かが「見える」前には、いつも一様に、不思議な胸騒ぎのようなものを感じる。さもなければ、今朝がた丸屋の前を通り掛かったときに感じたような、頭の痛みを覚えることが多い。今は、それがまったくない。それだから、店のなかへ、あの油樽のそばへ寄ることにも、あまり怖さを感じなかった。

それに、これまでの経験で、ひとつの場所、ひとつのものに関わる幻は、一度きりしか見えないものだということもわかってきていた。何度も何度も、あれこれと手掛かりになるような幻が見えるということは、今まで一度もなかった。六蔵もそれを知っているのだが、万にひとつの僥倖《ぎょうこう》をたのんでもう一度見てこいと命令したのだ。

入ったところには人けがなく、樽のそばに、所在なさそうな顔をした番人が一人、張り番をしているだけだった。お初も知っている顔で、彼女と認めてすぐに近づいてきた。「入っちゃいけませんよ。それとも、親分のお遣いかね?」

「そうなの。丸屋のおかみさんに、うちの者でお手伝いできることがあったらなんなりとどうぞっておお伝えくださいな」

わざとらしくないほどにゆっくりとそれだけ言うと、あの樽に、そして、家の者たちが順番にお役人から口書きをとられているだろう奥座敷のほうへ目をやって、お初はくるりと踵《きびす》を返した。

駄目だ。何も感じない。何も見えない。あのときの、あの真っ黒な闇のなかに子供の手が浮かんでいた幻――今回お初の心の目が見たのは、やはり、その光景だけに留まっているようだった。

表に出ると、右京之介がすぐに近寄ってきた。心なしか張り詰めた顔をしている。お初は首を横に振ってみせた。

「駄目でしたか」

右京之介は言って、小さくため息をもらした。「お初どのにも、すべてが見えるというわけではないのですね」

「こうなると、わたしはもうこのことでは役に立たないんです。そのままだったら、なかなか人に気づかれなかっただろう亡きがらを見つけたところで、わたしのお役目はおしまい。あとの探索は、六蔵兄さんたちの仕事です」

「では、最初の予定のとおりに、三間町の死人憑きのほうにとりかかりましょうか」

死人憑きという、人によっては笑い出すか眉をひそめるような言葉を、右京之介はあくまで真面目に口にする。お初は思わず尋ねた。

「古沢さまは、わたしが口から出任せを言っているとはお思いにならないのですか？」

何を考えているのか、右京之介はちょっとぼうっとしていた。お初が見つめている

と、その視線を感じて我に返ったのか、

「何かおっしゃいましたか？」

「いえ、いいんです」

それより、彼が今何を考えていたのか、そっちのほうが気になってきた。

「古沢さまは、今何を？」

「たいしたことではないのですが」

形が変わったので、やはり気になるのだろう。髷のうしろのほうに手をやりながら、右京之介は言った。「ここに立って野次馬の言うことを聞いていて知ったのですが、丸屋というこの店は、菜種油しか扱っていないそうですね」

「はい。代々そうしているようですよ。場所柄もあるでしょうけれど。通町はお金持ちの多いところですからね」

菜種油の半値で売り買いされる魚油などは扱う必要がないのだ。

「しかし、最初にお初どのが油樽のなかの女の子の幻を見たときには、臭いがしたと言っていたでしょう」

「臭い？」

「はい。魚油の臭いがしたと」

お初は両目を見開いて、じいっと右京之介の顔を見た。彼はたじたじとなって、眼鏡の紐をしきりといじくった。

「何を見ておられる?」

「赤鬼の古沢さまのご子息のお顔を」

お初は言って、ほほ笑んだ。「おみそれいたしました」

右京之介は大いにあわてた。「それほどのことではない」

「いいえ、言っていただかなかったら、忘れたまま気づかないところでしたもの。六蔵兄さんに話さなくちゃ」

三

魚油の一件を六蔵に話すと、彼はちょっと首をひねった。

「さて、どういうことかな」

「あたしにもわからないけど、とにかく感じたのよ、臭いを」お初は言って、声をひそめた。「あの子を殺した下手人の身体に魚油がついてたのかもしれない」

六蔵はお初の顔でなく、自分の鼻の先のあたりをじいっと見つめるような顔をして考え込んでいたが、やがて言った。「考えておこう。それだけだったかい」

「うん。あとは、お紺ちゃんが気の毒なくらい怖がってたのを慰めてきただけ」

そうか、と息をはいて、六蔵は吸いかけの煙管《きせる》の中身を長火鉢のなかにたたき落とした。彼は着るものにも食べるものにもおよそこだわりのない気質で、ときどきおよしが「張り合いがないったらありゃしない」と嘆くほどだったが、煙草《たばこ》にだけはうるさく、国分《こくぶ》の上物の、それも、出入りの千代蔵《ちよぞう》という役者くずれの煙草売りが担いで持ってくるものしか受けつけない。六蔵が言うに、千代蔵の持ってくる品は、彼の工夫で特別に糸のように細く切ってあり、薫りの立ちかたがそこらの国分とは違うのだそうだ。

今もその、独特の少し薬くさいような薫りのする煙のなかで、六蔵は太い眉毛をひそめている。顔はこわもてだが、気の優しい兄のことをよく知っているお初には、彼の心のうちがよくわかった。六蔵は焦《じ》れているのだ。子供殺しは、あらゆる大罪のなかでも最悪のものだ。手向かいできない幼い子を手にかけるなど、魂の腐った人間でなければできることではない。

だから、六蔵は怒っている。そういう人間が、今このときにもどこかをぶらぶら歩いていたり、自分と同じように煙草を吸っていたり、まわりの連中と笑って話をしたりしているかもしれないと思うと、我慢がならないのだろう。だが、我慢ができねえからすぐにひっくくってやろうとしても、今はまだ手掛かりがなさすぎる。それだから、焦れている。焦れながら、次は誰に何をどんなふうに調べさそうかと、その手配を考えている。いったいに、六蔵は、ことが起こったときすぐにばたばた動きまわることはしない。たいてい、まずはじっくり腰を落ち着けて考える。そして、そういうときは、親の仇のように煙草を吸う。少しでも湿気《しけ》るのを嫌って買い溜めをしないものだから、毎日のように千代蔵が姉妹屋に顔を出すことになる。

「あたしが兄さんを手伝えることは、もうなさそうだけど、それでも何かあったなら、すぐに言ってね」

そう言って立ち上がりかけたお初を追いかけるようにして、兄はきいた。「おめえ、古沢さまをどうするつもりだい？」

「どうって、御前さまに言われたとおりに、あの方といっしょに三間町のほうを調べてみるつもりよ」

「御前さまが何をお考えなのか、俺にはしかとはわからねえが」

めずらしく奥歯にもののはさまったような言い方をして、六蔵は顔をしかめた。

「おめえ、古沢さまのご子息の評判を知っているのかい？」

あの方が評判のたつような方なのだろうか。お初は驚いた。

「いいえ。兄さんは何か知ってるの？」

ひょっとすると本当は知られざる剣の遣い手――というような考えが、また浮かんできた。

「お顔を拝んだのは今日が初めてだが、評判は耳にしてる。あのご子息は――」

そこでまた黙る。お初は柱に手をかけ、兄が込み入った話を始めるようだったらまた座ろうかと思っていたが、六蔵は思い直したのかぐいと顎をあげ、

「まあいい、行ってきな。御前さまの『耳袋』とやらに、死人憑きの珍しい話を加えるんだろう？　三間町に行くんなら、ついでに足をのばして八幡さまを拝んで、永代団子でも食ってくるといい。今日はおめえにとっちゃ辛いものを見た日だったからな」

吉次が長屋に帰ってくるのは、いつも日暮れをすぎてのことだという。ゆっくり歩いても、今から三間町に向かったのでは、かなり時が余ってしまう。お初は、六蔵が言っていたとおりにすることにした。右京之介を、あちこち連れ廻すのも面白い。御前さまはあっさりと右京之介をこちらへ寄越したが、お初としては、ちょっとでも気心が知れてこないうちは、いっしょに探索ごとなどできやしない。幸い、右京之介は無愛想ではないので、聞けばいろいろ話してくれるだろう。

「古沢さまは、深川へいらしたことはおありですか？」

辰巳芸者をあげて遊んだの、岡場所の顔だのという返答は期待していなかったものの、「いえ、私は永代橋を渡ったこともないのです」という返事には、これまた驚かされた。

「本当に？」

「はい。私はあまり外に出ないので、組屋敷と御番所のまわりしか知らないくらいです」

「外に出ないって――だけど……ほら、つい先月は天下祭りだったじゃありませんか。あれは御覧になったでしょう？」

山王日枝《さんのうひえ》神社が隔年ごとに行う祭礼は、四十五番も山車が出て、それにまた華やかな附屋台がつき、豪華な衣装をまとった芸者や町娘たちが踊り、はやし方も入る。山王日枝神社に祭られている山王権現は徳川家の産土神《うぶすながみ》として崇められている神様であるし、この祭礼は公方《くぼう》さまも御覧になるというので、だから天下祭りと呼ばれるのである。

右京之介は首を振った。「見ていません。私は御番所のなかにいて、吟味方のお帳を見ていたと思います。警護のために人が出払っていましたからね」

「だけれど、お役目につくまでには御覧になったことがあるでしょう？」

右京之介は、本当にわからないというように首をかしげて、「さあ、覚えがありません。見ているのかもしれないが」

思っていた以上に変わったおかただと、お初は呆れてものが言えなかった。天下祭りさえ見たことがない？　覚えがない？　お祭りを楽しいと思わないのかしら。信じられないような話だ。

右京之介はお初の驚き顔を置いてきぼりに、変わらぬ足取りで歩いてゆく。土手蔵屋敷を左手に、江戸橋を通り過ぎ、本材木町のほうに折れて海賊橋を渡る。このまま東に進めば、右京之介の住む八丁堀の組屋敷はすぐそこだ。

（だけど、あんまりくどくど色々尋ねると、私はここで帰りますなんて言われるかもしれないわ）

永代橋を渡って深川へ行くには、いったん小網町《こあみちょう》のほうへ渡らねばならない。鎧渡《よろいわた》しを越してもいいし、日本橋川の河岸に沿って南茅場町《みなみかやばちょう》を抜け、霊巌橋《れいがんばし》、湊橋《みなとばし》と渡って永代のたもとの北新堀町《きたしんぼりちょう》に出てもいい。どちらが早いかといったら鎧渡しのほうだろうが、少し肩を落とし気味にとぼとぼと歩いてゆく右京之介を見ていると、町人の身形をしていても、渡し船のなかで相客に気さくに「阿仁さんたちはどこへ行くんだね」などと声をかけられたら、へどもどして水に落ちてしまうかもしれないと思えてきた。あるいは、与力見習としての右京之介を知っている顔に出くわさないとも限らない。

さすがに、このあたりのことは知っているのだろう、鎧渡しのほうへと足を向けた右京之介を引き止めて、お初は言った。「歩いて参りましょう。いいお天気でございますし」

通りの先に、丹波《たんば》舞鶴藩《まいづるはん》牧野《まきの》家の上屋敷の石作りの塀に並んで、桟橋のたもとにある渡し小屋の粗末な屋根が見える。川の水は青々と、対岸に立ち並ぶたくさんの蔵の白壁と釣り合って、えもいわれぬ美しさだ。たった今桟橋を離れたばかりの渡し船には、若い娘たちでも乗り合わせているのか、わっとわきたつような明るい笑い声が風にのって流れてきた。

真冬など、歯の根が凍りつくのを覚悟で乗らねばならないこともある渡し船だが、今の季節など、心地好い乗り物だ。いい天気だからこそ、乗るべきだ。ちょっと惜しいなと思いながらも、お初は右京之介の袖を引いた。「もし、知ったお顔と乗り合わせては、決まりが悪いんじゃございませんか」

それでやっと、右京之介は今の自分の身形を思い出したようだった。

「そうですね」と、目をしばしばさせながら言った。「それから、何だか箸の先から飯粒をこぼすような感じで、小声でぽろりと呟いた。「私は、鎧渡しを渡るのが夢なのです」「はあ?」と、お初は思わず問い返した。八丁堀の旦那がたにとっては、ここを渡らないことには不便でしょうがないという渡しである。それをなんでまた。

お初の驚き顔に、右京之介は子供のような笑い顔をつくって、「いや、なんでもありません」と言った。「行きましょう」

なんでもないことはない。お初はあれこれ気をまわし、湊橋にさしかかるまで、黙って歩いた。橋のうえで一度足を止め、手摺《てすり》に寄って、目の下を流れる川の流れと、行き交う船を眺めた。ふんどしひとつの船頭が、長い竿《さお》で操る、材木を山と積み込んだ船がゆく。猪牙《ちょき》もゆく。醤油樽を積んだうろうろ船がひとつ、河岸のほうへと漕ぎ登ってゆく。白いさざ波をたてて進む小舟は、お初の目にも涼しく、川面を渡る風は、袖口から滑るように入ってくるように感じられる。

「秋が近いですね」と、同じように手摺に寄って、右京之介が言った。「水は正直です。季節が来ると、いちばん始めにきちんと涼しくなったり暖かくなったりするでしょう」

「まだまだ暑いけど」

お初は、手強い陽差しに手をあげてさえぎり、夏の風が頬を撫でてゆくのを味わった。立ち止まっている二人を追い越して、カッタンカッタンと音をたてながら、定斎《じょうさい》売りが通り過ぎてゆく。それをまぶしそうに見送って、右京之介がお初を振り向いた。

「ところで、もしもその吉次という男の様子におかしいところがあったなら、お初どのはどうなさるおつもりですか」

歩きだしながら、お初は首を振った。

「さあ、わかりません。とにかく今日は、もう一度吉次さんに会って顔を見て、話をしてみたいと思うんです。最初に行ったときと同じ、人違いの吉次という人を探しているというふれこみでね。それで、たいして数はないけれど、うちでもろうそくを使っているからって話して、姉妹屋にも流れ買いに来てくれるように頼んでみようと思います。そうすれば、わざわざ出かけて行って言い訳をこさえなくても、これからもちょいちょい吉次さんの顔を見ることができるでしょう？」

「なるほど、わかりました」

「それと、わたしの目には吉次さんが歳よりも若いように見えるけれど、そういうことは、もともと感じかた次第ですからね。古沢さまにはどう見えるか、それをお聞かせくださいまし。あ、そうそう」

忘れるところだった。

「これから行く先では、古沢さまはうちの板場で修業中の者、ということにしていただけませんか。そして、ときどきわたしのお供もしてくれる、ということに。もちろん、本当は違うんですが、表向き」

「そうですね、それはいい」右京之介は言って、「名前はどうしましょうか」

「右吉《うきち》でいかがです」

「うきち」繰り返して、右京之介はちょっと笑った。「面白い。右吉さんですか」

にこにこしている顔を横目に、お初は思い出していた。六蔵兄さんは言ってたっけ……なんだか古沢さまには評判があるとか。

聞き出したいこと、聞いてみたいことはたくさんある。

「佐原屋の串団子を食べましょ、古沢さま」

永代橋の西のたもとまで来たとき、お初はそう声をかけた。二人は並んで佐原屋の店先に並べられた縁台に腰をおろし、つけ焼きの団子を食べ、茶を飲んだ。勘定は、お初を制して右京之介が払った。

「お供が払うのがあたりまえです」と言った。澄ましている。

いつもながら佐原屋は賑やかに混んでいる。お初たちと同じ縁台の右側には、商いの途中であるらしいもぐさ売りが、荷箱をおろして一服つけている。お初と背中あわせに腰をおろしている若い娘は、どこかのお店《たな》の娘であるようだ。参拝帰りなのだろう、お札を大事そうに胸に抱いている。父母らしい男女が一緒で、お供の男を一人つれている。先ほどから何やら頭を寄せてひそひそ話しているが、悪い話ではないらしい。時おり、娘がちらと歯をのぞかせて笑っている。きっちりと結い上げた髪から、ほのかに椿油の薫りがする。派手につくってはないが、紅珊瑚《べにさんご》のひとつ玉のかんざしが目を惹く。

同じような年ごろの娘の楽しげな姿が、ふとお初の心を動かした。こんなにいいお天気なのだし、死人憑きだのなんだのという陰気な話など放りだし、せいぜい遊んで帰るだけだっていいじゃないかしら――と。

そもそもあたしは、どうして今のようなことをしてるんだろう。何が見えようと聞こえようと、係わりのないことだと見過ごしにして忘れてしまえば、それで済むことだろうに。

（よくよくもの好きってことかしらね）

心の内の想いについ苦笑してしまったところを、右京之介に見られていた。

「どうかなされたのですか」ときいてきた。

「いえいえ、べつに」

はぐらかしたつもりだったが、右京之介は、お初がきまり悪く感じるほどにしげしげと見つめてから、あたりをはばかるように声をひそめて、そっときいてきた。

「お初どのには、ほかの者には見えないものが見え、聞こえないものが聞こえることがある――そうですね……」

「ええ、まあ……」

「それはその」右京之介は言いにくそうに口ごもった。「お初どのは、まわりにいる人々の心を読むことができるということでもあるのですか？」

お初はびっくりし、ちょっと目を見張った。

「御前様はそうおっしゃっておられましたか？」

「いや、そういうことでは」

「それなら安心だわ。そんなことはないんですもの」

「人の心の内は見えないのですね？」

「見えません。勘をはたらかすとか、憶測するとか、そういうことなら人並みにできるでしょうけれど、心を読むようなことは、わたしにはできないんです。そんな力はないんです」

右京之介は小さくうなずいたが、まだ釈然としないとでもいうかのように、こめかみのあたりを手でかいている。

「そうすると、お初どのが見たり聞いたりすることのできるのは……どういうものなのだろう。あの丸屋の油樽のなかの子供を見ることができたのは、なぜなのでしょう」

これは説明のしにくいことで、お初は一度頭のなかで考えをまとめてから、ゆっくりと口を切った。

「実を申しますと、わたしにもよくわかりません。ですからこれは、御前様がわたしにお話くださったことの引き写しですけれど……」

「お奉行が」

「はい。御前様がおっしゃるには、人は誰でも、死に際に、恐ろしく強い思いを抱くのだそうです。それはもう、生きているうちに心に思ったことの強さなどと比べようがないくらい、激しい思いを。ちょうど、線香花火が、燃え尽きて落ちる前に、ぱあっと明るくなるように」

右京之介はうなずいた。どうやら、線香花火はして遊んだことがあるようだ。

「安らかに死んでゆく人のときには、残してゆく家族への愛情や、見取ってくれたことへの感謝の気持ちや、別れを惜しむ悲しみ——悲しみだけれど、暖かい悲しみですね——そういうものを心に抱く。けれども、突然死ななければならないことになって、驚きや不満や恐怖を感じていると、それがかあっと燃え上がって、心に残る。そうすると、そういう気持ちは、その人の息がなくなってしまったあとも残ってしまう」

右京之介はうーんと唸った。お初は続けた。「御前さまがお話してくれたことですが、昔、あるお侍があることでお咎めを受けて、お腹を召すことになったのだそうです。そのかたは無念でたまらなかった。とくに、自分がお咎めを受けたのは、まだ不徳の致すところだと諦めもするけれど、自分のために働いてくれていた部下の若侍たちまで同じように死んでいかなくてはならないことを、歯噛みするほどに口惜しく思っていた。そこで殿様に訴えた。介錯人《かいしゃくにん》に斬られ、首が胴と離れたとき、自分の意思の力で、殿の御覧になっている座敷の端にまで飛び上がってみせる。必ず飛び上がってみせる。それをお見届けになったなら、それがしが手下の者たちを思う気持ちの強さをわかっていただけるだろう。ここでどれほど言葉を尽くして話すより、よくわかっていただけるだろう、と。そして、それを得心いただけたなら、どうか手下の若侍たちはお咎めなしということでお許しいただきたい、と」

右京之介は目を見張った。「それで、飛び上がったのですか？」

「はい。見事に飛び上がったそうです。それで、殿様は、残りの者をお咎めなしとなさったとか」

右京之介は、また唸るような声を出しながらがぶりと茶を飲んだ。

「人の死に際の気持ちは、それほどに強いのだと、御前様はおっしゃいました。それですもの、他人の手にかかって無念の死にかたをしたり、恐ろしさに泣き叫びながら殺されたり、無念の涙を流しながら息絶えたりしたなら、その思いが残らないはずがありません。そして、わたしが見たり聞いたりするのは、そういう『思い』の残ったものなのです」

「丸屋の油樽のなかの子も同じですね？」

お初は強く頷いた。「あの子が恐ろしさに泣きながら死んでいった、その思いが、わたしの目に幻を見させたんです」

この世の去り際に心に抱かれた思い――それが宙に放たれ、そこに留まり、お初のような「目」を持つものに感じとられる。

「時には、残された思いがあまりに強いので、身体が朽ちてなくなったあとまでずうっと残り、それが形をなして、わたしのような者だけでなく、ほかの、普通の人たちの目にも見えるようになることがあります。それを幽霊と呼ぶのだと、御前様はおっしゃいました。『番町皿屋敷《ばんちょうさらやしき》』のもとになったお話など、そういうことだったのだろうと」

「なるほど」

右京之介は、しばらくのあいだ、腕組みをしたまま考え込んでいた。お初は手の中で湯飲みをもてあそびながら、そんな彼を見守っていた。

すると、右京之介がきいた。「お初どのは恐ろしくないのですか」

「恐ろしい？」

「そういうものを見聞きして、恐ろしいとおもうことはないのですか？」

お初はほほえんだ。「恐ろしいですよ。いつもいつも、そのたびごとに死ぬほど恐ろしいと思います」

右京之介の顔が、わずかに歪《ゆが》んだ。「では、そういう力があるということは、とても辛いことでもあるわけですね」

「まあ、そうなのでしょうね」お初は答え、それからちょっと笑ってみせた。「ですけれど、辛いからといって切って捨ててしまうことのできるものではないし、仕方ないですよね」

「身体には害はないのだろうか」右京之介が呟いた。「疲れないのですか」

「それほどは」ほほ笑みを消さないまま、お初は答えた。

自分のなかに、こうした不思議な力が眠っていたことに気がついたのは、それほど昔のことではない。六蔵の話では、お初は、子供のときから時折変わった様子を見せることもあったという話だが、本人はそんなことなど覚えていないし、むろん自覚もしていなかった。お初にとっては、すべてが、この力が目覚めたとき——初めての月の障りが訪れてからこっちのことだ。

だが、もしもその目覚めのときから今まで、ずっとひとりぼっちでいたならば、遅かれ早かれこの力が重荷になって、下手をするとお初自身の心の塩梅《あんばい》がおかしくなってしまっていたかもしれない。御前様に出会い、様々な話を聞き、知恵を授けていただいてきたから、こうして今のように、身体の内側にある不可思議な力と、仲良く付き合い、それを乗りこなすことができるようになったのだと思う。

佐原屋を出て、また歩き出したあとも、右京之介はずっとお初の言葉を噛み締めて考えているようだった。ときどき、口のなかでぶつぶつと呟いたりしている。お初は強いて声をかけず、ちょっと遅れて歩いていった。

大川もこのあたりは下流のほうだから、川幅もいちだんと広く、永代橋は大川にかかる橋のなかではいちばん長い。川面を見おろすと、材木をつないだ長い筏《いかだ》が下ってゆく。このあたりを行き来するのは、木更津《きさらづ》や行徳《ぎょうとく》あたりから荷を積んでくる船や、沖合の廻船から荷を受けてきた艀《はしけ》のような小舟など、商い一方の船だ。日本橋川や小《お》名木川《なぎがわ》へと、群れ急いで舳先《へさき》を向けてゆく忙しげな船の動きは、江戸の町の活気をそのまま映している。

永代橋を佐賀町《さがちょう》のほうへ降りて、さらに西へ。富岡八幡に参拝する人、帰る人たちの行き来するなかに混じって歩いてゆくと、捨て鐘三つに続いて、七ツ（午後四時）の鐘が聞こえてきた。富岡八幡宮は、お許しを得て、その境内で時の鐘をついている。ごく近く聞こえるのはそのためだ。

鐘の音で、右京之介ははっともの思いから覚めたらしい。お初は彼を一ノ鳥居のほうへと促した。

「お参りしていきましょう」

富岡八幡宮の一ノ鳥居の先には、岡場所が集まっている。もとは、まだ永代橋のかけられていない昔、江戸の中心から離れて参詣に不便なこの八幡が少しでも賑わうようにと、特に規制をゆるめて茶屋に女を置くことを許したのが始まりで、今では、吉原で遊び疲れたという粋人まで好んで訪れるような遊里になってしまった。

この岡場所を訪ね、羽織がしるしの辰巳《たつみ》芸者と浮かれ遊ぼうなどという面々は、このあたりまで、猪牙を仕立てて水路をすいすいとやってくる。八幡宮もその並びの永代寺も、脇目に見て素通りだ。だから、履き物や足袋を土埃で汚して歩き回っているのは、八幡信仰の参拝客ばかりである。

右京之介は、本当に初めてこの地を訪れたものであるらしい。

「これが噂に聞く仲見世ですか」などと言っている。そうか、吟味方の古顔で、赤鬼の古沢さまには、この地は縁が薄いのだなとお初は思った。

与力同心の分課のなかには「本所方」という係があり、与力一人、同心二人が割り当てられていて、本所、深川一帯の諸般の事務を司っている。堀割の橋や建物の普請から、名主の代替わりや進退のような細かなことまで一手に引受けているが、これだけの遊里を抱えている土地のことだから、これはなかなかに実入りのいいお役目である。通町あたりでうしろぐらいことをしでかすと、橋を渡って深川や砂村のほうへ逃げてゆく輩が多いものだから、六蔵は本所方の旦那衆と懇意にしているが、彼らの懐の潤沢なことは、下手な御直参が歯嚙みして悔しがりそうなほどのものだ。

しかし、右京之介を見ても、その親父どのの評判を聞いても、古沢と名のつく与力の家は、そういう旨味のある分課を喜ぶところではなさそうだ。赤鬼の古沢さまのごつい顔のどこを探しても、伜どのを焚きつけて岡場所をのぞかせてみるような、粋狂のひとつも隠れてはいないような気がする。

本殿を拝んで、お初がおみくじを引いているあいだに、右京之介はどこかへ行ってしまった。姿が見えない。くるくると見廻しても、彼らしい後ろ姿が見つからない。いささか心配になってうろうろしていると、しばらくして、「お初どの」と声をかけられた。

「まあ、どちらにいらしていたんです？」

「いや、そのつい夢中になって」右京之介は弁解した。何に夢中になっていたのか知らないが、言葉のとおり、頬のあたりが少し赤らんでいる。目も輝いている。おやまあどうしたんだろうと、お初は思った。

「何を御覧になってたんですか」

「とても珍しいものを見つけました」と、息をはずませている。「いやあ、いいものを見た」

どこぞの奇麗な姐さんの襟足でも見ていたのだろうかと、お初はちょっと眉根をひそめた。

「どんな良いものです？」

「それはですね――」

右京之介は勢いこんで話し出そうとしたが、何を考えたのかそこで口をつぐみ、

「いや、これはお初どのにお話しても始まらない」と、あやふやな口調で言った。

「わたしにはわからないことでしょうか」

「そうかもしれない。どのみち、話してはいけないことかもしれないと思うのです」

まあ、嫌らしい。お初は勝手に決めつけた。

「さ、参りましょ」

素っ気なく促して先に立って歩き出した。右京之介はまだ幸せそうな顔をして、口のなかでぶつぶつ独り言を言ったりしながら、心なしか軽くなった足取りで、はずむようにくっついてくる。ますますもって嫌らしい。本当によくわからないおかただと、お初は少しばかり業腹だった。

三十三間堂《さんじゅうさんげんどう》の脇を抜け、永居橋《ながいばし》、亀久橋《かめひさばし》と渡って、平野町《ひらのちょう》を右手に西へ戻る。海辺橋《うみべばし》のところを右に折れて、町屋のなかをしばらく行くと右手に霊巌寺だ。さらに北へ進んで高橋《たかはし》を渡り、大きな道を右に折れる。小笠原佐渡守のお屋敷の門前を通り過ぎ、細い路地を左に曲がる。その先が三間町だ。

この道中のあいだは、もう話すことはないような気になっていた。

古沢右京之介さま。わからない。変わり者だ、このおかたは。御前様を恨みたいような気もする。

右京之介はあれこれ話しかけてきたが、お初は生返事でやりすごした。半日の物見遊山も、これでおしまい。

三間町のあたりは、二階建てのしもたやや平長屋が入り交じってぎっちりと建てこんでいるのだが、吉次の住む十間長屋の木戸のところには、筋のよくなさそうな佳庵《けいあん》が看板をあげていたことを覚えていたので、お初はほとんど迷わなかった。どぶ板を踏んで、湿っぽい風の淀む奥のほうへと進んでいった。どの家でもおかみさん連中が夕飯の支度にかかっているのか、狭い路地に煙が流れ、どこからか飯の炊ける匂いが漂ってくる。

陽は暮れかかってきたが、吉次の住まいに人の気配はなかった。それでも一応声をかけてから、破れたところを張り合わせ、柄のようになってしまっている腰高障子に手をかけると、すっと開いた。

そして、お初は思わず身を引いた。

吉次の住まいの狭い座敷のなかは、丸ごとひっくり返したかのような乱れかたをしていた。それだけでなく、壁や畳のあちこちが煤《すす》け、土間はじっとり湿っている。焦げ臭いにおいも漂っていた。

そのとき、背後で声がした。「吉さんに用かい？」

振り向くと、むくんで不機嫌そうな顔のおくまが立っていた。お初の顔を認めて、ああ、と呟いた。

「このあいだ吉さんを人違いしたお嬢さんじゃないか」

お初は挨拶を返し、今日はあらためて店の者といっしょに吉次さんに会いにきたのだと話した。右京之介も右吉ですと名乗ったが、おくまはほとんど聞いていないようだった。「吉さんなら、おっつけ帰ってくるよ」と、おくまは言った。「約束をしているお客がいるから、こんなときでも商売は休めないって出かけて行ったんだ」

「何があったんですか」

吉次の住まいをさしてきいたお初に、おくまはぶっきらぼうに答えた。「昨日の夜、何をあわてたんだか吉さんが行灯を倒してね。火が出たんだよ。すぐに消し止めたけどね」

「行灯を倒した」と、右京之介こと右吉が言った。「それはいけない。吉次さんに怪我はなかったのですか」

「ちょっと火傷をしたようだけど、たいしたことは」

お初と右京之介をじろりと見比べて、おくまは言った。くたびれたような口調だった。

「あんたたち、吉さんの帰りを待つんなら、なかに入ってたっていいと思うよ。少しずつ片付けてるって言ってたから、座る場所ぐらいできてるだろう」

できてるだろう、か。吉次と親しくしていたはずのおくまが、そういう言い方をしている。やはり、一度吉次が死んで生き返ってきてからは、前のような付き合いではないのだ。おくまがくるりと背中を向けて行ってしまったあとも、お初はしばらく彼女のいたところを見つめていた。

右京之介が先にたって、吉次の住まいへと足を踏み入れた。どうやら無事であったらしい煎餅《せんべい》布団を脇に退けて、畳の焦げていないところにお初を座らせてくれた。

「小火《ぼや》だったのでしょう。焼けているところより、濡れているところのほうが広い」

そう言って、右京之介はあたりを見廻した。「行灯がありませんね。捨てられてしまったのでしょうか」

「使い物にならなくなってしまったんでしょうからね」

それにしてもひどい有様だこと、と思いながら、お初は答えた。どこに何があるか、さっぱりわかりゃしない。

「お初どの」右京之介が呼んだ。

「なんですか」

振り仰ぐと、彼は半分がた空になった水瓶のそばに立って、ぼうっとしたような顔をしていた。

「吉次という人は、行灯の油に何を使っていたのでしょうか」

お初は目を見張った。「は？」

「この所帯では、贅沢ができるとは思えません。行灯の油は――」

はっとして、お初は言った。「魚油でしょうね」

「今日は、よく魚油の話をするような気がしませんか」

だけどまさかそれだけのことで――お初が言いかけたとき、障子が開けられた。吉次が帰ってきたのだった。

そしてお初は、丸屋の油樽の幻を見たときのあの匂いを、また感じた。

四

お初を送り出したあと、六蔵は、信吉が描いて写しをつくった女の子の人相書きを手に、下っぴきたちと手分けをして、通町の端から端まで、めぼしい家やお店を順番にまわっていって、聞き取りをすることに戻った。一昨日あたりからこっち、この子の顔を見かけなかったか。見慣れない者が丸屋の周囲で見かけられてはいなかったか。はかばかしい答えはなかったが、根気が肝心だ。

そのさなかに、芝口《しばぐち》の掛札場へ遣っていた文吉が戻ってきて、本所相生町《あいおいちょう》二丁目の卯兵衛店《うへえだな》から、店子の子供で数えで五つになるおせんという女の子が、昨日の昼過ぎから行方知れずになっているという立て札が出ていると報せてきた。立て札に書かれている、その子の髪の形や着物の色も、丸屋で見つかった女の子とよく似ているという。

「相生町か。よし、ひとっぱしり行ってこよう」

こういうようなとき、六蔵は必ず自分で出かけてゆく。足の速さは、神六親分の下で働いていたころから折り紙つきだし、岡っ引きはてめえの足で稼ぐのがお役目だ。それに、今度のような場合、遣いの下っぴきたちが行っては先方が信用してくれないかもしれないし、仮にそうでなくても、取り乱すに決まっている親の気持ちをおもんぱかって行動するには、六蔵の手下の者たちは、まだちょっとばかり若すぎるのだ。

江戸の町には迷子が多く、これは、市政の泣き所のひとつでもあった。拐かしや人さらい、今で言う人身売買のようなあくどいものから、祭りや縁日に子供の手を引いて出かけ、人込みにまぎれて見失ってしまうというような例まで、数かぎりない。おまけに、一度迷子になってしまうと、今度は容易に見つけることができない。迷子の子供が保護された先の町内で育てられ、親がわからないまま立派に成人してしまうようなこともざらにある。こうした生き別れの悲劇を、六蔵は今まで山ほど見聞きしてきた。

芝口の掛札場は、享保のころ、八代将軍の吉宗《よしむね》公が、こうした失踪人や迷子の捜索に役立つようにと設けたものだ。ほかに、目ぼしい橋のたもとや神社の境内などには、その町々の人たちが据えた迷子の標もある。天保《てんぽう》のころになると、湯島天神《ゆしまてんじん》の境内にその名も迷子石というのが立てられるようにもなる。それほどに、迷子は深刻な問題だったのだ。

ところが、世の中には悪賢い連中がいるもので、こうした立て札などを見て迷子が出たと知ると、藁《わら》をもすがる思いで余所からの噂や報せが入ってくるのを待っている親の気持ちにつけこんで、子供を見つけた、会わせてやるからと嘘をつき、金を騙しとったりするような輩もまた現れる。実際、そういう例もまた枚挙にいとまがないほどだ。それだから、親へ報せにいくには、少しでも彼らに（これは本当の報せだろうか、この人を信じていいんだろうか）などと気をもませないように、最初《はな》っから六蔵が行ったほうがいい。

本所相生町は、両国橋《りょうごくばし》を渡った先で、大徳院《だいとくいん》の門前町《もんぜんまち》の南側に、手前から一丁目、二丁目と並んでいる。相生二丁目の通りひとつ隔てた北側は、今では松坂町《まつざかちょう》一丁目の町屋になっているが、百年前の元禄ころには、あの赤穂浪士《あこうろうし》の討ち入りで名高い吉良《きら》邸のあったところだ。急ぎ足で走るようにそのあたりを通り過ぎながら、そういえば今月の十日からは、中村座で仮名手本忠臣蔵《かなてほんちゅうしんぐら》十一段がかかると、およしが言っていたのを思い出した。四世市川団蔵《だんぞう》が七役を演じるとかで、お初と二人、観たい観たいと騒いでいた。

差配人の卯兵衛の住まっている家はすぐにわかった。声をかけるとすぐに当人が出てきたのは、やはり外からの報せを待っていたからだろう。五十がらみの声の嗄《しわが》れた男で、町役人のお勤めが長いのか、六蔵の話を聞いてもあわてることはなかった。

「そうですか、せんが見つかりましたか」と言って下唇を咬んだ。

「まだはっきりしたわけじゃねえが。ふた親はどこに住んでますかい」

卯兵衛は先に立って案内した。

「父親の弥助《やすけ》は雪駄《せった》直しを生業《なりわい》にしてる男で、母親はとめ。昼のうちは回向院《えこういん》の門前町の茶屋で働いてます。せんはひとつぶだねで、私もよく知ってますが、おとなしくてそりゃあいい子でした。おとめのほうは、昨日一日はもの狂いみたいになって探し廻っていましたが、今はもう腑抜けになっちまってへたりこんでいます」

おせんの家は、長屋の木戸のすぐ先にあった。卯兵衛が声をかけて障子を開けると、髪を乱した二十五、六の女が、奥のほうに寄せて敷いた薄い布団から、青ざめた顔をあげてこっちを見た。たしかに心労でやつれきったという様子だった。

「とめさんよ、弥助は？」

卯兵衛の問いに、おとめは起き上がって髪を直しながら、

「もう一度心当たりを探してみるって、箕《みの》さんたちと出ていきました。半刻ばかり前ですけど」

六蔵は進み出て、手早く名乗り、おせんらしい女の子が見つかったということを話して聞かせた。おとめはものに憑かれたような顔をして、裸足で土間に飛び降りた。

「どこです親分さん、おせんはどこです」

六蔵につかみかからんばかりの勢いだった。頬に彼女の唾《つば》が飛んできた。卯兵衛があわてて引き離す。おとめをなだめて身体をよけたとき、六蔵は、飴《あめ》色にくすんで端のほうが破れた竹笠が、あがりかまちのところに仰向けに置いてあるのを見つけた。そのなかには、はぎれでこさえた赤や紺色のお手玉が三つ四つ入っていた。

雪駄直しの行商は、商いに出るとき、竹笠をかぶってゆく。それの古くなったやつを、弥助がおせんに与えたのだろう。

嫌なものを見た。おとめと卯兵衛を伴って通町に帰る道中が、ますます辛いものになった。姉妹屋に寝かされているあの女の子が、おせんではあって欲しくないという気がしてきた。子供の身元は知れてほしいが、おせんではあってほしくない。矛盾するようだが、六蔵は心のうちでそう願った。

だが、岡っ引きの願いというのは、たいがいの場合かなえられない。

姉妹屋まで足を運び、湯灌をされて、眠っているような可愛い顔で横たわっている幼女をひと目見るなり、おとめはその場にどうと倒れた。

「おせんです」と、卯兵衛が言った。

まぎれもないあの匂い。

それを感じたときに、理屈でどうのこうのいうのではなく、お初にはそれとわかった。あの小さな女の子を殺したのが、今目の前にいる吉次という男であるということが。なぜ殺したのか、いったいどういういきさつがあったのか、筋道だったことはわからない。だが、お初には感じることができたのだ。

この小さな九尺二間の吉次の住まいのなかに、何か言葉では表せないような、それでいて手で触れることのできるような、重さはあるが形の定まっていないお化けのようなものが、すうと忍び込んできたように、お初は感じた。爪先が冷たくなり、こめかみと、額の真ん中が痛み始めた。

お初の目に見える吉次の姿は、つい先だって初めてここを訪ねてきたときに見たのと同じ、痩せぎすの、頬のそげた感じの小男で、大きめの両目の下に、描いたようなくまが浮かんでいる。そして、あの日にもそう思ったけれど、肌の張りや髪の照りなど、四十という年齢には見えない。せいぜいが三十二、三というぐらいだ。

「……どなたさんですか」

頭にかぶっていた手ぬぐいを取りながら、お初と右京之介を見比べて、吉次は問うた。

右京之介がお初の顔を見た。うかがいをたてるというような目つきをしていた。だが、お初が魅入られたように吉次を見つめているだけなので、少しのあいだおろおろと眉毛を上げ下げした挙げ句、つっかえつっかえ口を開いた。

「わたくしどもは――えー――ついこのあいだもここをお訪ねいたしたのですが――」

右京之介の声が、お初を悪い夢のようなもの思いから引っ張り出した。はっと背中を伸ばし、腰掛けていたあがりかまちから立ち上がって、言った。

「お忘れでございましょうか。ついせんだって、吉次さんというお名前を頼りに、人違いをして訪ねてまいった者です。わたしは初と申します」

右京之介のほうを見返って、

「これは右吉と申しまして、わたくしの家に奉公している者でございます。申し遅れましたが、わたくしは、浜町の磯善《いそぜん》という料理屋の娘でございます」

とっさに、義姉のおよしの父親の店の名前を出した。ろうそくの流れ買い云々の話を持ちかけるには、一膳飯屋よりも料理屋の名を挙げたほうがそれらしい。

吉次は、ああ思い出したという顔をした。「このあいだの……それで、今日はまたあっしに何の用で。人違いということはわかったんじゃねえんですかい」

背中にしょった枡と、腰に巻いた風呂敷包みをおろし、あがりかまちのところに置く。背中の荷物がなくなると、吉次の腰が伸び、最初に感じていたほど小柄には見えなくなった。

「いえ、実は――」

お初は用意していた口上を述べ、そのあいだ、吉次は律儀にその場に立ったまま聞いていた。右京之介も、お初を見たり吉次を見たり、きょろきょろ目を動かしながら、もっともらしい嘘の話を聞いていた。

「そういうことでしたら、あっしには有り難てえお申し出です」

お初の話を聞き終えると、吉次はそう言って、愛想のいい笑みを浮かべた。この男が笑ったところを、お初は初めて目にした。そして、吉次が笑うと、右頰の下のほうに、刃物で切られた傷が治ったような痕が、うっすら浮かび上がることに気がついた。平たい表情をしているとわからないが、頰が動くと、そこだけ線を引いたように傷跡がへこんでいるのが見えるのである。

その傷跡には、どこかしら、「絵にかいて壁にはっつけただけのようなひと」にはふさわしくないところがあるような――

(いえ、そうじゃない)

口元だけは動かして、吉次と言葉を交わしながら、心の中で一所懸命に考えた。

(この人には、やっぱり死人が憑いてるんだ。それだから、この人が生きていたときには、少しもおかしく見えはしなかった傷跡のひとつでさえも、妙な色合いに染まって見えるんだ。この人の、息の絶えた身体に乗り移っている死人の魂が、そういう小さなところからはみだして、にじみ出ているのかもしれない)

息苦しくなってきて、お初は思わず帯のところに手をやった。身体にびっしょりと汗をかいていることに、そのとき気づいた。顔にもそれが出ているだろうか？　目の色に、あたしが怖がっていることが出ているだろうか？

「あの、申し訳ないんですけど、ちょっとはばかりを借りられますか」

とにかく一度ここを離れよう、少しでもいいからと、そう口に出してみた。ぎくしゃくしたもの言いだったが、吉次は気にする様子もなく、「そっちの角です」と、場所を教えてくれた。

腰高障子を開けながら、お初は早口で右京之介に言った。「右吉、吉次さんと話して、価はどれぐらいにするとか、いついつに来てもらうとか、細かいことを決めてちょうだいね」

視線に力をこめてうんと右京之介を見つめ、うまくやってねと伝えたつもりだが、彼は眼鏡ごしに頼りなさそうなまばたきを返し、「へ、へい」と、とってつけたような返事をした。心もとないが、今のお初には、ひとつ息をするあいだでも、吉次と顔をあわせていることができそうになかった。

外に出て、うしろ手に障子を閉めると、震える手をぎゅっと握り締めて自分を力づけ、手近の番屋を探しに走った。早く六蔵兄さんに報せなくちゃいけない。

三間町の自身番には、そのとき、月番の差配がおらず、雇われの店番と書役の二人が、暇にまかせて、火事に備えて置いてある鳶口などの道具の埃をはらったり、数を数えたりしているところだった。そこへ、目をつり上げた若い娘が転がるようにして走りこんできたのだから、二人そろって仰天した。

その娘は、息を切らして、まずは書くものをちょうだいと言い、紙と筆を渡してやると、鬼に憑かれたような顔つきでなにやら書きなぐり、次に、お願いだから駕籠《かご》を飛ばして、これを通町の姉妹屋とかいう一膳飯屋に届けてくれという。いったい何が何やらさっぱりわからねえ。この娘は気が触れてるんじゃねえかとも思ったが、
「後生ですから、お願い！」と拝まれて、顔の前で手をあわされては、そうそう無下に突き放すこともできない。手紙を届ける相手もはっきりわかっていることだしと、店番がそれを引き受けた。娘は声をしぼるようにして叫んだ。
「お願いだから、急いでね！」

五

そろそろ陽の傾くころになって、丸屋を引き上げてきた亥兵衛と、六蔵は自身番で落ち合った。通町の自身番は、表通りに面した二間に三間のつくりで、出入口のほうに土間があり、そっちに向いて書役が座っている。往来の騒々しいざわめきが流れ込んでくるが、今はそれが具合がいい。

亥兵衛は丸屋でのお調べに立ち会って逐一見聞きしているので、六蔵としてはそれをあてにしていた。これが南の月番のときなら、同心の石部とじかに話し合って探索を進めてゆくこともできるのだが、勝手のわからない北の同心とではそうはいかない。いくら通町が六蔵の縄張りであるとは言っても、岡野さまは岡野さまで、自分の子飼いの岡っ引きを走らせたほうが勝手がよかろう。そうした事情を考えると、亥兵衛が月番で実に運が良かったと、また思った。

亥兵衛はてきぱきと、丸屋でのお調べの様子を語ってくれた。岡野というあの同心はなかなか手際がよく、巻き紙を持ってこさせて、それに、昨夜から今朝にかけて、丸屋の誰がどこでどうしていたのかを、ひと目見てわかるように、並べてすっかり書き出していったそうだ。

「そうだと言っても、お店の者をお疑いになっているわけじゃない。お店のものなら、自分のところに亡きがらを捨てたりするわけがないからねえ。そうやって書き出して、あの樽の周りにひとけがなかった時刻をお調べになったんだ」

それによると、丸屋の表も裏もあわせていっさいの戸締まりをしたのが昨夜の四ツ(午後十時)ごろだという。「今朝は、水汲みと飯炊きに女中が七ツ(午前四時)に起き出して、そのときに勝手口の戸を開けたというんだな」

夜の間は誰も樽のそばにはいないが、戸締まりされてしまえば外から入ることはできないので、つまり、昨夜の四ツから今朝の七ツまでのあいだは除外することができるということだ。

「なるほど、それで?」

「昨夜は、なんでも帳簿付けに間違いが出たとかで、通いの番頭がいつもより遅くまで残っていたそうだ。表戸を閉めたあとも、ずっと店先にいて、ろうそくひとつ点して帳簿調べをしていた。樽の見えるところだよ。飯を食うために、ほんのしばらく離れただけだっていう。そして、その番頭が帰ったときに、戸締まりをした」

「それが四ツってことか」

「そうだろう。だから、子供が投げ込まれたのは昨夜じゃないってことになる。今朝がただろう」

六蔵はうなずいた。「朝方の、人の出入りは」

亥兵衛は、これを問われたときに丸屋の面々がしたのと同じように、困ったように首を振った。

「朝早くから働いてるのは女中たちだし、お内儀もいっしょに起き出すそうだが、これがはっきりしないんだよ。とにかく、勝手口を開けたままにして、自分たちもそこから出たり入ったりしているから、その気になれば、外から人が忍び込むことはできるだろうってことだけは言っているが」

六蔵は首をひねった。勝手口から忍び込んでも、樽のところへたどりつくまでには、ちょいと距離がある。そうやすやすと、勝手のわからない家のなかを抜けていくことができるものだろうか。

さて、と考え込んでいると、

「あんたの縄張りでたいへんなことが起こったものだが」

煙草盆を引き寄せながら、亥兵衛が言った。「それにしてもお手柄だったね、親分。あれほど早くに子供の身元が知れるとは」

子供の身元がわかったことは、すぐに亥兵衛のほうから岡野に報せてある。

亥兵衛に雇われている店番が出してくれた茶をすすり、六蔵はうんとうなずいた。

「運がよかった。こっちにつきがあるのは有り難えことだ。俺はどうしても、この殺しの下手人をてめえの手であげたいんだよ。縄張りのどうのってけちくせえ話は抜きにしても、通町のお店の商いもののなかに子供を殺して放り込んでいくような野郎を生かしておいちゃ、俺の顔が立たねえ」

「神六親分にも申し訳が立たねえしな」

亥兵衛は、神六がこのあたりを仕切っていたころから家主稼業をしているのだ。

「あの殺しをやらかした野郎は、子供を担いで——そのときはもう死んでいたろうし、五つの子だからあのとおり身体も小さいが、それにしたって、あの子を担いで、丸屋に入りこんだんだ」

自分に言い聞かせたしかめるように、六蔵は言った。

「そうだろうね」と、亥兵衛がうなずく。

「ぜんたい、そんなことがどうしてできたんだろう。丸屋の連中に見咎められずに。ちっとでも音をたてたら終わりじゃねえか」

「私は、なんでそんなことまでして丸屋にあのおせんって子を捨てなきゃならなかったのか、そのほうが気になるね」亥兵衛は言って、煙そうな顔で煙草をふかした。

自身番の入り口から文吉が飛び込んできたのは、ちょうどそのときだった。あがりかまちにぶつかるようにして、

「親分！」

こっちに手をさしだしている。たたんだ紙切れを握っていた。

「何事だい」

「たった今、相生町の自身番から人が来やして、お初お嬢さんから頼まれたって言ってこれを寄越したんです」

「お初から？」

六蔵は素早くその紙片をもぎ取った。驚いて煙管を取り落とし、亥兵衛も立ち上がってのぞきこむ。

「とにかく急いでくれって頼まれたって、辻駕籠を飛ばして来たんですよ。ぜんたい、何が書いてあるんです？」

自分がその駕籠を担いで走ってきたかのように息を切らして、文吉は言った。六蔵は紙片を読んだ。急いだのか、ひらがなばかりで書きなぐってある。

「さんけんちょうのしびとつきのきちじ　まるやのころしのげしゅにん　はつ」

文字は読めたが意味がつかめず、六蔵はあぜんと口を開いた。こりゃなんだ？　お初は何を言って寄越したんだ？

のぞきこんでいた亥兵衛が、いぶかしそうな顔で言った。「三間町ってのは深川の三間町だろうね」

「そうだが、なんでこれが」

亥兵衛も、文吉も、お初の妙ちくりんな力について知らない。戸惑いながらも、六蔵は言葉を選んだ。

「この吉次って男は、まるっきり別のことでちょいと係わりができてる男でね。ろうそくの流れ買いを生業に――」

言いかけて、枕を抜かれて目が覚めた人のように、いきなり頭ががあんとした。

ろうそくの流れ買いか。朝早くから歩き廻る商売じゃねえか。

「おい文吉。走りついでに丸屋にいって、出入りのろうそくの流れ買いが決まってるかどうか、そいつが今朝も来たかどうかきいてこい」

文吉がすっとんでいったあとを追うように、六蔵も土間へ飛び降りた。

「ろうそくの流れ買い？」亥兵衛がおうむ返しにつぶやく。それから、いきなりはたかれたかのような顔をした。

「そういやあ、あいつらはお得意の家のなかをよく知ってる。それに秤をしょって歩いてる――」

声に出さずに、六蔵は腹のなかで言った。今朝にかぎって、秤のかわりに子供の死骸をしょっていたってこともあるかもしれねえ。

通町の大通りを駆け抜け、駆け戻って、声の届くところまで戻ってくると、自身番の前に出て待ち構えていた六蔵に、文吉は大声で報せた。

「親分、間違いねえ。吉次は来ているそうです！　毎日のことなんで、出入りのもんの勘定にもへえってなかったって」

吉次と二人で取り残された右京之介は、ろうそくの流れ買いの相場などとんと知らないし、あまりしゃべると言葉使いが町人ふうでないことがわかってしまいそうな気がして、なんとも往生していた。お初どのは、浜町の料理屋の娘と奉公人などと言っていたが、さてああいうところの奉公人はどのような口をきくものなのだろう？

「磯善さんでは、日にどのくらいのろうそくをお使いになるんでしょうか」

相手が、人違いでやってきた来客から客に変わったと思うからか、吉次の口調はまた丁寧なものに戻っていた。

「そうさな」と、右京之介は呟いた。どのくらいと答えたものだろう？　畳に目を落としてみても、あいにくそこには答えは書いてない。

「本数によっちゃ、毎朝でもうかがいますし、一日おきでもなんでもよござんすよ。あっしはまめに足を運ぶことだけが取り柄の商いをしていますもんで」

「うむ」と唸ってから、これでは料理屋の奉公人らしくないかと思い直した。

(そうだねえ、ありがとうよ、とでも言えばいいのだろうか)

「そうだねえ、ありがとうよ」

試しにそう口に出してみると、吉次は、

「するてえと、毎日がよろしいってことでございますか」

「そうだねえ」

今度は、さすがに、吉次の眉のあたりに、かすかだが訝しそうな表情が浮かんだ。なんだ、この右吉って男は、と思われたかもしれない。これではいけない。

「そ、そうだな、毎日来てもらえると助かる。なにせ、日に六十本ぐらい——」

「六十本？」吉次が目を見開いた。「そんなにお使いになるんで？」

「いや、いや、そうではなく——」右京之介は背中に汗をかいた。「そうではなくて——」

吉次は、今や、こちらを疑い始めているようだ。目つきに険が浮いた。

「あんた、本当に料理屋の奉公人なのかい？」と、鋭くきいた。「なんだか怪しいね」

「いや、しかしそれは」泡を食った右京之介は、とにかく必死で考えた。どうすればいいどうすれば？

そうして、思いついたのはこれだった。

「どうだね、数えてみてくれないか」

「数える？」

「そうだ。ひと月のうちに、一日にろうそくを十二本使う日が四日、二十本使う日が七日、二十七本使う日が十日――」

今度は吉次があわて始めた。「ちょ、ちょっと待ってくだせえ。書きとらねえと」

彼がもたもたと筆を取り出しているあいだに、右京之介は息を整えた。そして、ふうと息をつきながら座りなおしたとき、着物の膝のところに、髪の毛が一本くっついていることに気がついた。右京之介はきれい好きなので、すぐにそれを指でつまんだ。

三寸くらいの長さの髪の毛だった。

すぐに頭に浮かんだのは、これは吉次のものではないなということだけだった。髷を結うことのできる長さの髪ではない。切ったとか、刈ったとかいうことがないかぎり、これは――これは――

(大人の髪ではないな)

そうだ。大人のではない。子供の――

(子供の髪?)

指先につまんだ髪の毛からはっとして目をあげると、吉次の目とぶつかった。ぶつかったとき音が出たような気がした。右京之介は口を開き、言葉を出せないままそこで凍りついた。

そのとき、がらりと障子が開いた。目をやると、血の気の失せた顔のお初が、戸口のところに立って、右京之介のうしろの、焦げ臭い畳の敷かれたところを見つめていた。

戻ってきて障子戸を開けたとき、その刹那、ほんのまばたきするようなあいだだけ、お初はまた幻を見た。

そこでは、吉次の住まいはまだ小火に焼かれていなかった。薄い敷き布団が畳まれて、部屋の隅におっつけてあり、破れかけた屏風がその脇にたてかけられている。

そして、その屏風のほうに顔を向け、こちらに背中を向けて、赤い着物の女の子が一人、横になっていた。着物の裾がまくれて、ぷっくりした腿《もも》が見えている。足がねじれたようになって、白い足の裏がこちらを向いている。顔は見えないが、目に触れる腕や首やふくらはぎなどの肌は、蠟のように真っ白だった。生き生きした肌の色ではなかった。

幻は瞬時に消えた。いや、消えたと言うよりも、お初の頭のなかから出ていった。出ていくとき、お初の身体を芯から冷やしていった。

（ああ、そうだ。もう本当に間違いない）

我に返ると、座敷の端に正座して、丸い眼鏡の顔をこちらに向け、啞然としている右京之介の姿が見えた。そして、竈の近くに立っている吉次の顔も。

考えるよりも先に、言っていた。

「あんたがあの女の子を殺したのね？」

すると、吉次が躍《おど》りかかってきた。

若い女の悲鳴と、障子戸がぶち抜かれるような物音を耳にして外に飛び出した十間長屋の住人たちは、着物の裾を乱して若い娘に襲いかかっている吉次の姿を見た。皆、すぐには自分の目が信じられなかった。耳が信じられなかった。あとになって、向かいの女房が言ったものだ。「あたしゃ、おくまさんとこの夫婦喧嘩かと思ったよ。それにしちゃ、やもめの吉さんが加勢するのは妙だし、だいたいおくまさんはいつあんなに痩せたんだろうなんて思ってさ。そんなの、まるっきり筋道がとおっちゃいないのに、そんなふうに思っちまったよ」

吉次に襲いかかられた当のお初には、ものを考えている暇などなかった。吉次はお初を抑え込み、首を絞めようと手を伸ばしてくる。わっと叫んで立ち上がったのが見えたきり視界から消えていた右京之介が、痩せ蛙《かえる》のように飛び上がって吉次の首ったまにかじりついたが、すぐに振り払われて尻餅をついた。眼鏡が飛んで、どこかに消えた。

お初は手を振り廻し、吉次の髷をうしろからつかんで思うさま引っ張ると、ぎゃっと声があがって腕が緩んだ。吉次を突き飛ばし、這うようにして逃れた。だがすぐに腕が追いかけてきて、帯のうしろをつかまれた。

また抑えこまれそうになる。息が詰まってくる。そして、顔にかかる吉次の息が、胸が悪くなりそうなほどに臭くなってきていることに、お初は気がついた。ああ、この人の身体は死んでいる。死んでいる身体に、悪い魂が乗り移ってるんだ。身体はどんどん腐ってゆくんだ。

首が絞められる。

気が遠くなりかけたとき、頭の上のほうで黒いものが閃き、ついでがつんという音がした。

右京之介だった。どぶ板を振り上げて、吉次の頭を殴ったのだ。その拍子に自分もよろめいて、吉次といっしょにどたんと倒れた。そこへ長屋のかみさんの一人が飛びつき、吉次を抑えようとして手をのばした。

ふらふらする頭を起こしたとき、お初は、そのかみさんの手につかまれた吉次の腕の皮膚に、湯で戻したときの湯葉のような細かなしわが寄るのを見た。ついで、おかみさんが吉次の腕をひっぱると、しわの寄った皮膚がそのままべろりとはがれた。おかみさんは自分のつかんだものを見て、頭がおかしくなったかのような声をあげた。

「吉さん、吉さんあんたこれえええぇ」

地べたに両膝と両手をついていた吉次は、もがくように起き上がった。そして、お初のほうに顔を振り向けた。それを見たとき、お初も、ほかの誰もが声をあげた。

吉次の両目は真っ白に曇り、目尻から涙が流れ出しているように見えた。その涙は濁っていた。彼が口を開けて吠えるような声を出すと、苔《こけ》の生えた舌がのぞいた。赤黒く色が変わり始めている。お初の目には、彼の顔だちそのものが変わったようにも見えた。

吉次は立ち上がったが、もうお初を襲おうとはしなかった。彼は腕を振り廻し、膝をがくがくさせながらよろめき歩き、あっちの戸に、こっちの羽目板にぶつかり、そこでまた吠えた。声もだみ声に変わってゆく。

(身体が崩れてゆくんだ)

目を見張り、狂い吠える吉次の姿を見つめながら、お初は震えた。

今一度、大きくたたらを踏んでよろめくと、どすんと音をたてて、吉次は地べたに転がった。半ばうつ伏せになって、ぐぐぐというような声をたて、そのまま静かになった。

お初も、右京之介も、長屋のひとたちも、その場にへたりこんだり尻餅をついたり立ちすくんだりしたまま、しばらく動くことものを言うこともできなかった。息遣いの音さえ聞こえない。

お初は吉次の住まいの戸口にもたれ掛かり、絞められた喉をさすりながら、息を整えていた。それから、ようやく足を動かして、路地の反対側に座り込んでいる右京之介に近づいた。

そばに寄ると、彼ががたがた震えていることに気がついた。さっきお初を救うために振り上げたどぶ板の一枚は、彼の傍らに転がっている。右京之介は視線をまっすぐに、倒れている吉次の動かない身体の上に据えていた。どうしてもそこから目を離すことができないでいるようだった。

「お怪我はございませんか」

小さな声で、お初はきいた。右京之介は言った。「お初どの、あれはなんです」

「死人憑きでございますよ」

ささやくようにそう答えて、お初はゆっくりと吉次に近づいた。彼の頭のところには、両手を身体の脇にたらし、口で息をしながら、おくまが呆然と立っている。

「おくまさん――」

お初は呼びかけた。おくまは手で顔を覆い、指の透き間からくぐもった声で言った。「おかしいと思ってたんだ。吉さんはどうかしちまってた」

おくまの肩を抱き、慰めているところへ、長屋の木戸を通って、六蔵が駆けつけてくるのが見えた。

「ひと足遅かったわよ、兄さん」

六蔵は、倒れている吉次の有様を目にして、いきなり殴りつけられでもしたかのような顔をした。だが、まだ遠巻きにしている長屋のひとたちの手前、大声で事情を話すわけにはいかない。

「こっちへ――」吉次の住まいのほうへと、お初は兄を促した。そのとき、

「お初どの！」

右京之介が叫んだ。お初は振り向いた。六蔵も振り向いた。

いきなり吉次が飛び上がった。跳ねるように起き上がると、またお初に襲いかかった。間一髪のところでお初はうしろに飛びのいたが、腐臭を放つ吉次の手が頬をかすめ、そのとき、彼の爪が根元からぐらぐらしているのを見た。

長屋の路地じゅうに、再び悲鳴がうずまいた。子供が泣き出す声が響いた。あとずさったお初はやっと立ち上がっていた右京之介にぶつかり、大きくうしろに倒れてしたたか尻を打った。

狂った吉次の腐った身体が飛びかかってくる。六蔵がそれに組みついて止めようとするが、すぐにも振り払われてしまいそうだ。六蔵の顔が歪む。吉次は物凄い力を出している。彼の腕でねじあげられて、六蔵の首がねじれそうになる。さすがの六蔵がひるんで力を抜くと、吉次はすかさず突き飛ばした。

彼のひび割れめくれあがったくちびるから、呻《うめ》くような声がもれた。

「……りえ」

そのとき、おくまのわめき声が轟いた。

「なんてことだよ、吉さん！」

次の瞬間、お初は熱い湯がぱっとはねかかってくるのを感じた。すぐうしろにいた右京之介が、うしろからぐいと引いてくれなかったら、もっとまともに浴びていたことだろう。

吉次の絶叫が響いた。

おくまがすぐそばにいた。彼女は手に鍋を持っていた。その中は空だった。煮えたぎっていた鍋の中身、ささやかな夕飯のための汁を、吉次にぶっかけたのだ。熱湯のようなものをかぶった吉次は、地べたに倒れ、のたうちまわって声をあげていたが、やがて静かになった。

「本当に息が絶えたのでしょうか」

ややあって、恐る恐るという口調で右京之介が呟いた。誰も答える者がいなかったからかもしれないが、彼は自分で進み出て、吉次の足のほうへとまわり、ふくらはぎを指先で軽くつついた。一度、そしてもう一度。

右京之介の指で突かれたふくらはぎの皮膚は、へこんだまま元に戻らない。

「吉次さんは、とっくに息が絶えてたんですよ」と、お初は言った。

吉次の身体からは、耐え難いような臭いにおいが立ち上っていた。うしろのほうで誰かがげえげえとやっている。咳こんでいる声も聞こえる。

六蔵が起き上がり、右京之介と並んで吉次の死骸をあらためた。

「死んでる」と、彼は言った。「死んでるどころじゃねえ。三日も四日も前から死んだようだぜ、こりゃ」

「あたしゃ嫌だよ」

頭を抱えて、おくまが呻いた。

お初は足を押し出すようにして歩き、吉次の頭のほうへまわった。

「気をつけて」と右京之介が声をかけた。

六蔵の言ったとおり、吉次は、今度こそ本当に死んでいた。うつ伏せの頭をこちらに向けようとして手をかけると、髪が束になって抜けてきた。気持ちの悪さに、めまいがしそうだ。

ようやく仰向けにさせた吉次の顔は、すっかり焼け爛れ、崩れていた。お初は目を閉じた。

六

六蔵の調べたところによると、今朝早くに吉次が相生町の木戸を通ったとき、いつ

もと違って、小さい行李《こうり》のようなものを風呂敷に包んで担いでいたという。番太郎が、

「えらく重そうだったんで、何を持っていくんだいと尋ねたら、お得意さんのところに、頼まれものの古着を持っていくんだと言いましてね。集めて、どこぞへ施しものにするとかで。吉次がどういう野郎かはよく知ってましたんで、別に咎めることでもねえし、ああそうかいと言って通したんですよ」

ほかの木戸でも、肝心の通町の入り口でも、みな同じようなやりとりがあった。そしてどこでも、吉次の言うことは信用され、誰も行李の中身を詮索しようとはしなかった。吉次は毎朝のようにここを通ってゆく、おとなしいろうそくの流れ買いだったからだ。

「吉次の野郎は、昨日の昼ごろに、うまいことを言って女の子を相生町からさらってきたんだな。五つの子だ。菓子でも見せて巧く話しかければ、造作はなかったろうよ」

昼間なら人通りも多いことだし、見知らぬ女の子を連れて歩いていても、気をつけていれば、見咎められずに三間町まで帰ってくることができただろう。そして、長屋に戻ってきてしまえば、

「昼間は、かみさん連中もてめえのうちで内職に精を出してるか、井戸端に集まって

わいのわいのとやってるかだから、その目を盗んでそっとてめえの住まいに戻ること
も難しくはねえ。そうして――」

おせんの息をふさいで殺した。

「翌朝、あの子を――おせんを行李に詰めて、出かけようとしたところで行灯を倒した。小火騒ぎで、吉次もえらく慌てたろう。幸い火事にはならなかったし、長屋の連中におせん殺しを気づかれることもなかった。だが、吉次の手や着物に、行灯の油がついた」「それが、あたしの鼻には臭ったんだわ」

お初が言うと、六蔵はうなずいた。

「そういう筋書で、まず間違いはねえだろう。おせんは吉次のところにいて、あそこで殺された。古沢さまが見つけなすった髪の毛のこともある」

だが、しかし。

「ぜんたい、吉次はなんであんな酷い殺しをやらかしたんだろう。何があいつをそんなふうにさせたんだ。それに、殺した子供をどうしてわざわざ通町まで運んでいって、丸屋の樽に投げ込んだりしたんだ。俺にはさっぱりわからねえ」

六蔵の問いに、お初は首を振った。

「わかんない。あたしにもわかんないわ、兄さん」

そして、心に焼きついてしまった吉次の顔を思い浮かべ、呟いた。

「ただね、兄さん。あれは吉次さんじゃなかったのよ。吉次さんの亡きがらに、悪いものが憑いていた。それがおせんちゃんを殺したの。だけどね、兄さんの言う通り、その悪いものが、どうして子供を殺したのか、どうして亡きがらを丸屋に投げ込んだのかは、やっぱりわからないわ」

「おめえにも見えなかったか」

「見えなかった」と、お初は言った。「それに、兄さん。いちばんわからないこと、いちばんの謎は、吉次さんの亡きがらにいったいどこの誰の魂が憑いてたのかってことでしょう。それはもう、決してわからないままでしょうね……」

いや、決してわからないということはない。ただ、すべてがはっきりするまでには、もう少し暇がかかることになる。

——吉次には、いったい何が起こっていたのか。

第三章　鳴動する石

一

三間町の吉次の件が一応の落着をしたあと、数日して、お初はまた奉行の役宅へと参上した。先のときと同じような時刻に、またお松に裏玄関で出迎えてもらって、いつもの座敷へ通されたお初は、挨拶もそこそこに、ことの次第を細かくお話しした。

「今回はまた特に、後味のよくない出来事だったようだの」

案ずるような顔つきでお初を見つめ、老奉行は言った。お初は少しほほ笑んだ。

「でも、おせんちゃんを手にかけた下手人をあげることができたという意味では、心残りはありません。そのことについては、わたくしはわたくしを褒めてやりたいと思っております」

奉行は大きくうなずいた。「そうだ。それはそのとおりだよ。そなたでなければできないことだったろう」

「ただ、気になりますのは、吉次さんに憑いてあんな酷いことをさせたのが、いったいどんなものだったのかわからないということでございます」

そして、吉次のあの最期の様子。しばらくのあいだは、心がひどく弱ったときなど、あの光景を夢に見ることになりそうだ。

「吉次に何が憑いていたか……か」呟いて、老奉行は胸元に顎を埋めた。「そればかりは、お初、そなたの力をもってしても、もう突き止めることはできなかろうよ。あまり心を悩ませないことだ。それより、良い方向に目を向けてくれ。早く手をうたなければ、犠牲者はおせん一人では済まなかったかもしれぬ。そなたはそれを食い止めたのだからな」

「はい」うなずいて、お初はしゃっきりと背中をのばした。

「ところで――」

ゆったりと座りなおしながら、奉行は微笑した。

「右京之介はどうかの。なかなか面白い若者だろう？」

六蔵との話し合いで、しばらくのあいだ、古沢右京之介は姉妹屋と岡っ引き六蔵の、いわば「食客《しょっかく》」となることが決まっていた。

お初はすぐには返答しかねた。「はい、面白いお方です」と即答しては、あまりにも右京之介を軽んじているように聞こえそうで、気をつかってしまったのだ。奉行はそういうお初の心持ちを察しているのか、重ねて問いかけることはせずに、ただ口元にかすかな笑みをたたえてこちらをのぞきこんでいる。

「鬼と評判の高い古沢様の御嫡男にしては、たいそう優しいおかただと思います」

頭のなかであれこれ言葉を選んだあげく、まずはそう答えてみた。

「そうかの」

「はい。わたくしのようなものに対しても、上からものをおっしゃらずに、穏やかな口のききかたをなさいます。こちらのほうが畏れ多くなるくらい」

本当はそれほど畏れ多く感じてはいなかったのだが、まあそう言っておこう——と思って口に出した言葉だったから、奉行がここでぷっと吹き出したのには、お初も驚いた。

「おかしゅうございますか？」

「おかしいのう」なおも笑い続けながら、「右京之介は、道端の仔雀にさえ畏れ多く思われるような気性の若者ではないかな。それがまたあの者の良いところなのだが」

その言葉の調子のなかに、目下の者を思いやる暖かな心遣いが感じられたので、お初は嬉しく感じた。御前様は、右京之介様がお好きなのだ。

「御前様は、何をお考えになって、古沢様をわたくしや兄にお引き合わせになったのですか」

素直に、それを尋ねることができた。すると奉行は、逆に問い返した。

「そなたはどう思う」

お初は首を振った。「わかりません。ただ、あの……」

「かまわぬ。言って御覧」

「あのかたの御気性がお優しいことが、与力としてのお勤めを果たしてゆくうえで障りになるから、少し外へ出して世間の風に当ててみようというお考えなのかもしれないとは思ったことがあります。でも、それなら、何もわざわざわたくしどもにお預けにならなくても、与力見習の立場でいて充分にできることでございましょう？　ですから、すっかりわからなくなってしまいました」

奉行は静かにうなずいた。「そのとおりだよ」

他人様のことを当て推量するのだから、言葉を選ばなくてはならない。お初は自分を励まして、続けた。「ただ、右京之介様のお父上は、あのように立派なおかたです。ですから、そういうお父上の下にいては、かえって右京之介様にとってよくないから、一度引き離してみようということはあるのかもしれないとも思えます。少なくとも、兄はそう申しておりました」

お初は顔をあげ、小さくほほ笑んだ。「おかしなことがございました。こちらで初めて右京之介様にお目にかかって、通町まで一緒に歩いて帰ったときのことです。わたくしが、右京之介様のことをさして『古沢様』とお呼びしているのに、右京之介様は、それを全部お父上のことだと思っていらしたんです。そして、その理由をお尋ねすると、『私のことはなんでも父が決めるので』というようなことをおっしゃいました。それを思うと、右京之介様にとっては、立派すぎるお父上が目の上のたん――」

思わず言い過ぎそうになって、お初ははっと手で口元を押さえた。だがもう遅い。奉行は声をあげて笑った。

「それもそなたの申すとおりだよ、お初。まことに、右京之介にとって親父殿は目の上のたんこぶだ。両目の上のたんこぶだ。それが重すぎて、右京之介はしっかり目を開いておのれの顔を見ることもできないでいるのだ」

口調は明るかったが、目の色を見れば、奉行がそのことを案じているのは明らかだった。

「それにの、お初、今そなたが言ったことには、もうひとつ意味があるのだ。まこと、右京之介は、『古沢様』などと呼ばれても、おのれのこととは思えないのだ。あれにはもうひとつ、厄介な通り名があるからの」

「厄介な通り名？」

「そうだ。この御番所のなかの者どもなら、たいがいが知っている」

内緒話をするように声をひそめて、

「右京之介は、陰ではみなに『そろばん玉』と呼ばれているのだよ」

「そろばん――」

なんでまた、と、お初は吃驚《びっくり》した。「商人でもないのに、なぜそろばん玉なのでございますか？」

「そこはそれ、まずは、親父殿の指先ひとつで、あっちへぱちり、こっちへぱちりと動かされる――というような意味合いが、ひとつあろうよ。それともうひとつには……」

奉行は首をかしげてお初を見た。「右京之介は、まだそなたには話しておらなんだかな」

「何をでございましょう」

「では、話していないのか」ひとりうなずきながら、微笑する。「それなら、これは右京之介から聞くのがよかろう。それがいちばんだ。このことを進んで誰かに打ち明けることができるようになれば、あれも少しは見込みがあるからの」

という具合で、お初はなんとも割り切れない思いのまま退出することになった。

当の古沢右京之介は、すっかり六蔵の元にお預けの身になりきっていた。姉妹屋の奥に座敷をひとつあてがわれ、そこで寝起きしている。六蔵と行動を共にし、そこにそれなりの興味を感じてきているのか、お初の目から見ると後生楽にさえ見えるほど、毎日を楽しげに過ごしていた。三日に一度くらいの割合で八丁堀の屋敷に帰りはするものの、それ以外のときは、身形も髷もすべて町人ふうで通している。

六蔵の下には三人の下っぴきがいるが、そのうち、足しげく姉妹屋に出入りするのは文吉一人だ。それだから、右京之介のことについても、彼だけにはかいつまんで事情を話した。親分が変わったことをやるのには慣れっこになっている文吉は、御番所からの預かり者の御曹子《おんぞうし》についても、へいそうですかいと言っただけで、とりたてて騒いだりもしなかった。

「そんなら、外様には、下っぴきが一人増えたとでも言っておけばようがすね」

そう言って、あとは澄《す》ましている。相変わらず大酒をかっくらい、お美代と派手な喧嘩をやらかしたりもしているが、さすがに口は堅く、右京之介の正体についてなど、ちらりとでも漏らすことはなかった。あらためて、お初は文吉を見直したくらいだ。

おまけに都合のいいのは、文吉にならば、その日の右京之介の様子を、遠慮なく尋ねることができる、ということだった。六蔵が相手だと、しつこくすると「うるせえ、おめえの知ったことじゃねえ」と一喝されて、それでおしまいだ。だが文吉が相手なら、ききたいことをききたいだけ尋ねることができるというもの。

「右京之介様、今日はどこへ行ったの？」

「兄さんとどんなことをしてるようだった？」

お初の問いかけに、文吉は律儀《りちぎ》にいろいろ答えてくれる。だが、そうしているうちに、最初は三度に一度ぐらいの割合で、次には二度に一度の割合で、しまいには毎回いつもいつも、文吉の目のなかに、冷やかすような色合いがちらちら浮かぶようになってきた。そしてついに、彼は言ったものだ。

「いやあ、お初お嬢さん、あっしはお嬢さんがあんな裏なりびょうたんみたような男に惚れるたぁ思ってもみませんでしたよ」

お初は袖でもってぴしゃりと文吉の肩を張った。「嫌ね、そんなことじゃないわよ」

「そうですかねえ」と、文吉はにやつく。

「そうよ。文さんとお美代さんとは違うんだから。あのね、あたしは、兄さんが心配なの。あの古沢さまのご子息を預かるなんてさ、兄さん、大丈夫かしらって。それだから気になって、いろいろきくのよ」

「お嬢さんは兄さん想いだから」

お初は彼を睨みつけた。「そうよ。あたしは本当に兄さん孝行なんだから。それからね、文さん、あんた、心してちょうだいよ。あたしが右京之介様のことであれこれ心配してるなんて、めったなことを兄さんに言い付けたりしたら、あたし、いろいろしゃべっちまうからね。文さん、先の金杉《かなすぎ》神社の縁日のとき、いったい誰を連れてそぞろ歩いてたかしらね？　お美代さんたら夏風邪でもって寝てたでしょうに。あたし、そういうのちゃあんとつかんでたりするのよ、文さん」

文吉は真っ青になった。「勘弁してくださいよ、お嬢さん」

こんなふうにして遠廻しに様子を見なければならないのは、六蔵の元にいるようになってからの右京之介が、お初とはほとんど口をきいてくれなくなってしまったからだった。

もちろん、朝夕の挨拶くらいはする。飯時などに顔をあわせれば、天気がどうのという他愛無いことも話す。だが、今の生活をどう思っているのかとか、楽しいのか苦しいのか——いやそんなあらたまったことでなくても、今日はどこそこへ行ってこんなことをやりましたということでもいいのに——さっぱり話してくれない。お初の目を正面から見ることも少なくなったようだ。そのくせときどき、ぼうっとしたような目つきで座敷の鴨居のあたりを見つめ、四半刻も黙りこんでいることがあったりもする。

——ひょっとすると、右京之介様はあたしを気味悪がっておられるんじゃなかろうか七月も半ばをすぎ、右京之介が姉妹屋に居ついて十日ほどたったころ、お初はとうとうそんなふうに思い始めた。

御前様から話を聞かされて、委細承知のおかたなのだから、よもやそんなことはあるまいと、ある意味ではたかをくくっていた。だが、話で聞くのと、目で見るのとでは大きに違う。右京之介は、お初の尋常ではない力を見、しかもあんな気味の悪い死人憑きの騒ぎにまで巻き込まれて、辟易《へきえき》してしまったのかもしれない……。

ただ、頭でそう考えても、これればかりは口に出してきいてみることはできない。尋ねれば、右京之介は、心のなかでどう思っていようと、「いや、そんなことはありません」と答えるに決まっている。きいても無駄なことだ。言葉とはなんとも空しいものだと、お初は思うのだった。

お初のなかに眠っている――そしてときどき、手前勝手にぴかりと閃《ひらめ》くようにやってくるあの奇妙な力も、こういうときにはいっこうに役に立たない。かえって歯痒いくらいだ。だが、そんなふうな次第で不機嫌にしていると、およしが心配するし、文吉はにやにやする。六蔵はまったくかまってくれないが、そのくせ、お初がふくれ面など見せていると、嫁にいけなくなるからそういう顔はやめろなどと、無愛想なことを言う。

それにもうひとつ、右京之介のことで、気掛かりなことがあった。文吉も言っていることだし、六蔵もぽろりと漏らして不思議がっていたことだ。

なにかと言えば、右京之介は、町中を歩いていて、お稲荷さんや神社が目に付くと、片っ端から入ってゆくというのである。どんな小さな、お狐さんが埃をかぶっているようなうらぶれたお稲荷さんであろうと、鳥居の傾いた神社であろうと、決して素通りしないという。そして、しばらくのあいだ境内を歩きまわり、何やら捜し物でもしているかのような様子を見せたあと、戻ってくるという。また、そうやって不思議な散策をして戻ってきたあと、ときどき、目を宙に据えて口のなかで何事かぶつぶつ呟いたりしていることもあるという。

「願掛けでもしてるのかもしれねえな」と六蔵が言えば、およしが笑って、

「手当たり次第に目についたお稲荷さんに飛び込んで願掛けなんかする人がいるもんですかね」と言う。文吉は文吉で、

「あれで案外、右京之介さんは影目付《かげめつき》かなんかでもって、ああいうやり方でこっそり手下と繋ぎをとってるのかもしれませんぜ」などと言い出す始末だ。まったくもって、わけがわからない。

それを聞いてお初も思い出したのだが、二人で吉次を訪ねて深川へ足を運んでいったときにも、同じようなことがあった。八幡様の境内で、右京之介が、「いやあ、いいものを見た」などと言って、妙に嬉しそうな顔をしていた、あの時——

あれも、それらと同じようなことだったのではあるまいか。

「そんなに気になるんだったらきいてみましょうよ」と、ものにこだわりのないおよしが、あるとき、夕飯の膳を前に、右京之介にお代わりの茶椀を渡しながら、

「古沢様は、なにかとりわけ御信心をなすってるんですか」などと前置きし、単刀直入に尋ねてみた。

すると、右京之介は目に見えて狼狽し、口のなかのものを吹き出しそうになり、ついで真っ赤になったかと思うと、しどろもどろに何か答えたが、そのとき彼がどう言ったのか、居合わせた一同の誰も聞き取ることができなかった。右京之介は額に汗をびっしょり浮かべ、気の毒なほどに困っている様子だった。察しのいい六蔵が、そこで、

「信心といやあ、ついこのあいだ——」などと別の話を持ち出し、その場はどうにかおさめたが、すぐそばにいたお初には、右京之介が、しばらくのあいだ目を伏せたまま、じっと何かをこらえるような顔をしていることがよくわかった。

そのときを境に、お初は、不審を覚えるというよりも、むしろ心配に思うようになった。古沢右京之介には——彼がこうして御前様に身柄を預け、異例とも言える町方の暮らしをしているその裏には、お初たちが考えているよりも深い事情が隠されているのではなかろうか、と。

（御前様にうかがってみようかしら……）

　そう易々《やすやす》とは話してくださらないだろうけれども、気にかかって仕方がないのだと打ち明ければ、なんとかなるかもしれない。

　ところが、そんな折も折、その御番所のほうからお遣いがやってきた。

「わたくしが？　これを着て参るのですか？」と、お初は問い返した。

　姉妹屋を訪ねてきた遣いは、いつも案内にたってくれる女中のお松だった。お供をひとり連れており、そのお供が、一膳飯屋の娘にはもったいないような優雅な友禅染《ゆうぜんぞ》めの小袖と、それによく釣り合う帯とを持参してきていた。

「さようでございます」と、お松は鷹揚《おうよう》な感じでうなずいた。「お支度はすべてわたくしがお手伝いいたしますから、なにもご心配なさることはございません」

　お松は、髪にさす鼈甲《べっこう》のかんざしも持参してきていた。庶民には手の届かない高価な品物である。

「どういうことなのでございましょうか」

　お松が言うには、御前様がお初に、明日の夕刻、これらの品を身に付け、武家娘ふうに装って、迎えの駕籠が行くのを待っていろと申し付けられたというのである。

「古沢右京之介様もご一緒にというお言い付けでございます」

「はあ……」

当の右京之介は、お初の隣に並んで正座し、お初に負けず劣らず驚いた顔をしている。おっとりしているのはお松だけだった。「古沢様には、お供の中間《ちゅうげん》の身形をするようにとの仰せでございました。お召物は用意してございます」

なるほど、股引も半天も揃っている。

「中間のなりをして、お奉行は私にどこへ参れとおっしゃっておられるのでしょうか」

つっかえつっかえ、ようやく右京之介が尋ねても、お松はにこやかに笑うだけで、

「申し訳ございませんが、わたくしも子細は存じません。ただ、お言い付け通りのことを申し上げているだけでございます」

「はあ……」

「では、よろしゅうございますね、明日」

ちっともよろしくなかったが、とにかく、言われたとおりにするしかしようがない。お松が引き上げていったあと、ずいぶんと久しぶりに、お初と右京之介は顔を見合わせた。

「これは何事か、お初どのの力を用いて解決せねばならぬことが出来《しゅったい》したのでしょう」

右京之介は、心なしか緊張した面持ちでそう言った。

「だからって、どうしてまたこんなふん装をしなくちゃなりませんの？」

実を言えば、優雅な小袖を着たり、髪にべっこうのかんざしを差したりするのは嬉しいのだが――

「武家娘のふりをしなくちゃならないなんて、きゅうくつだわ。なんでまた？」

すると右京之介は、ちらりと歯をのぞかせて笑った。「それはきっと、我々の行く先が、武家屋敷だからでしょう」

「あたしがお武家さまのお屋敷に？」

「そうです。誰の屋敷で、いったい何があったというんでしょうね。なかなか、覚悟をしておいたほうがよいかもしれませんよ、お初どの」

「覚悟……」

だが、翌日、約束どおりに迎えの駕籠がつき、老奉行みずからの口から事情を聞かされると、お初も右京之介も、そんな覚悟などどこかへ行ってしまうほど、大いに驚くことになる。

二

訪ねてゆく先は、愛宕《あたご》下《した》の陸奥《むつ》一関藩田村家《いちのせきはんたむらけ》の下屋敷だという。

「お大名のお屋敷に？」

目を見開いて奉行の顔を見つめながら、お初は問い返した。

「いったい何をしに参るのですか？」

姉妹屋の奥座敷の、形ばかりの床の間を背にして座り、奉行は顔をほころばせた。

「夜泣き石の声を聞きにゆくのだよ」

根岸肥前守が、巷に流れる不思議な話、めずらしい言い伝えなどに興味を持っているということは、割合に広く知られている。それだから、面白い話を小耳に挟むと、これこれこういうことがあるそうですよと、伝えてくれる人も多い。評定所での評議のあいだに、茶など喫しながら、そんな話が出ることもあるそうだ。

万事にもの堅いお侍の社会のなかにも、そういう一面があるのだということを、お初は御前様の下で働くようになって初めて知った。どこでどう生きていようと、どれほど偉い家柄や肩書きを背負っていようと、ひとはひと。一膳飯屋の娘も老中も変わりはないというわけで、これはなかなか心楽しいことではある。

田村家の夜泣き石の話も、そういう形で奉行の耳に入ったものだという。

「一部では、かなり有名になっている逸話だそうでの」

田村家の庭の一角に据えられたひと抱えほどある石が、夜になると何やら奇妙なうめき声のような音を発し、がたがたと動くというのである。

「庭先でお手打ちになった御家来の祟りとか……」

座敷の端に控えて座っていたおよしが、恐る恐るという口調で言った。すると奉行は破顔した。

「それに近いことであるようなのだ。愛宕下の田村邸というと、すぐに思い浮かぶことはないかな」

六蔵夫婦とお初はてんでに顔を見合わせただけで、すぐには返答ができなかったのだが、右京之介が、なるほどと膝を叩きそうな様子で声を出した。「浅野《あさの》内匠頭《たくみのかみ》が切腹した場所ですね？」

「浅野内匠頭――ああ、忠臣蔵の！」

ぽんと手を打ったおよしに、奉行はうなずきかけた。「そのとおりだ。あれがどういう事件だったか、知らない者はないと思うが。その田村家下屋敷の鳴動する石は、そもそも、かつて浅野内匠頭が腹を切ったその場所を示すための目印として置かれたものなのだそうだ」

「それだって、ずいぶんと昔のことでございましょう？」

「さよう。今年享和二年は、元禄の義挙と言われた赤穂浪士の吉良邸討ち入りから、ちょうど百年目に当たる」

奉行はお初の顔を見て、かすかに口元に笑みをたたえた。

「百年もたった今になって、なぜ内匠頭が切腹した場所に置かれた石が鳴動するなどという噂がたったのであろうの？　あるいは、もしそれが本当に鳴動するのであっても、なぜ百年後の今になってそんなことが起こっているのであろうの？」

穏やかに問いかけられて、お初は自分のくちびるもほころんでくるのを感じた。

「御前様は、本当にこういうお話がお好きなのでございますね？」

「往々にして、人の心の真実というものは、こういう逸話のなかにちらりとのぞくものであるからな。私としては、ぜひともその石をこの目で見てみたい。そしてお初、そなたにも見てもらいたいと思ってな。このようにお膳立てをしたということだ」

すると、すかさず右京之介が言った。「万にひとつは、なにかお初どのでなければ見えないものが、そこにあるかもしれないとお考えなのですね？」

「万にひとつは……」奉行は言って、ゆるゆると首を振った。「それはどうかの。もっと少ないかもしれぬ。なんと言っても、あまりにも名の知れた出来事に関わることであるからな。噂ばかりが先に走って、なに、実際に腰をあげて出かけていったなら、石はうんともすんとも呻《うめ》かぬかもしれぬ。ただ、田村邸の人々が、石が動いたり泣いたりすると信じているということの裏に、捨て置くことのできない深い思い――百年もの年月がすぎても消えることのできないものが隠されているのではないかと、私は思っているのだ」

「忠臣蔵の、あの話ですからねえ」顎をひねりながら、六蔵が呟いた。奉行が密かに訪ねてきているときには、自分の城であるはずの住まいのなかで、いつもきっちりと正座をしている。その律儀さが、お初にはちょっと面白い。

「ですけど、百年前のお話だったんですね」感心したような声で、およしが言った。

「忠臣蔵って、たかだか五十年くらい前に起こったことのような気がして、すっかり勘違いしてましたけど、元禄といったら、そう、百年の昔なんでございますね」

　この史上あまりにも有名な事件が起こったのは、元禄十四年（一七〇一）三月十四日。勅使《ちょくし》接待役をおおせつかっていた赤穂藩主浅野内匠頭長矩《ながのり》が、高家筆頭の吉良上《こう》野介義央《ずけのすけよしなか》に、江戸城松の廊下で刃傷《にんじょう》に及んだというのが、すべての発端である。吉良の傷は浅く、内匠頭もすぐに取り押さえられたが、殿中抜刀《でんちゅうばつとう》はそれだけで死に値する大罪であり、内匠頭は即日切腹、浅野家は断絶となった。対する吉良には、まったくなんのお咎めもなかったのだが、この処分が、いわゆる「喧嘩両成敗」という鎌倉幕府以来の大原則に反するものだったというので、あとあとに禍根を残すこととなるのである。

主君の無念をはらし、忠義をまっとうするため——と、大石内蔵助を頭に元赤穂藩士四十七人が、本所松坂町の吉良邸へと討ち入り、上野介の首を挙げたのは、その翌年、十五年十二月十四日夜から十五日にかけてのことだった。当時の江戸庶民たちは、この壮絶な「仇討ち」を、元禄の義挙と呼んでさかんに喝采したと言われている。

しかし、このままであったなら、十年もたてば忘れ去られていたであろうこの事件を、ひとつの大きな逸話として後世に残し、広く世に知らしめたのは、やはり、「仮名手本忠臣蔵」だろう。浄瑠璃《じょうるり》として初演されたのは寛延《かんえい》元年（一七四八）八月、同じ年の十二月には歌舞伎化されて演じられ、たちまちのうちに人気の外題となった。なにかとうるさいお上の目を逃れるため、時代を南北朝のころに移し、主要な登場人物の名前も変えてあるが、それでも、この芝居が浅野内匠頭と吉良上野介と赤穂浪士の史実を下敷きにしたものであるということぐらい、洟《はな》垂れ小僧でも知っていると言っていいくらいだ。殿中の刃傷と翌年の吉良邸襲撃をひとまとめにして「忠臣蔵」という呼称で呼ぶようになったのも、この芝居からのことなのである。

当然のことながら、お初やおよしは、この芝居を通してのみ、赤穂藩を見舞った悲劇についての知識を仕入れている。すべて芝居のなかのお話である。それだから、浅野内匠頭が実際に腹を切った場所である田村家の下屋敷が現在も在り、そこを訪ねてゆくこともできるのだと言われても——しかも、内匠頭が腹を切ったその場所に、百年後の現在も目印の石が置かれているのだと教えられても、すぐにはぴんとこないような気持ちだった。

「田村様のお屋敷では、なんのために、切腹した場所にしるしをしておいたりなすったんでしょうか」

お初の呟きにかぶるようにして、遠くで時の鐘が鳴り始めた。五ツ（午後八時）である。

「そろそろ出かけるとしようか」と、奉行が立ち上がった。「庭先の石が鳴動するのは、たいてい、屋敷内の者たちが寝静まった夜更けのことだそうだ。とくに、内匠頭が切腹をした時刻とか、浪士たちが吉良の首を挙げた時刻に——というわけではないらしい。このあたりも、噂の噂たる所以《ゆえん》かもしれぬな」

同じように立ち上がりながら、しかし、右京之介はこう言った。「お言葉を返すようでございますが、噂ならば、いかにもそれらしい時刻を選んで鳴動するように話をつくって伝えられてゆくものではありませんか」

するとと奉行は、ちらと笑った。「なるほど。それはそうかもしれぬ」

どういう伝手《つて》があって、こんな形で田村邸を訪ねることができるのか、その子細なわけについては、奉行はお初にも右京之介にも語らなかった。

「お初、そなたは私の縁続きの、身内の娘であるということにしてある。ただ、赤穂義士の仇討ちに感じいっており、この奇石の逸話にもいたく心を動かされ、女ながら、どうしても一緒に連れていってくれと頼まれたので同行させてきたというふれこみでの」

お初はうなずいた。「はい」

「右京之介、おまえには、ご苦労だが、私とお初が奥にいるあいだに、中間部屋で控えていてもらいたい。田村邸の中間部屋は、ごく静かなところだという評判だ。間違っても、素性のよろしくない渡り中間などの根城になって博打場《ばくちば》と化しているなどということはない。とくに苦労することもなく入りこむことができるだろう」

中間のいでたちに、眼鏡だけが生真面目な右京之介は、やや心もとなさそうな顔つきでうなずいた。

「わかりました」

「そうして、部屋にいる中間たちから、これまでにどういう面々がこの奇石の話を聞き付けて見物にやってきたか、あれこれ聞き出してきてはくれぬか」

「とおっしゃいますと、奇石の噂に惹かれて田村家に出かけてゆくのは、私たちだけではないということでございますか」

「そのとおりだ。人は物見高い生き物だからの。我々もまたその一人。田村邸のほうでも、よほどはばかりのある相手でない限りは、そして、伝手を辿って静かにやってくる者にならば、見物を許しているようだ」

お初は内心、呆れたわあと思った。でも、御前様のおっしゃるとおり、お武家様もまた人の子。こういう話には心を動かされて、本当かどうか自分の目で確かめてみたいと思うのかもしれない。まして、忠臣蔵のお話は、武士の忠義と魂に関わるものだ。

お初は優雅な小袖の裾をつまんで、駕籠に乗り込んだ。ひどくどきどきとして、胸が苦しいような気がした。

愛宕下までの道中、駕籠に揺られながら、これまでに一度だけ見物したことのある、仮名手本忠臣蔵の場面のあれこれを思い出していた。

あれは去年の二月のことだった。中村座で、仮名手本忠臣蔵の十一段がかかったのを観にいったのだ。この忠臣蔵は大当たりで、大評判になったものだった。四世市川団蔵が、主役の大石内蔵助に当たる大星由良之助《おおぼしゆらのすけ》をはじめ、定九郎《さだくろう》やおかるの母など七役を兼ねるというもので、舞台を見つめながら、お初は何度も息を呑んだものだったた。同一場面に出る人物を早変わりで演じるというこの演出は、四世団蔵の売り物である。この芝居があまりに大当たりをとったものだから、今年もまたというわけで、今月の十日から同じ中村座で、同じく団蔵を主役に、仮名手本がかかっている。今回は観に行くことはできなさそうで、およしと二人、残念がっていたところだった。

口上人形が配役を読み上げてゆるゆると引っ込んでゆき、幕が引かれてゆく。そのあいだに、柝《き》が打たれるが、この芝居に限っては、四十七士にちなんで四十七回打つのだと、およしに教えてもらって、本当にそのとおりかと、指を折って数えてみたりもした。三段目の喧嘩場では、吉良上野介義央に当たる高師直《こうのもろなお》のあまりの憎らしさに、芝居であることを忘れて腹を立てたりもした。お初にとって、あの芝居見物は、これまでの思い出のなかで、特に楽しく面白かったことのひとつとして心に残るものだった。

駕籠は、当然のことではあろうが、田村家下屋敷の裏門についた。お玄関から入ることのできるような用向きの客でないことは、当の本人たちがいちばんよく承知している。

中ノ口で、おそらくは田村家の用人なのであろう、五十がらみの老人が出迎えてくれた。言葉は少ないが、親し気な様子で奉行と挨拶を交わすと、案内にたってくれる。右京之介とは、ここで別れた。

廊下をひとつ渡り、お部屋をひとつ、ふたつ抜け、最終的に通された場所は、庭に面した広い座敷であった。誰もいない。今夜の客は、奉行とお初の二人だけであるらしい。

　庭の周囲には板塀が巡らされている。座敷のなかには明かりがあるが、庭は夜の闇がおりるままにされているので、隅々まで見渡すことはできない。植え込みや石灯籠の影が、ぼうと見えるだけだ。どこかで風が鳴っている。かなり広いお庭である。

（ここで切腹を……）

　百年前のことだと、お初は心に言い聞かせた。

　ここまで案内をしてくれた用人らしい老人が、いったん座敷を出ていった。お初は、庭に顔を向けて座っている老奉行のすぐ脇に正座をして、胸の動悸を数えていた。

「今、案内をしてくれたのは、この下屋敷の内政を取り仕切っている男での」

　心なしか声をひそめて、奉行は言った。

「私とは、若いときから若干の縁があっての。今夜も彼の伝手でこうしてくることができたのだ」

　青畳の匂いのする座敷を見廻して、お初はゆっくりとうなずいた。

「お初、そなたはただ黙って話を聞き、座っておればよいからの。大名屋敷とは言っても、ここは下屋敷だ。多少のことは許される。そう堅くならないでよいのだよ」

　それを聞いて、思わずため息が出た。そこへ、先程の用人が戻ってきた。

二人のあいだでは名乗る必要などないのだろう。奉行も、相手の用人も、すぐと話を始めた。お初のことは気に留めていないという様子で、とりたてて話しかけてくることさえない。ははあ、これはこれはと、お初は思った。御前様がわたしに武家娘の格好をさせたのは、万が一のことを考えたからで、こちらの御用人には、そういう意味でも気を遣う必要はないのだろう。

「あのあたりです」と、用人が手をあげて庭の一角を差し示している。「平たい石が見えますでしょう」

灰色の、大きな座布団くらいの石が、確かに見える。

「鳴動が始まったのは、ちょうどひと月ほど前のことです。最初のうちは、何が音をたてているのかわかりませんでしたし、とりたてて気にするほどのこともなかったのですが、あるとき、たまたま女中のひとりが庭に降りておりまして、石が動いているのを見つけたという次第です」

用人は、しわの多い頬を緩めて苦笑した。「御承知の通り、当家では百年前、浅野内匠頭を、庭先で切腹させております。たとえ大目付からの指図であるといっても、やはりいかがなものかという議論は、当時からあり申した。記録にも残っております。あの石をあそこに据えたのも、当家のなかにそういう失態があったことを、厳しい教訓として残そうという意図があったからではないかと、某《それがし》は考えておるのですが」

大名を一人、座敷ではなく庭先で腹を切らせた――それはやはり、非礼なことであったのだろうかと、お初は思った。そのあたりのことまでは、芝居小屋で歌舞伎の忠臣蔵を観ているくらいの身では、考えつくことができない。ましてや、その切腹の地に無念の思いが残って、百年たった今でも庭石を鳴動させるとは。

「某も、初めてあの石が動いているのを見たときには、いきなり水風呂に放り込まれたような心地がしたものです」

奉行は黙ってうなずいている。お初が、思わず（それで、あの石はどんなふうに動くのですか）と尋ねようとしたそのとき――

音が聞こえてきた。

それは、小石を落とす音のようにも聞こえた。下駄ばきで神社の境内を歩くと、こういう音がすることもある。きりきりときしむような、少し歯にしみるような物音。

「始まったようです」と、用人が言った。とりたてて緊張しているわけでもなく、おや、雨が降り始めましたなというような口調だった。

お初は、闇のなかに目をこらした。

ちょうど煎餅のような形をしている、あの石。それが、かすかに、かすかに、左右に動いている。そこから音がしている。きしきし、ざらざら、と。石の据えられている下に小砂利が敷かれているので、だからそんな音がたつのだ。

闇のなかに、白く浮き出た平たい石が、確かに動いている。右へ、左へ。前へ、後ろへ。きりきり、ざらざら……

そして、お初の目の前がさっと暗くなり、ついで、いきなり提灯を突き付けられたかのように、目が痛くなるほどに明るくなった。闇に火がついて燃え上がったかのようだった。

（これは……）

庭の様子が、一変していた。

土と砂利の上に薄べりが敷かれ、その上に台のようなものが置かれている。周囲は屏風と幕で囲まれ、四方に高提灯が掲げられているので、真昼のように明るい。

ふと気がつくと、すぐ目の前に、こちらに背中を向けて、裃《かみしも》姿の侍が五人、一列に並んで座っている。これは切腹を検分にきた幕府からのお役人だ……と思う間もなく、誰かにこっぴどく叩かれたかのように頭が痛み、目の前が大きく揺れて、首のあたりがひやりと冷えた。そう、まるで刀が触れたかのように。

まばたきをしながら顔をあげ、姿勢を立て直すと、先ほどと同じ高提灯に照らされた光景のなかに、さっきとは違うものが在った。庭に敷かれた畳の上に、白い布団が、何かを覆い隠すようにかぶせられている。そして、その布団の端に、畳に染みた血の色が。

切腹が終わったのだ。そして、頭の奥に、今まで聞こえていなかった音が響いてくることに気がついた。それは——それは——

足音だ。

大勢の足音だ。入り乱れることなく、歩調は揃っている。堅い地面を踏み締め、遠くから近づいてくる。その足音に、何か金気の重い物が触れ合うときたてるような、かちかちという音がときどき混じる。お初は、今度は身体全体に寒気が走るのを感じ、思わず両手で肘を抱いた。

これは——冬の空気だ。

やがて、お初は、自分を取り巻いている冷えきったもののなかに、怒号や、ものを打ち壊す音や、刀の触れ合う音が入りまじり、波のように押し寄せてくるのを聞いた。さらに空気が冷たくなった。水しぶきのあがる音も聞こえる。呻き声も、走る足音も。

また、頭が痛んだ。いつものあの、奇妙な力が表れるときの、額を畳針で射抜かれるかのような激痛。

思わず目を閉じ、身体を屈めた。できるだけ小さく、小さく、力を入れて膝の上でこぶしを握り、頭を下げる。

畳針は額から入り、うしろに長い糸を引きながら抜けてゆく。それが目に見えるような気さえする。苦痛に歯を食いしばっているので、顎が痺れてきた。息もできない。

ようやくそれが去ったとき、お初は顔をあげて呼吸をし、両手を胸において畏れ怯える自分をなだめようとした。そして見た。

庭はもとの様子に戻っていた。高提灯も屏風も畳もない。血のしみた布団もない。明かりのない闇のなかに、あの平たい石がひとつ、そこだけ輝いているかのように、ぼうっと浮かんでいる。そして、そのすぐ脇に、若い侍が一人たたずんでいた。

浪人者だ。月代は伸び、髷は乱れて歪んでいる。こけた頬に、垢じみた着物の袖が擦り切れかかっているのがわかる。身体も痩せこけて、肩が下がっている。腰の大小が重そうで、ひどく貧弱に見えた。

若い浪人は、お初を見ていた。まっすぐに見つめていた。そして、その目だけが、驚くほどに涼しく、知恵と力に満ちているように輝いていた。

どなた?

喉元まで言葉がこみあがってきた。だが、それを口にする寸前に、この若い男の姿は幻であり、今自分が動いたら、今何か言ったなら、彼は消えてしまうであろうことが、はっきりとわかった。

お初は目を見張り、息を止め、ただひたすらに心を平らにして、庭先に立つ若い浪人の姿を見つめた。

するといい、頭のなかで、声が聞こえた。

（……りえどの）

どこかで聞いたような言葉だ。以前にも聞いたことのある言葉だ。上滑りしそうになる心の動きを、両手で胸を抱いて懸命に抑えながら、お初は考えた。りえ。どこで聞いたろう。どこで？

そのとき、ろうそくを吹き消すように、すべての幻が消えた。

お初はもとの姿勢で、きっちりと膝を崩さず、奉行の痩せた背中を斜めに見て、庭のほうに顔を向けて座っていた。胸の奥で、心の臓が、駆けっこをしたあとのように跳上がり、躍っている。背中にびっしょりと汗をかいている。ふと、この小袖にあわせて着けてきた絹の襦袢のことが気になった。

震えるような長いため息が、くちびるのあいだから漏れ出た。それを聞き付けたのか、奉行がこちらを振り向いた。

「確かに耳にしたかな、今の物音を」

そう言って、お初の顔を見た。お初はすぐには声も出すことができなかったが、その様子を見ただけで、何が起こったのか察しがついたのだろう。奉行は、温和な顔をはっと驚かせ、案じるようにひたとお初を見つめた。

（わたくしは大丈夫でございます）

目顔で答えると、老奉行の表情が、やっと緩んだ。もとのように前を向いて、あの用人と話を始めた。用人のほうは、何も気づいていないようだった。

息を整えて、お初はもう一度、庭の闇のなかへ視線を投げた。そこにはもう何もなく、あの平たい石も、ぴくりとも動いていなかった。砂利のきしむ音も聞こえず、風さえも鳴っていない。

右京之介様はどうしておられるかしらと、ふと気になった。汗が冷えて、七月だというのに、急に寒さを感じた。

帰りの駕籠のなかでも、寒気はなかなか去ってくれなかった。これまでは、力が閃き、幻のような、夢のような、まがまがしいものを見たあとでも、これほどひどくあとを引く辛さを味わったことはない。これが初めてのことだった。

駕籠から降りて家の明かりを見たときには、安堵のあまり足が震えた。

「お初っちゃん、どうしたの、真っ青な顔をして」

出迎えてくれたおよしの言葉を聞いて、涙がにじんできた。泣かねばならぬ差し迫った理由などないのに、勝手に目が潤んでくるのだ。

また座敷に落ち着き、およしの持ってきてくれた熱い茶をすすり、お初と、老奉行と、右京之介は、三人三様のもの思いにふけりながら、しばらくのあいだ黙りこんでいた。六蔵もおよしも、強いて話を聞き出そうとはせず、その三人の顔を見比べている。

やがて、奉行が最初に口を切り、抑えた口調で、今夜見聞きしたこと――まさに、本当に目の前で鳴動した庭石のことを、六蔵夫婦に語って聞かせた。

「中間部屋でも、石が音をたてて動くのを見た、という話が出ていました」と、右京之介があとに続けた。「田村邸のなかでも、それを見ている者と見ていない者とがいるようではありますが、一度でも目にしたものは、やはり、恐ろしさに震えているようです。これは田村のお家に良くないことの起こる前触れだと言って、暇をもらって出ていった中間や女中たちもいるという話を聞きました」

「確かに……目の当たりにそんなものを見せられちゃたまらねえ」と、六蔵が呻いた。

「我々のほかに、どういう人たちがこの噂を聞きつけてやってきたかということですが、やはり大名屋敷のなかのことですから、そう大勢の見物人が来ているわけではなさそうです。ただ、はっきりと身分を明らかにはしなかったようですが、脇坂家《わきさか》からは人が来て、あの庭石を拝んでいったという話です」

「脇坂家？」

首をかしげるおよしに、奉行が言った。「脇坂淡路守《あわじのかみ》は、浅野家断絶のときに、赤穂城の城受取り役を勤めたのだよ」

「まあ、じゃあそれで……」

百年前の出来事なのだ、と、お初はぼんやりと考えた。百年。当時の人たちは、もう皆死んでいる。この世にはいない。だが、その子の、その孫の代となった今も、出来事の記憶は残っている。語り伝えられてゆく。

少し気持ちも落ち着いてきたし、お初はゆっくりと顔をあげると、

「わたしの見たものは、御前様のごらんになったものとは少し違いました」と前置きして、話し始めた。思い出すとまた身体が震えそうな気がしたが、すぐそばにおよしがいて、守るように寄り添ってくれていたので、なんとか気をしっかりと持っていることができた。

「おめえは、忠臣蔵の一部始終を見たんだな」

話を聞き終えると、六蔵が言った。眉と目のあいだのところから、少し血の気が失せていた。

「切腹の場面も見たし、討ち入りに急ぐ義士の足音も聞いた。討ち入りの夜の吉良邸での騒動も耳にした……」

「百年前の出来事が、あの庭石のなかに封じ込められているとでも言えばいいのかも

しれぬ」と、奉行が低く言った。ひどく難しい顔をしておられた。「あの庭石の置かれている場所が、すべての始まりとなった場所であるからの」

「わからないのは、あの若いお侍の姿です」お初は言って、一同を見廻した。「おおかた、赤穂浪士の一人なんだろうと思いますけれど、どうしてその人ひとりだけが見えたのか……。それと、あのとき聞こえた『りえ』という言葉。女の人の名前のように思えるのですけれど」

「赤穂浪士のなかに、りえという名前の奥さんや許婚者のいた人がいたのかもしれないわねえ」

およしの言葉に、お初が同意しようとしたとき、いささか場違いなほど大声を出して、右京之介が割り込んできた。

「いや、それは違う」

一同は驚いて彼の顔を見た。右京之介は、皆の視線を浴びてひるむように顎を引いたが、すぐにお初に向き直り、

「お初どのは、その幻の若侍が『りえ』という名を呼ぶのを耳にしたとき、同じ名前を以前にもどこかで聞いたことがあると思われたと言いましたね？」

お初は目を見開いてうなずいた。「はい」

たしかに彼の言う通りだが、そのことを、右京之介がひどく重要なこととして考え

ているような様子が、奇妙に思えた。

「そうでございます。聞いたことがあるような気がしました。でも、人の名前ですから、どこかで聞いててもおかしくはないし……」

幻を見たときの衝撃が大きかったから、そういう小さな疑問には、それほどこだわっていなかった。だが、右京之介は大真面目だ。あまつさえ、このことに興奮しているようにさえ見えた。

「いえ、お初どの、これはそれほど易しい話ではないと思います。私は、お初どのがどこでその名を耳にしたのか、はっきりと言うことができますよ」

「どこだと言うのだね」

老奉行が、身を乗り出すようにして尋ねた。右京之介はその顔を見あげ、それからお初に視線を移し、一語一語、嚙んでふくめるようにして、こう言った。

「吉次が死んだときです。二度目に、本当に死んだときですよ」

「吉次さん？」

お初も驚いたし、六蔵も声をあげた。「三間町の死人憑きの、あの吉次ですかい？」

「そうですよ。あのときも恐ろしいものを見てしまったから、お初どのはお忘れになっているのかもしれない。だが、私は覚えています。はっきりと耳にしました。吉次の身体から死人憑きが抜け出してゆき、彼が少しずつ腐っていったあのときです。彼はたしかに、『りえ』と言いました。『りえ』という名を呼びましたよ」

三

再び三間町の長屋を訪ねるお初の心の内は、こんがらがって、どこからほどいてよいかわからないほどになっている糸の玉のような有様だった。

御前様が、わざわざあんなふうにお膳立てをして田村邸へお連れくだすったのは、三間町の出来事ですっかりふさいでしまったお初に、目新しいものを見せて、気分をかえさせようというお考えだったからにほかならない。そう、お初は思う。御前様ご自身は、あの庭石が本当に鳴動するなどとは思っておられなかったのかもしれない。

だが、石は動いた。そして、そこで見聞きしたものが、また三間町の出来事へと逆戻りしてつながりそうな具合になってきた。いったい、何がどうなっているのだろう？

お初の心情を察しているのか、同行した右京之介は、道々、ほとんど口をきくことがなかった。ただ、もう一度三間町を訪ね、おくまに会って話をしてみようと言い出したのは、彼のほうだ。

「吉次といちばん親しかった人ですからね。それに、彼が『りえ』と呼んだときも、すぐ近くにいました。おくまさんも彼がそう言うのを聞いているかもしれない。まず、確かめに行きましょう」

そのうえ、また信吉に頼んで、お初が田村邸の庭で幻に見た若い浪人の顔を、人相書きに描かせることもした。

「こうしておけば、とにかく、この浪人を探す手掛かりぐらいにはなるかもしれませんからね」

まだ昼前に、二人は長屋の木戸をくぐった。おくまは井戸端にいて、たらいのなかに山ほど積み上げた洗濯物を、どことなくけだるそうな手付きで洗っているところだった。二人の顔を見ると、

「ああ、いつかの……」と言って、腰をあげた。「お初さんだっけ。そっちは――」

「右吉です」と、町人のなりをした右京之介が言う。

「ああ、そうだっけ。今日はなんの用だい？　まだ何かあるのかい？」

味もそっけもない口振りだが、考えてみれば、ほかにどういう挨拶のしようもないのだ。お初は、先のとき、危ないところを助けてくれたことに礼を述べ始めたが、おくまはそれも途中でさえぎった。

「あたしが吉さんに煮え湯をぶっかけたことなんて、もう思い出させてもらいたくないね。結構だよ」

そう言うなり、しゃがみこんでまた洗い物を始めた。お初は、すぐうしろにいる右京之介をちらりと振り返り、彼と目を合わせてから、おくまの隣に、同じように膝を折ってしゃがんだ。

「あれは吉次さんじゃなかったんですよ」

お初が言うと、おくまは無言でうなずいた。

「ねえ、おくまさん、嫌なことを思い出させて悪いんだけど……」

あのとき、吉次が「りえ」と呼んだことを覚えているか、ときいてみた。

おくまは、子供の寝間着であるらしい、向こう側が透けて見えそうなほどに洗いざらした浴衣を手に、ぎょっとしたような目つきでお初を見た。

「りえ？」

「ええ、そうなの。人の名前だと思うのだけど」

「なんでそんなことを……」

呟いて、おくまは宙に目を据えた。ひどく驚いているように見えた。

「吉さんが、あのときもそんなふうなことを言ったなんて、あたしはちっとも覚えていない。だって夢中だったんだからね。恐ろしかったし、気味が悪かったし、気が付いたら鍋を手に持って、吉さんの顔めがけてぶっかけてたんだ」

おくまは、口で言っている以上に、そのことで苦しんでいるのだと、お初は悟った。だが、それと同時に、畳の上を歩いていて、子供が落としていったおはじきを踏んだときのように、はっきりと、おかしな感触をも摑んでいた。

おくまは今、あのときもそんなことを、と、言った。あのときも、と。

すると、お初よりも先に、井戸をはさんで向こう側に、洗濯物を囲んでしゃがむ女二人を遠巻きに見るようにして立っていた右京之介が、こう言った。

「おくまさん、あなたは、吉次さんが、あれよりも以前に『りえ』という名前を呼ぶのを聞いたことがあるんですね？」

おくまは右京之介を見上げ、目をしばしばとまたたいた。それから、脇からのぞきこんでいるお初の目を避けるように視線を落とし、ゆっくりとうなずいた。

「聞いたことがあるよ」

「いつ？」

乗り出すお初に、ため息をひとつ聞かせてから、

「あのひとが、生き返ったときだよ」

「おくまさんが、吉さんが死人憑きに憑かれたって叫んでしまったときね？」

おくまはもう一度うなずいた。「ほかには誰も、聞いたもんはいないよ。あのときは、あたし一人だけが、吉さんのそばにいたんだからね。だからあたしも、本当にそう聞いたのかどうか、ちょっとはっきりしなくなってるぐらいなんだけど」

「それは、たしかに聞いたのよ、おくまさん」彼女を励ましておいて、お初はきいた。「ね、その『りえ』という名前に心当たりはありませんか。吉次さんの亡くなったおかみさんの名前だとか、家族の名前だとか」

おくまは首を振った。「そんなことがあるもんか。吉さんの女房はおゆうって名前だよ。あたしゃ、よおく知ってる。吉さんにも、おゆうさんにも、りえなんて名前の知り合いも親戚もいやしなかった」

おくまは太い胴を震わせた。「だから、あたしゃ気味が悪くて仕方なかったんだ。吉さんが生きかえったって、みんな喜んでたから、口に出しちゃ言えなかったけどね。みんなはその場にいなかったから、見てなかったから、あたしの言うことなんか信じちゃくれないだろうと思ったしね。だけど、あたしにはわかってた。あの人が冷たい布団から起き上がってさ、顔の上から白いきれをはらって落として、『りえ』って言ったときに、あたしゃ、あれは吉さんじゃないってわかったんだ。だから、そばに寄る気にもなれなかった。顔も姿も吉さんだけど、中身は吉さんとは違っちまってた。それがわかったからさ」

おくまは濡れた手で顔を覆った。お初は彼女のそばににじり寄り、ごわごわとした手触りのする、褪《あ》せた縞の着物に包まれた背中に手をおいて、言った。

「おくまさん、もう怖がることはないのよ。もう終わったんだから。吉次さんは仏さまになって、おゆうさんとあの世で安楽にしてるわ。もう何にも心配いらないのよ」

すぐ近くでがらりと障子の開く音がして、長屋のおかみさんの一人だろう、おくまと同じくらいの体格の女が一人、急ぎ足で井戸端のほうへやってきた。はばかりへ行くらしい。しゃがんでいるおくまと寄り添っているお初、そして、途方にくれたような顔をしている右京之介を見かえって、目をむいた。

おくまは急いで顔を拭い、大きく息を吐き、鼻をぐふんと鳴らした。そして、たらいを引き寄せ、ざぶざぶと始めた。右京之介が釣瓶を動かして水を汲み上げ、お初もそれを手伝った。そうこうしているうちに、さっきの女がはばかりを出て引き返していったので、お初はまたおくまのそばにしゃがみこんだ。

「あたしたちが、今度のことであれこれ聞き廻っているのには、ちゃんと理由があるの。おくまさんに話すわけにはいかないんだけど、おかしなことをしているわけではないの」

おくまはお初を見つめ、右京之介を見上げて、くたびれたように首を振った。

「だけど、あたしにはもう話せることなんか残っちゃいないよ。嘘もついてないしね。あんなことがあってからこっち、夢見は悪いし、ろくなもんじゃない。もうあたしは係わりないよ」

「こういう人を見かけたことはありませんか」

懐から、あの若い浪人の似顔絵を出して差し出しながら、右京之介が訊いた。

おくまは、信吉の手ですらすらと描かれたその絵を、難しい判じ物でも読むような顔つきで見つめた。

「これは誰だい？」

「おくまさんの知りびとじゃない？　吉次さんの知り合いでもないかしら」

「この長屋には、お武家さんはいないしね。見たこともないよ。吉さんが出入りしていたお店やお屋敷の人だったなら、あたしなんか知るはずもないしね」

お店やお屋敷か……と、お初は考えた。だが、この若者は浪人姿をしている。しかも粗末な身形だ。どちらかと言えば、こうした長屋のような場所にこそふさわしいのではなかろうか。

「吉さんもおゆうさんも、お位牌はお寺さんに頼んで預かってもらっちまってるからね」

お初と右京之介が長屋を立ち去ろうとするとき、おくまはそう言った。

「家主さんが巧くやってくれてね。あのひとも、そう情のないひとじゃなかったんだ。まあ永代供養ってわけにはいかないだろうけど、無縁仏にはならずに済んだからね」

心の底から、「よかった」と、お初は言った。「おくまさんも、早く元気になってね」

するとおくまはちょっと笑みを浮かべた。それでお初もほっとした。

次に足を向けたのは、相生町のおせんの家だった。六蔵から場所は聞いてあったので、手間取ることもなく見つけられた。

「辛いと思いませんか」と、お初は小声でささやいた。「おせんちゃんのお母さん――おとめさんでしたっけね。兄さんの話だと、幽霊のようにやつれてしまってるって」

右京之介は黙っていた。

だが、幸か不幸か、おせんのふた親であるおとめにも弥助にも、会うことはできなかった。弥助の名の書かれた表の障子はぴっちりと閉じられ、なかには人の気配もない。通り掛かった近所の住人にきいてみると、

「おとめさん、あれからすっかり身体をこわしちまってね。もう病人だよ、あれじゃ」

「じゃ、今どこに？」

「小石川《こいしかわ》の養生所へね。やっと入れてもらえたんだ。弥助も知り合いのところへ転がり込んでて、ここにはしばらく帰ってきてないよ」

おせんちゃんのことでなら、差配人の卯兵衛さんに会うといい――と勧められ、お

初と右京之介は彼の住まいへと向かった。幸い、彼は在宅していた。

今度は、お初も右吉こと右京之介も、おくまのときのようなことは言わず、はっきりと、通町の六蔵の身内の者で、おせん殺しの下手人を探すために、ききたいことがあって来たと申し述べた。卯兵衛は、お初のような若い娘がそんなことを……という顔をしたが、右京之介が、お初が六蔵の妹であることを話すと、渋々ながら、認めることにしたようだった。

ただ、あの若い浪人の似顔絵については、にべもない返答がかえってきた。

「あたしはこんな浪人者に見覚えはないし」

浪人者、と吐き捨てるように言った。差配人として、浪人者の店子に手を焼いたことがあるのかもしれない。

「弥助のところだって、同じようなもんだと思いますよ」

「りえという名前に聞き覚えは？」

「町人の名前じゃないだろうよね」と、これも仏頂面で言う。「どういう字を当てるんだか知らないが、無筆《むひつ》の連中のほうが多いこんな町中に、そういう名前の女がいるとは思えないね。気取った名前だからね」

一応、似顔絵の写しを預け、弥助夫婦を始め、心当たりのところに聞き廻ってくれとだけ頼んで、お初と右京之介は卯兵衛の住まいをあとにした。

「雲をつかむような話って、こういうことを言うんでしょうね」

右京之介と肩を並べ、両国橋のほうへと引き返しながら、お初は呟いた。

「百年も昔の出来事と、昨日今日の女の子殺しとを結び付けようとしてるんだもの、うまくいきっこないわ」

「我々が結び付けようとしているわけじゃあない」落ち着き払って、右京之介は言った。「出来事のほうが、勝手に結び付いているのですよ。百年と言うと我々にとっては長い月日だが、時の流れそのものから見たら、それなど、まばたきするあいだのことかもしれません」

そして足を止め、右手の本所松坂町にびっしりと立ち並ぶ町屋の波を、少しばかりまぶしそうな目をして眺めた。

「偶然ですが、このあたりは、昔吉良邸のあったところです」

お初は、ええとうなずいた。「六蔵兄さんが不思議がってたわ。油樽から見つかった子がおせんちゃんかもしれないと、この相生町にやってきたとき、兄さんも、ああここは昔討ち入りのあったところだなあって考えたんですって。そしたら、今度のことが起こって――」

りえ、という、誰のものとも知れない名前を鍵に、三間町の死人憑きと、百年前の義挙とが関わってくるかもしれない。

「そもそも、赤穂事件とはどういうものだったのでしょうね」

右京之介が言って、懐で細い腕を組んだ。女のように色白なので、そういう仕種をすると、きれいな肘が見える。

「討ち入りを決行するまでのあいだには、様々な出来事があったはずです。そのあたりのことを、少し調べてみませんか、お初どの」

お初は目を丸くした。「あたしにそんな難しいことが……」

「できますよ。百年前の元禄のことですからね。当時の人たちは皆死んでしまっているが、その子や孫や曾孫は生きている。あれだけの、義挙と呼ばれたことにまつわる逸話なら、今でも語り伝えられているでしょう。そういうものを聞き調べていけば、少しは手掛かりになるかもしれません」

お初は笑った。「そんなら、中村座に仮名手本を観に行くのがいちばんよ」

右京之介は、思いがけず真面目な顔で首を振った。「私はそうは思わない。なるほど仮名手本は素晴らしい芝居ですが、あくまでつくりものです。真実とはかけ離れているかもしれない」

そりゃそうかもしれないけど……

「一件の公式の記録は、おそらく評定所のなかに保存されているはずです。お奉行に頼めば、目を通すこともできるかもしれない。そして、六蔵どのの手も借りて、討ち入りのあったころ身内が松坂町のあたりに住んでいたという人たちを、なんとか捜し出してみましょう。そういう類《たぐい》の話は、案外長く語り伝えられているものですからね」

「そんなことをしてどうするの？」

「そうしているうちに、お初どのが幻に見た若い浪人の正体がわかるかもしれないじゃないですか。りえという名前の主もわかるかもしれない」

怪しいもんだわと、お初は思った。それに気づいて、右京之介は笑顔になり、ちょっと肩をそびやかした。

「それに、当面は、ほかにできることがなさそうでもありますしね」

四

翌日から、姉妹屋で立ち働く忙しい暮らしに戻りながら、お初は、店を訪れる馴染みの客たちから、あれこれ聞き出すことを試み始めた。無論、元禄の討ち入りについてだ。

「うちのじいさんが当時あっちのほうに住んでいた」とか、「近所の米屋が、昔、先祖が吉良様のお屋敷に出入りしてたなんて言ってたのを聞いたことがあるぜ」

などという返事がかえってくるのを期待してのことである。魚河岸の阿仁さんたちというのは、あれで案外顔が広く、六蔵も驚くような大勢の人と人との繋がりの上に立って商売をしているものなので、根気よく続けてゆけば、なにがしかの収穫はあるのではないかと思ったのだ。

一方、右京之介のほうは大手門《おおてもん》から攻めようというわけで、御番所に戻り、百年前の赤穂事件の正式な記録になんとか目を通すことができないか、骨を折っている。そういう次第で、姉妹屋からは、一時的に姿を消していた。

なにごとにつけ率直なおよしは、「なんだか寂しいわね」などと言っている。

飯屋の給仕のかたわら、お初が忠臣蔵についてなんだかんだと尋ねることを、客たちの誰一人として、奇妙なこととは思わないようだった。それもこれも、中村座のおかげである。四世団蔵の大当たり七変化のことが頭にあるから、みんな、お初が芝居の話をしているのだと思うのだろう。

「やあ、やっぱり団蔵は凄いよ、あの早変わりは凄いよお初ちゃん」などと、力を入れて話してくれる阿仁さんもいた。

仮名手本忠臣蔵のなかでは、すべての発端である刃傷事件の理由、師直がことあるごとに判官に辛く当たり、ついには彼をして刀を抜かしめることになる大本の理由は、浅野内匠頭に当たる芝居中の人物塩谷判官《えんやはんがん》の妻顔世御前《かおよごぜん》に、吉良上野介に当たる高師直が横恋慕してはねつけられたから――ということになっている。塩谷判官と顔世御前は仲睦まじい夫婦であり、権力者の横車によって判官が死に追いやられ、二人が結果的には引き裂かれてしまうことになるというこのお話は、お初のような若い娘の心を惹きつけても不思議ではないものだ。

そして、お初は、芝居を見た多くの人たちがそうであるのと同じように、現実に百年前に起こった刃傷事件の理由も、芝居のなかで描かれているような類のことだろうと、なんとなく考えていた。そこへ、

「いや、あれはね、本当はさ、浅野が吉良に賄賂《わいろ》を満足に渡さなかったから、それでいびられたというのが本当のところなんだよ、お初ちゃん」

と、訳知り顔で教えてくれた年配の客がおり、そこでお初は、初めて、そういう説もあるのだということを知った。

(横恋慕か、お金か)

昼ご飯のたくわんなど噛みながら、つくづくと考えた。

(どっちにしろ、あれだけの大騒動の理由にしては、小さいような気がするなあ……)

それをおよしに言ってみると、彼女は笑いながら、

「小さくはないでしょうよ」

「そうかしら」

「そうよ。だって、色と欲だもの。世の中にこれほど大きいものはありませんよ」

首をひねるお初に、そら、お初ちゃんにはまだよくわからないかもしれないけどね、と、さらに笑う。

「だけど、おかしいわねえ。どう考えても、あたしにはぴんときませんよ」

「何が？」

「あの油樽の――」おせん殺しのことを思ってか、およしは少し言いよどんだ。「あんな酷いことと、百年前の出来事とがどうつながるのかしら。お芝居になるようなことと、どれほどひどい話でも、町中の、子供一人の身に関わることでしょう」

「それは、あたしにもわからないんだけど」

右京之介の考えすぎではないのかな、という気がしないでもない。なにしろ、要《かなめ》になっているのは「りえ」という名前ひとつだけなのだから。

（まあ、右京之介様が何をどうつかんでお帰りになるかに任せておくしかないわね）

ぜんたい、いくら御前様のお力をお借りするといっても、評定所に保存されている書き物など、そう易々と見ることなどできないだろう。

そんなふうに考えながら、とりあえず毎日の忙しい暮らしのなかにひたっているとき、その右京之介を訪ねて、姉妹屋にやってきた人物があった。

「古沢右京之介は、子細があって、ひとときこちらに身を寄せているという話を聞きましたので、お訪ねしてみたのだが」

その客は、ふらりと姉妹屋の縄のれんを分けて入ってきて、忙しいときの嵐のような騒ぎがおさまるのを待ち、そろりと話しかけてきた。坊主頭ではないが、一見したところ医師のような身形をしている。年齢は四十そこそこというところだろうか。痩せぎすで、どちらかと言えば貧相な外見だ。ただ、

(いい年齢の男の人に向かってこう言うのもおかしいけど……)

目のきれいな人だと、お初は思った。どこかでこんなふうな目を見たことがあるような気もする。

古沢様のお知り合いならと、およしがあわててこの来客を奥の座敷へと招じ入れた。来客が履き物を脱いだとき、ちらと見えたその足首と足の形に、お初はふと、姉妹屋出入りの富山の薬売りのことを思い出した。身体のわりに頑丈そうな足だ、という連想が働いたのだ。そして不思議に思った。この方は、さて、なにを生業《なりわい》にしている方なんだろう?

「私は小野《おの》重明《しげあき》と申します」

丁寧な口調で、お初とおよしの顔を等分に見比べながら、そう切り出した。

「ここ二年ほど江戸を離れておりました。久しぶりに戻って参りましたので、甥《おい》の顔を見に古沢の家を訪ねて、こちらのことを聞いたという次第です」

「甥？」

「さよう、私は古沢武左衛門の末弟でしてな。右京之介にとっては、叔父ということになり申す。他家に養子縁組した身分でありますので、姓が違っているのですが」

なるほど、とお初はうなずいた。

「二年とは、ずいぶん長いあいだ他国においでになっておられたのでございますね」

旅から戻ったところだというのならば、納得がゆく。たしかに、あれは旅人の足だ。だが、どこぞの禄をはんで勤番で、という風情には見えない。医師か、さもなければ――

(寺子屋の先生のようにも見えるわね)

と思う間もなく、およしがさらりと、

「小野様も、御番所のお役目をお勤めでいらっしゃいますのでしょうか」などときいてしまった。まあ、隠密廻りの同心など、どんな格好をして町中にまじっているかわかったものではないし、相手は鬼の古沢様のお身内なのだから、あながち的外れの問いでもなかったのだが、これを聞くと、小野重明はにこやかに笑った。

「いやいや、私はおかみにつながる者ではありません」

「でも、古沢様の――」

「少々事情がございましてな」

穏やかに、だがさえぎるようにそう言うと、少し気をかねるような顔つきで、「といっても隠すほどのことはない」と言い足した。

「私は……こういう言葉を耳にされたことがおありかな……遊歴算家《ゆうれきさんか》と呼んでいただくのがいちばんいいのだが」

お初とおよしは顔を見合わせた。

「ゆうれい」

相手は破顔した。「いやいや、ゆうれいではない。遊歴です。旅から旅への暮らしをしながら、算学を教えたり、研究したりする。学者のようなものですよ。私が養子になった小野の家の当主も、やはり同じ算学者で、私にとっては義父でもあり師でもあるという人でありました」

はあ、とおよしがあいまいな声をあげた。「そうしますと、ずいぶんとあちらこちらへいらっしゃるのですね？」

「さよう。この度の旅では――富山に石黒《いしぐろ》という、遊歴算家の集まる有名な家がありましてな、そこには三月ほど逗留させてもらいましたが、あとはそう、ひと月と同じ場所にはおりませんでした。備前《びぜん》や周防《すほう》、肥後《ひご》や薩摩《さつま》のほうにまで足をのばして参りましたよ」

さっきからじいっと相手を見つめていたお初は、小野重明の話し方、声の出し方、話すときの声の調子、そして何より、話相手を見つめるときの澄んだ目の輝きが、いったい誰に似ているのか、やっと思いついた。

右京之介だ。

顔だちや背格好が似ていないから、すぐには思いつかなかった。だが、こうしてみると、鏡に映すようによく似ている。

右京之介には、こんな変わり者の——遊歴算家なんて、あまりどこにもここにもいるとは思えない——叔父上がおられたのか。そうして、ふと思い出した。彼が初めて姉妹屋にやってきて、奥のこの座敷に放ったらかしにされていたときに、なにやら一心に書いていたことがある。あれは……

「小野様、右京之介様も、その算学というものを好んで学んでおられるということはありませんか」

すると、小野重明はにこりとした。「そのことを、右京之介からお聞き及びでしたか」

およしがびっくりした。「そんなこと、聞いたことがあるの、お初ちゃん」

「少しね」と言って、お初はさらにきいた。「右京之介さまは、そのことのために、御番所のなかで『そろばん玉』なんていうあだ名をつけられておいでなのでしょうか」

今度は、さすがに小野重明も目を見開いた。「右京之介のことを、ずいぶんとよくご存じなのですな、あなたは」

ちょっとばつが悪い。「たまたま耳にしただけです」

そうですか、と呟き、着物の胸元に視線を落としてしばらく考えてから、小野は顔をあげた。

「右京之介は、こちらでたいへん得難い修業をさせていただいていると、あれの父親からは聞いて参りました」

「すると、小野様は、こちらへおいでになる前に、古沢様にお会いになっていらしたのですか」

小野はうなずいた。妙に難しい顔をしていた。そういう顔もまた、右京之介とよく似ていた。表情の表れ方がそっくりなのだ。

「右京之介の将来をどうするかということについては、ここ数年、古沢家のなかで、何度も激しいやりとりがあったのですよ。御承知のとおり、あれは古沢家の嫡男です。父の跡を継がねばならぬ身の上です」

ごもっとも、という顔で、およしがうなずく。

「だが、本人の意向——右京之介の希望は、別のところにあると、私は知っております。あれもまた、私と同じように、算学の研究に打ち込んで暮らしたいのですよ。学者になりたいのです。与力ではなく」

元服して与力見習いにあがってからもう三年はたつであろうに、右京之介のふるまい、仕事ぶりが今ひとつもふたつも板についていないのは、やはり、そういう理由が裏に潜んでいたからだったのだ。そして、吟味の手伝いをしながらでも、頭のどこかでいつも算学のことを考えている彼を評して、御番所の先輩たちや朋輩たちは「そろばん玉」と呼ぶのだろう。算学が三度の飯よりも好きで、そのくせ、強力な親父どのの指図には逆らうことができず、親父どのの指先ひとつで御番所のなかに放り込まれてしまった、ひょろひょろの若者。

「幸い、右京之介がお仕えしている南町のお奉行様は、あれをお気に召してくだすったようです。やみくもに跡を継がせようとして躍起《やっき》になっている父親を制して、右京之介に、考えを固める余裕を与えようと計らってくださいました」

お初は大きくうなずいた。「ああ、それでわたくしどものところへ」

「すると、そこまではご存じなかったのですかな」

「はい。なにか事情がありそうだとは思っていましたけれど、深くは存じません。御前様もお話になりませんでしたし、もちろん、右京之介様も何も」

小野重明は、こぢんまりときれいに片付けられた座敷のなかを見廻した。鴨居にさしてある雷除けのお札や、およしが好きで集めている張り子の犬のあれこれや、煙草の入れてある小引き出し。六蔵が灰を落として焦がした畳。

「御奉行さまは、右京之介に、外の人生というものを、一度見てみるようにと仰せられたそうです。こちらに寄宿させてもらえば、この家のなかも無論のことだが、町中の、様々な暮らしを身近に見ることになるでしょう。人が生きる道とは様々な形でのびているものだと、実感することになるでしょう。そうして、よく考えるように、と。もしもおのれを生かす道がほかにあるならば、たかが与力の株のひとつやふたつ、なんで捨てることのできぬわけがありましょう。古沢の家がどれほど長くこのお役を勤めてこようと、それなどは、世の流れから見れば、小石ほどのものでしかない」

お初は息を呑むような思いだった。このおかたは、あの赤鬼の古沢さまの弟なのだ。その人の口から、こういう言葉が流れ出てくるとは。

微笑して、小野は言った。「長広舌《ちょうこうぜつ》をふるって申し訳ない。ぜひ右京之介と話し合おうと、道々あれこれ考えていたものですから、つい舌が滑り申した」

「とんでもございません」お初も笑みを返した。「どうぞこのまま、右京之介様がお帰りになるのをお待ち下さいまし」

「それは有り難いお申し出だが、私のほうにも多少都合がありましてな。そう長居をできるわけでもないのだが……」小野は眉根を寄せた。「右京之介は、いったい何をしに外出しているのですか。古沢の家では、何も知らぬと不機嫌そうに言っていました。事実、何も聞かされてはいないようでした。右京之介は帰ってきてもいないとか」

さて困った。どこから話そうか——とお初は思ったが、ごちゃごちゃ悩むよりも先に、およしが答えていた。

「右京之介様は、忠臣蔵のことを調べておいでございます」

このときの、小野重明の驚いた顔といったら見物だった。お初はあやうく吹き出してしまうところだった。

「忠臣蔵？　芝居にでもかぶれているのですか」

「いいえ、違います。あの……今、わたくしどもの兄が調べていることどもに係わりがあるようなので、右京之介様が手伝ってくだすっているのです」

ほう……と、小野は声をあげた。「百年は前のことになりますな、あの赤穂浪士の討ち入りは」

「はい、ちょうど百年です」

「そんな昔のことの、なにを調べているのです？」

それが、わたしにもよくわからないのです、とは口が裂けても言えない。お初はしどろもどろに言った。

「本当のところを知りたいということで」

「本当のところ？」

「はあ。あの出来事が、いったいどういうことだったのか……お芝居の形になったものは、つくりごとが入っているからと」

小野はうむとうなずいた。「たしかに、それはそうでしょう。しかし、どうやって調べるというのか」そして、口のなかで小さく、

「私にも、多少心当たりがないわけではないが」と言った。

「小野様は、学者の方とかとお知り合いで？」

「そう、私は、この国中をこの足で歩き廻りますからな。実に様々な人々と知り合いになる機会に恵まれる。もし本当に、赤穂事件のことを知りたいとおっしゃるのなら、詳しく教えてくれそうな人を都合することはできましょう」

喜んで、お初はお願いすることにした。右京之介が戻ってきたら、すぐ報せるということにして、小野重明は宿の場所を教え、国中を歩き廻るという逞しい足で、ひとまずは引き上げていった。

その夜遅く、右京之介は喜色を浮かべて姉妹屋に戻ってきた。

「うまくいきそうですよ、お初どの」

そちらの話も聞きたいが、とにかくまず、おなかはおすきですかと尋ねると、吃驚《びっくり》したような声を出して、

「そういえば、食事をとることを忘れていました」

おひつのご飯に、豆腐汁は温めて、古漬けをきざんだ香のもの、という、残り物の夜食の膳をあつらえると、彼は嬉しそうに箸をとった。六蔵と文吉は寄り合いに出て留守だし、およしは——お初としては気恥ずかしい気分ではあるけれど——気をきかせてくれたのか、姿が見えない。お初はご飯を食べる右京之介を見守り、給仕をしながら、少しばかりほんわりと幸せであった。

膳をさげるころになって、右京之介が彼の側の話を始める前にと、お初は昼間のことを話した。叔父が訪ねてきていたことを聞かされると、右京之介は、お初が思っていたよりもずっとひどく驚いた顔をした。

「叔父上が」と言ったきり、しばらく絶句していたほどだ。

「右京之介様がここにおいでになることは、古沢のおうちで聞いてきたとおっしゃっていたのですけど……」

少し、心配になった。

「何かまずいことでもおありなのですか」

「いえ、まずいというわけではありません」上の空で、右京之介は否定した。お初は

小野重明が元禄の義挙について調べる作業を手助けしてくれそうだという話もし、彼の宿の場所や、また訪ねてくるということもきちんと伝えた。右京之介はそれを、お面のような顔で聞いている。

お初は言葉を切り、まともに彼の顔を見つめた。右京之介はまだそのままの表情を浮かべている。お初は腕まくりすると、彼の顔の真ん前で、ぽんとひとつ柏手を打った。

右京之介は、手桶の水をかけられた犬のように、まばたきをして、我に返った。とたんに、くしゃくしゃっと笑顔になった。

「叔父上は健勝でしたか。この度の遊歴ではどちらのほうへ行っていたと話していましたか」

一応、お初の話を聞いてはいたのである。「右京之介様も、本当は叔父上様のように、旅から旅への暮らしをなさりたいんですか。叔父上様はそうおっしゃっておられました」

そう尋ねてみた。右京之介は、顔から笑みを消しこそしなかったものの、少しひるんだように顎を引いた。

「それはなかなか返事がしにくいですね」

間をおくように、立ち上がり、窓のそばに寄って、蚊遣りの煙を手で払うようにしながら、外をのぞいた。彼が身を乗り出すようにしたので、横顔のすぐそばに、窓の向こうに植えてある朝顔のつると葉と、夜には俯いて眠っている白いつぼみとが並んだ。

「私は与力の家の子です」

背中で、そう言った。

「父の跡を継ぐのが私の役目です」

「ですけど——」

古沢様のほかにも与力はいるじゃありませんか、と言いかけて、危ういところでお初は言葉を呑んだ。

右京之介は武士なのだ。町方役人だと思うと、ついそれを忘れがちになってしまうが、古沢の家を背負った、彼は武家の人なのである。お初とは違う。

「叔父上の暮らしに、憧れを持つことはありますが、そこはそれ、憧れは憧れです」

「算学は、面白いものですか」

右京之介が惹きつけられているというその学問に、お初は興味が湧いていた。

「面白いという言葉だけでは言い尽くせないほどですよ」

もとの場所に座り直しながら、右京之介は笑顔でそう答えた。厄介な問いかけをやり過ごし、やれやれと腰をおろしたというふうに見えないでもない。

「あたしはそろばんくらいしかできないから」お初は笑って、そう言った。「ですから、算学の面白いところをお話しいただいても、さっぱりわからないかもしれないのですけれども」

「なあに、それほどややこしいことをしているわけではない」

にこっと笑い、眼鏡の紐に触れて、それが顔の正面にくるように直しながら、右京之介は言った。

「お初どのは寺子屋へ通ったでしょう」

「はい。わたしの師匠は、昔どこぞの武家屋敷でお女中をしていたとかいう女の人で、ですから女の子ばかりが通っていました」

通三丁目の、表通りから一本奥に入ったところの借家に、一人で住まっている師匠だった。

「厳しい人で、手習いやそろばんだけじゃなく、繕いものから掃除の仕方まで仕込まれましたよ。およし義姉さんが、あれじゃ女中奉公にあげたみたいなもんだと言って呆れてたことがありますもの」

「そこで、そろばんを教えられるとき、師匠が難しい書物を取り出してながめているのを見たことはありませんでしたか。いや、もともと奥女中だった人だと、むしろああいうものを使うところまではいかなかったかもしれないが……」

「あういうものって？」

「『塵劫記《じんこうき》』という書物ですよ。たいていの寺子屋で、そろばんを教えるときに使っているものです。最初に書物として著されたのは、もう百五十年以上も昔のことだったはずです。吉田光由《みつよし》という学者が書いたものですが、読めば誰でもわかるような易しいことから、かなりの難問まで詳しく述べてあります。私が叔父上に見せてもらったのは、巻末のところに十二問の答えのない遺題が付けられているもので、これはたしか……寛永《かんえい》十八年の刊だったと思いますが」

できるものなら感心したかったのだが、お初はとりあえず「はあ」と言った。右京之介は声をたてて笑った。

「算学者も、最初はそろばんから習い始めるのですよ。私は無論そうだし、叔父上もそうでした。そして、だんだん算木を使うような高度のものを解くようになっていくのです」

「算学――は、この江戸でも盛んなのですか」

「それはもう、途方もなく盛んですよ。始めは、やはり大坂や京都から優れた算学者が輩出したものですが、今はこの江戸も負けていません」

お初は微笑した。「右京之介様もそのお一人になられるわ、きっと」

右京之介の明るい笑みが、油の切れかかった行灯の火のように、すうと陰った。だが、すぐにそれを取り戻すように声を励まして、「昔、関孝和《せきたかかず》という優れた算学者がいました。算学でもって甲府《こうふ》殿にお仕えしていた人ですが——この人を開祖として、関流という流派が生まれています」

「まるで剣の道みたい」

「そうですよ。まったくそのとおりです。優れた師の元に弟子が集まり、そのなかから優秀な弟子が生まれて師の積み上げたものを受け継いでゆく。この関流の流れを受けた算学者のなかに、長谷川善左衛門《はせがわぜんざえもん》という人がいるのです。二十歳の若さで、神田《かんだ》中橋に、道場を建てようとして努力しています。むろん、算学者のための道場ですね。これができあがれば、江戸での算学の研究はますますさかんになると思います」

右京之介の目が輝いている。本来なら、彼こそ、そういう道場にいて研究に励むべきなのにと、お初は思った。

それなのに——

(与力の子だから、与力になる、か)

ふと思い出して、訊いてみた。「文吉さんが言っていたんですけれど、右京之介様は、お出かけになると、目についた神社やお稲荷さんに必ず入ってみるって。それも算学と係わりがあるのですか」

右京之介は破顔した。「いやあ、私は隠し事ができないから、すぐに露見してしまうんですね。我慢がきかない」

頭の横を、手で叩いたりしている。思いのほか子供こどもした仕種だった。

「あれは、算額を見に行っていたのです」

「神社やお稲荷さんのなかに？　算学の道場でもあるんですか？」

お初がきょとんとしたので、右京之介はあわてて手を振り、

「ややこしいでしょうが、この『さんがく』の『がく』は学問の学ではなく、掛ける額のことなのですよ。算額です」

算額とは、この時代に算学者たちのあいだで流行したもので、算学の問題と答、それを解く術とを板に書き、絵馬のように神社に奉納したもののことだ。個人の能力が向上するように神仏に祈願するためのものでもあり、向上したことを感謝するためのものでもあり、世の中に存在する他の算学者たちに、自分のつくった問題や術を披露するためのものでもあった。これは当然、研究や修業の足しにもなる。右京之介は、だから、新しい問題や美しい術を求めて、神社仏閣というと足を踏み入れ、算額を探しては眺めていたというわけである。

「じゃ、いつか、富岡八幡宮に行ったとき、『いいものを見た』と言われたのも、算額のことだったんですか？」

「そうですよ」と、右京之介はにこにこした。「お初どのは、なんだと思っておられ

たのですか？」

　こればかりは、言わぬが花だ。

「それより、教えてくださいましな。算額というものには、どういうことが書いてあるのですか？　わたしなんかが見てもわからないかもしれないけれど」

　描いてみましょうか、と、右京之介は言った。お初は座敷のあちこちを探し、昼間誰かが買ってきたきり放ってあった読売りを裏返して、およしが店の勘定をつけるのに使っている筆と硯《すずり》を持ってきた。

　右京之介は紙を二つに折ると、右側にひとつ、左側にひとつ、絵のようなものを描いた。右の絵は、大きな丸のなかに大きさの違う小さな丸が六つ入っているものだった。左の絵は、三角のなかに、やはり丸が三つ入っているものだった。

「算額は、大きさの限られた板の上に問題を書くものですから、こうした図を描き、できるだけ文を少なくして、ひと目でわかるようにしたものが多いのです。ですが、算学で扱うのは、こういう図のものばかりではありませんよ」

　お初は目をぱちぱちさせた。「この図の何を解くんですか？」

「右の絵では、外側の大きな円の周りの長さを、左の絵では、内側の三つの丸のそれぞれの大きさを求めるのです」

　お初はつくづくと絵を眺め、それから右京之介の顔を見た。「紐でもって測ったらどうかしら」

　彼は爆笑した。「それでもいいですが、これを算術で求めるところが学問なのですよ、お初どの」

　さっきまでの同情はどこへやら、赤鬼の古沢様が、後継ぎにこういうことをやらせたくないと思うのは、それなりに理のあることだと、お初は思い始めた。紐が一本あれば済むことを、なんでまた手間暇かけて、わざわざ難しくして解かなければならないのだろう。しかも、こんなことのために、家を捨て諸国を流れ歩くなんて、よっぽどの変わり者でなくてはできることじゃない。

「そうか、お初どのには面白くないのですね」

　心なしか残念そうに、右京之介は呟いた。口元は笑っていたが、目のあたりが少し、寂しげに陰った。お初はどきりとした。

　言葉が続かなくなってしまった。顔をあげるのも難しくて、じっと右京之介の描いた図に目を落としていたのだが、そうしているうちに、筆を握っている彼の右手の指の爪が、墨で汚れていることに気がついた。今汚れたものというより、染みになっているという感じだ。

「右京之介様、今日の昼間もこうした書き物をなすってたんですか?」

　右手をさしてきいてみると、彼はあらためて自分の手を見おろし、

「そうそう、肝心な話を忘れるところだった」と声をあげた。

「このところ私は、昼間は算学のことなど忘れていますよ。写本をしているのです」

「写本？」

右京之介は、少しばかり胸を張るような格好をした。

「記録を書き写しているのです。赤穂事件の。評定所から持ち出すことはかないませんが、写すことならなんとかお許しが出ました。無論、公にお許しが出たわけではありませんよ。お奉行のお力に頼り、ついでに、こういうことも——」

と、袖の下の仕種をして、

「やりましてね。写し終えてしまえば、それは堂々と表に持ち出すことができます。私一人が読んで頭に入れたところで、忘れてしまえばそれまでですから、やはり、手元にあるほうがいい」

感心するやら呆れるやらで、お初は手を叩いた。「よくそんなことが」

「もう数日待ってもらえれば、とりあえず要り用な記録はほとんど揃えることができると思いますよ。幕府としても、この事件については非常に重くみていたのですね。実に細かく、多種多様な記録が残されています。お初どのは、芝居の加古川本蔵《かこがわほんぞう》をご存じですね」

ちょっと考えて、お初は答えた。「殿中でござる、と、塩谷判官を——ですから浅野内匠頭をうしろから抱き留めた人でしょう？」

「そうです。あの人物は、本当は御留守役の梶川与惣兵衛《かじかわよそべえ》というのです。彼が書いた覚え書きも残っていますし、当時の御用留書抜などもそっくり保管されています」

右京之介は、妙な笑いかたをした。誰かの仕掛けた悪戯《いたずら》を見つけて、さてそれをどういうふうに利用しようかと考えている、はしこい子供のような笑いかただ。

「あれほどにしておくというのは、当時の幕閣にとって、あれはよほど恐ろしい出来事だったのでしょう。何やら、興味が湧いてきます」

うなずきながら、お初は一方で、

（だけど、そんな難しい書き物の写しを見せてもらったところで、あたしに読めるかしら）などと思っていた。

「このうえ、叔父上が、赤穂事件に詳しい人を捜し出してくれれば、まさに鬼に金棒というものだ」

右京之介が元気よくそんなことを言ったとき、姉妹屋の、もう戸をたて切った表戸のほうで、人の声があがるのが聞こえた。そしてすぐに、拳でせわしなく戸を叩く音が始まった。

「誰でしょう」

お初は立ち上がり、座敷を出た。一足先に、さして長くもない廊下を、およしが駆けるようにして進んでゆくのが見えた。

「はい、はい、今開けます。どなた様ですか？」

問いに答えて、戸の向こうで若い男の声が大声で言った。「深川の辰三の遣いで参りました。六蔵親分はおいでですか、急ぎの用なんです」

ひどくあわてている。だが、声には聞き覚えがあった。お初が（誰だったかしら）と考えていると、くぐり戸のところにかってある心張り棒をはずしながら、およしが言った。

「松さんね？　どうしたんですよ、あんた、そんなにあわてて。どうして裏に廻らないの」

お初は義姉のもの覚えのよさに感心した。これぱかりは逆立ちしてもかなわない。岡っ引きの女房として、実に得難いおよしの美点だ。

転がるようにして入ってきたのは松吉といって、辰三が目をかけて使っている彼の下っぴきの一人だった。気働きのいい男だが、ちょいとそそっかしいところもある。

「すいません、おかみさん」自分で自分の頭をおさえておよしに謝ると、松吉は顔をあげた。口の端がびくびく震えている。松吉が、優しすぎるくらい心根の優しい男であることはお初も知っている。彼は何かにひどく心を痛めて、それで動転しているのだ。

「どうしたの、松さん？」

松吉は涙目になっていた。

「おかみさん、また子供がやられたんでさ」ひと息に言うと、あえぐように息を吸い込んだ。

「先の丸屋のおせん殺しと同じ手口です。昼間のうちにふいっと姿を消して、みんなで探してたんですが、夜釣りの帰り道に、近所の湯屋の親父が百本杭のところに亡きがらが浮かんでるのを見つけたんです。今度は油樽じゃねえけど、また子供で、口をふさがれて……うちの親分が、六蔵親分に報せろっておいらを寄越したんで……ひでえ話だ……おいら知ってたんですよ、菊川《きくかわ》の煮しめ屋の子で、長坊、長坊って呼んで――」

おいおいと泣き出す松吉をあいだにはさんで、お初とおよしは愕然と見つめあった。

五

俗に百本杭と呼ばれているのは、駒止《こまど》め橋を渡ったところの大川端《おおかわばた》で、打ち込まれている沢山の杭は、水除けの役をしている。鯉《こい》などがよく釣れるので、気候のいい今ごろには、涼《すず》みがてらに釣り竿を担いでやってくる者がけっこういる。

真っ黒な夜の水が打ち寄せる百本杭のそばに、うつ伏せになった子供の亡きがらが浮かんでいるのを見つけたのは、松吉が報せてきたとおり、近くに住む湯屋の親父だった。男湯の二階は、懐の寂しい勤番武士から放蕩がすぎて家の敷居が高くなったお店の伜なんぞまでが集まってくる、一種の遊興地であるから、その土地を仕切っている岡っ引きにとっては、格好の目のつけ所だ。深川の辰三も、前々からこの親父とは付き合いがあったから、万事がそつなく、恐ろしく素早くことは運んだ。

お初が六蔵と、今はまた六蔵の下っぴきに身をやつした右京之介と三人で駆け付けたときには、子供の亡きがらは既に引き上げられ、自身番に運びこまれたあとだった。それを知った六蔵が、口のなかで小さく舌打ちをしたのを、お初は聞いた。思わず兄の顔を見ると、彼は言った。

「辛いだろうが、おめえに、今度の子供の亡きがらに手を触れてもらわなきゃならねえ。まだこの場に亡きがらがあれば、それほど難しいことじゃなかったんだが、自身番に運ばれたあととなると、さて、口実をどうするかな」

「なんとでも言うわ」と、お初はくちびるを嚙んだ。そうして、夏の夜だというのに、背中や首筋や二の腕に浮いてくる鳥肌を、肌に走る寒気を、ぐっとこらえていた。

辰三は、自分の手下の者たちと、駆り出された町役人たちとを三つに分けて、川上から川下まで、何か見慣れないもの、落とし物、足跡の類が見つからないかと、くまなく調べさせていた。これには町内の連中も加わっており、提灯があちこちで、集まりの悪い蛍《ほたる》の群れのようにちらちらしていた。

「あちらを手伝ってきます」と言い置いて、右京之介はお初たちから離れていった。

頭上には星空が広がり、川面を渡ってくる風のなかに、かすかに潮の匂いがする。ひたひたと大川端をたたく水音は、岸辺に佇むお初の耳に、抑えた泣き声のように聞こえた。頭を抱え、身体をかがめ、地面に伏すようにして声を抑えて、それでも漏れてしまうすすり泣きのように聞こえた。

「ぜんたい、俺の縄張りで何が起こってるっていうんだろう」

野太い声に振り向くと、先に会ったときより、一度に十も十五も老けてしまったように見える辰三が、片手に提灯をさげ、帯の前のところに片手の指を引っ掛け、川風に乱れた髷をなぶらせながら、顔を歪めて立っていた。

「おせんが捨てられていたのは、俺の縄張りだ」

すかさず、六蔵が低くやりかえした。

「辰つぁん、泥を塗られたのはおめえの顔だけじゃねえよ」

辰三は、それが仇でもあるかのような顔で、提灯をにらんでいる。

「面白半分に子供を拐かしちゃあ、殺す。亡きがらを油樽や川に投げ込む。そういう輩を、六蔵、今までに見たことがあるかい」

六蔵は黙って首を振っている。

「辰三親分」と、お初は呼びかけた。辰三が、提灯を睨んでいた顔のままお初を振り向いた。

「あたし……思わず兄さんと一緒に飛び出してきちゃったのよ。なんだか……あんまり酷い話で。放っておけないような気がして」

辰三はお初の力を知らない。知らないから、彼女がここに居ることの理由や目的を報せるわけにはいかない。

「あのおせんちゃんて子は、うちの目と鼻の先で死んでいたんだし……」

「気持ちはわかるよ、お初ちゃん」と、辰三は言った。

「あたしに、何かお手伝いできることはないですか。引き上げられた子――長坊っていうんでしょう、着替えさせるとか、いろいろ」

「それにはおよばねえよ。それに今はまだ、お役人が検使のおあらためをしていなさるところだし、そのあとの始末は、長坊の親がやるだろう。気の毒に」

最後の言葉を絞り出すように言って、辰三はお初にうなずきかけた。

「ありがとうよ、お初ちゃん」

お初は目を伏せた。なかなか、うまくいかない。六蔵の様子をうかがうと、彼は懐手をして辰三に背を向け、大川のほうを眺めている。そばに寄ると、

「ここにいたんじゃや、何も見えねえか」と、ひそめた声で尋ねてきた。

「何も見えないわ」

暗い空と水と、生暖かい夜風があるばかりだ。川面にぼうっと狐火でも浮いたなら、そのまま怪談話の芝居の舞台になりそうだ。

「なんとかうまい手を考えるから、ちっと待ってな」

言われたとおりに、お初は待った。六蔵と辰三とは、あたりを歩きまわりながら、何事か熱心に話しこんでいたが、やがて町役人らしい男に呼ばれて、二人で自身番のほうへと急ぎ足で向かっていった。

よほどそのあとを追おうと思ったが、お初は思い止まった。足を踏み出そうとした刹那、これまでにない激しい悪寒が、背中を走り抜けたからだ。

これはどういうことだろう？　両腕で身体を抱いて、お初は震えた。ここにいれば、何かが起きるということだろうか。

（よおし、それなら……）

覚悟を決めはしたものの、大川を背にして立つと、しきりと、背後に誰かがいるような気がしてきて、落ち着かなくなる。長坊を川へ投げ込んだ何者かが、すぐそば

に、手を伸ばせばお初のうなじに指が触れるほどのところにいるような気がしてくる。そんなことがあるものかと思いながらも、お初は何度か首をよじって振り向き、とうとう我慢がしきれなくなって、今度は町屋のほうへ背中を向け、大川に向かって立った——

「お初どの」

心の臓が飛び上がり、真っ暗な空に向かって飛び出てしまうかと思った。吸い込んだ息を吐くこともできないまま、弾かれたように振り向くと、すぐうしろにいた右京之介が、これまた突き飛ばされたかのようにうしろに飛びのいた。

「び、び、び——」

「驚かせてしまいましたか」

「びっくりした!」と言い切って、やっと息がつけた。むせてしまった。

「右京之介様は、猫みたようだわ」

「そんなことはないと思うが」履き物をはいた足を持ち上げてみて、右京之介は呟いた。

「お初どのが、何かに気をとられておられたのでしょう」

彼は気遣わしそうな顔になり、夜風にまぎれてしまいそうなほど、声を落とした。

「何か感じとることができそうなのですか」

お初は、先ほど襲ってきた異様な寒気のことを話した。

「まるでつむじ風みたいに寒気がきたんです。こんなことって初めてですよ」

お初の不安が感染ってしまったかのように、右京之介は、眼鏡の奥で細い目をしばたたかせた。ふと目をやると、彼の手首のあたりにも鳥肌が浮いている。

「考え過ぎかもしれないけれど」

首をめぐらして、お初は、川上を遠くからちらちらと動きながら近づいてくる、提灯の数をかぞえた。五つ、六つ、七つだ。

「皆、戻ってくるようですね」

「目ぼしいものは見つからなかった」右京之介は言って、貧弱な肩を落とした。

「なんとかあたしが長坊に触ることができるといいんだけど……」

よい口実はないですかと、言うつもりだった。その言葉が、お初の喉のすぐ内側まできていた。だが、それは永久に口に出されずに終わった。

驚きという言葉では、表せないと思った。頭のてっぺんを殴られたようでもあり、目隠しをされてぐるぐると身体を廻され、急に手を離されたときのような感じでもあった。本当にぐるぐるとめまいがした。

信じられない。

川上から近づいてくる七つの提灯のうしろには、ざっと十五人ばかりの男たちが群れていた。煮しめ屋の長坊を見舞った不幸に、憤り、悲しみ、少しでも役にたとうと乗り出してきた、このあたりの町屋に暮らす男たちである。

そのなかに、吉次がいた。

確かにいた。右側から二番目の提灯のうしろに、少し前かがみに、首を前に突き出すようにして歩いてくる。歩いてくる。歩いてくる。

こちらにやってくる。

「お初どの、いかがなされた」

右京之介の声が、大川の反対側から呼びかけられているかのように、遠く小さく聞こえた。お初は、近づいてくる吉次から視線を離すことができないまま、足元は一寸も動くことはできないまま、明かりのないところで物を探すときのように、手探りで右京之介の袖をとらえた。

「いったいどうしたのです?」

右京之介の声が、今度は大きく耳を打った。それがお初を正気づかせた。彼女はぶるりと身震いし、右京之介の耳のそばに顔を寄せて、通りの向こう側を、それぞれに暗い顔つきで通り過ぎて行こうとしている一団のほうへ、目立たぬように気をつけながら、指を向けた。

「あそこに、吉次さんがいるんです」

締め切った自身番の腰高障子の向こうから、せっかちな声が六蔵を呼んだ。急いで近寄って開けてみると、右京之介が金魚のように口をぱくぱくさせている。

六蔵は素早く表に出て、障子を後ろ手にきっちりと閉めた。

「何事です」

右京之介は、彼の来た方向を振り返り、

「今、あちらから、男たちの一団が来ます」

六蔵はそちらへ目を向けた。なるほど、提灯の明かりが七つ、上下に揺れながらやってくる。

「彼らの名前と居所とを、なんとかして押さえることはできないでしょうか。今夜の働きは有り難かった、あとでまた話を聞くから住まいと名前だけでも教えてくれという形でも、なんでもいいのですが」

「できねえことじゃねえが……」

七つの提灯はゆっくりと近づいてくる。

「造作もねえことですがね。なぜです？」

「今はまだ、それしか言えません。お願いします、六蔵どの」

右京之介は真剣だった。六蔵は、ためらいはしたものの、言われたとおりにした。

七つの提灯のうしろにいた十五人の男たちは、誰も渋ることなく、名前と住まいとを教えていった。皆、疲れて悲しげな顔をしていた。一人は涙ぐんでさえいた。長坊をよく知っていたと言った。六蔵は胸が痛んだ。

この連中が、いったいなんだっていうんだろう？

お初はずっと同じところに佇《たたず》み、先ほど襲ってきたあの寒気には、やはり意味があったのだと、噛みしめるようにして思っていた。

「彼らの名をたしかめたら、六蔵どのにはこちらに来てもらうように頼んでおきました」

傍らで、川風に吹かれて袖をひらひらさせながら、右京之介が言った。

お初が吉次を指さし、今にも彼に飛び掛かりそうになったとき、それを止めたのは右京之介だった。彼はお初の前に立ちふさがり、とにかく一歩も動くなと命じた。

「私に考えがあります」とだけ言って、自分は走って六蔵の元へ行ったのだ。

「右京之介様、何をなさるおつもりなんですか？」お初は彼に詰め寄りたい思いだった。「吉次さんがいたでしょう？　あのなかにいたでしょう？　信じられないけれど、あの人は死んでなかったんです。まだ生きていて、また子供を殺した……あの人に憑いている何かが、そういう邪悪なことをしてるんです。早く取り押さえなくちゃ、また同じことが起こるでしょうよ」

それはそのとおりですと右京之介が言い、それならなんでとお初が気色ばんだとき、六蔵がやってくるのが見えた。小走りに近づいてくる。

「おおせのとおり、連中の名前は聞き取りましたがね」

怪訝そうに首をひねって、六蔵は右京之介に言った。「何を考えておられるんです、古沢様は」

だから兄さん、あたし見たの、と言いかけるお初を制しながら、右京之介は、ごくりと喉をならした。あまりの緊張に、すぐには言葉が出ないのか、軽く吃った。

「わ、わ、私は考えたのです」

「何を考えたんです？」

六蔵の問いに答えず、興奮で語尾を跳ね上げて、右京之介はきいた。「六蔵どの、先ほどの男たちの一団のなかに、吉次の顔が見えましたか？」

六蔵は絶句した。お初はその兄の襟元にまで詰め寄りながら、

「いたでしょう？　兄さんも見たでしょう？　吉次さんがいたわよね？　あのなかに」

六蔵はまだ絶句していた。今度はお初が言葉を失う番だった。

「見なかったの……？」

やっと口を開いて、六蔵が答えた。「見るわけがねえじゃないか、お初。吉次はとっくに死んだ男だ」

「さよう、見なかったのですよ、お初どの」

態勢を整えて、右京之介が言った。語尾が震えているが、声音はしっかりと落ち着いていた。

「見なかったと言うより、見えなかったのです。お初どのにしか、あの顔は見えなかった」

「だけど、そんなのおかしいわ。兄さんだって右京之介様だって、吉次さんの顔はよく知っているでしょう？　見ればすぐわかるはずじゃないの」

六蔵が焦れた。「だから、見なかったんだ」

うんと咳払いをして、右京之介は言った。「ここへ来る前に、神社に奉納された算額の話をしたのを覚えておられますか、お初どの」

「そんなこと言ってる場合じゃ――」

「大事なことなのです、お初どの」

右京之介があまりに意気込んでいるので、お初も六蔵も、ちょっと気を呑まれた。

「覚えて……ます」

「私はあるとき、ある神社に奉納されている算額の遺題を、やはり算学を志す朋輩と解き比べをしてみたことがあるのです」

お初の顔を見つめ、話がつうじているかどうか確かめるようにしながら、右京之介は続けた。

「ところが、ある遺題に関しては、二人の意見が、解答も、解き明かす術も、どうもいつも食い違う。どちらも自分の主張を曲げない。どちらも意地になってくる。そこで、とうとうこれはおかしいということになって、揃ってその神社へ行き、もう一度算額を確かめてみたのです。するとどうだったか」

算額の話を聞いていない六蔵が目を見張っているが、右京之介はそれにかまわなかった。

「間違えていたのです。我々は、同じ算額の遺題を解いているつもりだったのですが、それが間違いだった。朋輩の解いている遺題と、私の解いた遺題とは、非常によく似てはいるものの、別ものの算額に書かれた別々の遺題だったのです」

ときおり、そういうことがあるものですと、右京之介は言葉に力を込めた。

「いちばん始めの、大本のところが違っていることに気づかないまま、先のほうへ行って意見があわないことを不審がる。そういうことはあるものです。そして、この吉次のことも、そういうことなのですよ、お初どの」

右京之介は、ここでぐいと六蔵のほうを向くと、

「六蔵どの、先ほどの男たちのなかに、吉次はいなかった。六蔵どのは、あの男たちのなかに吉次の顔を見つけなかった。そうですね？」

わかった。


「おっしゃるとおりです」

「兄さん？」お初は目を見開いた。「そんなことないわ、だってあたしは見た――」

言いかけて、そこでお初にもやっとわかった。右京之介が言おうとしていることがわかった。

そう……なぜもっと早く気づかなかったのだろう？

最初からわかっていてもよさそうなものだったのだ。お初が、お初一人が、生き返ったあとの吉次が、年齢よりも若く見えると感じたそのときに。答えはもう出ていた。

「兄さんや右京之介様が見ていた吉次さんの顔と、あたしが吉次さんだと思って見ていた男の顔とは、全然違ってるのね」

六蔵が、あっと声をあげた。

「そうです、そうなのですよ、お初どの」右京之介が、額の汗をぬぐいながらうなずいた。「お初どの一人だけは、吉次の顔ではなく、ろうそくの流れ買いを生業にしていた、やもめの吉さんの顔ではなく、その吉次が死んだあと、彼の身体に憑いていた死霊の顔を見ていたのです。だから、若返ったように見えた。お初どのが見ていたのは、別人の顔だ。だから今も、お初どのが『吉次さんがいる』というふうに思って見た顔は――」

六蔵が、唖然と口を開いた。「俺たちには見えなかった。どうしてかっていったらそれは——」

自分に言い聞かせ、覚悟を固めさせるつもりで、お初は言った。「あたしが見たのは、死霊の顔だからよ。長坊を殺した死霊の顔。この町内の人たちの誰かに憑いて、外側は違う顔と姿をしてる。そして兄さんたちには、その憑かれている人の顔しか見えない。死霊が誰に憑いているのか見分けることができるのは、あたし一人なんだわ」

第四章　義挙の裏側

一

こいつは厄介なことになったと、六蔵は思っていた。

深川三間町の吉次に憑き、幼いおせんを殺させ、今度はまた別の男の身体を借りて、百本杭に長坊を沈めて殺した死霊――その正体はわからないが、姿形だけは知れている。六蔵の妹、お初の目にだけは、死霊の本当の顔が見えているからだ。

長坊のなきがらがあがった夜から明け方にかけて、捜索に加わった男たちのなかに、お初はその顔を見つけた。朝になって、男たちの名前やところを調べたうえでもう一度、今度はひそかにお初に顔を確かめさせてみると、彼女はやすやすとひとりの男を指さした。

男の名は助五郎《すけごろう》。歳は数えで二十五だが、ひょろりと背の高い、どちらかといえばまだ幼いような顔をした若者である。おまけに、彼は、長坊のなきがらを見つけた湯屋の親父の下で釜焚《かまだ》きをしているのだった。

「よりにもよって、どういう因縁かね……」

思わず六蔵が唸ると、お初はゆっくりと首を振りながらこう言った。

「因縁とかいうものじゃないわよ、兄さん。助五郎さんの身体を借りている死霊は、長坊のなきがらを早く人に見つけて欲しかった。見つけさせたかった。だから、わざわざ、湯屋の親父さんが夜釣りにいくときと場所を選んで長坊を捨てたのよ……」

これには、六蔵ももう一度声をあげて唸るよりほかにしようがなかった。

難しいのは、いくらお初の目にそれと見えても、ただそれだけを根拠に、助五郎を引っ張ってしまうわけにはいかないということだ。本所深川一帯を仕切っている岡っ引きの辰三は、六蔵とは古い馴染みだが、正面切って六蔵がこんなことを打ち明けて、だから助五郎を押さえてくれなどと言い出したら、頭から笑い飛ばすか、さもなければ医師の源庵を呼びに走ることだろう。まず、信じてはくれまい。

助五郎が働いている湯屋のほうにしても、事情は同じことだ。湯屋があるのは本所元町の一角で、助五郎はそこに住み込んでいる。つまり、独り者だった三間町の吉次とは違って、助五郎の周囲には人目があるということなのだが、それでも、まわりの連中にとっては、助五郎はただの助五郎なのだ。なんの証もないまま、六蔵が、助五郎が長次を殺したんだ、あいつには危険な怨霊が憑いているんだなどと言い出したら、こっちの正気のほうを疑われてしまうだろう。

「やはり、すぐ近くで見張るしかないでしょう」と言ったのは、右京之介である。「湯屋のほうに、なんとでも口実を付けて、誰かを住み込みで置いてもらってはどうですか。そうして、一日中助五郎から目を離さず、彼の行くところにはどこへでもついて行き、彼のすることはなんでもしてみる。当分のあいだは、それしかないと思いますよ」

たしかに、それしかない。そして、こういう役目をこなすことができるのは、下っぴきのなかでも文吉しかいない。彼を呼んで、ことの次第を話すと、

「ようがす」と、張り切って請け合った。「悋気《りんき》持ちのお妾が旦那を見張るのとおんなじくらい、べったり張りついて見張ってみせますぜ、親分」

「源庵先生のあの凄い打ち身の膏薬みたいに、はっついて離れないでね、文さん」

お初の激励に、文吉は鼻の穴をふくらませて出かけていった。

口実は、たちの悪い板の間稼ぎをひっくくるために手下を置いてほしいのだということにして頼み込んだ。板の間稼ぎのことなら、下手な岡っ引きよりも湯屋の連中のほうがよく知っているものなので、最初は妙な顔をされたが、そいつがただの手癖の悪い野郎ではなく、人ひとり手にかけている凶状持ちなのだと匂わすと、なるほどと

いう顔で納得してくれた。

次は辰三である。こちらにも同じ言い訳をした。が、さすがに辰三は鋭く、それは本当の話かというような問いを返してきた。六蔵があくまでも突っ張ると、とりあえずは折れてくれたが、腹のなかではなにやら考えているに違いない。綱渡りではある。もっとも、辰三が辰三なりに、湯屋に入りこんでいる文吉を気にしてくれれば、それはそのまま文吉が見張っている助五郎の動きを知ることにもつながる。とにかくこれ以上酷い殺しが起こることを防ぎたい六蔵としては、悪い話ではない。

このようにして助五郎の動きを見張りながら、一方で、死霊の正体を探らなければならない。そのためにまず、絵の巧い信吉にまたまた筆をとってもらい、お初の見た死霊の顔から人相書きをつくった。特徴である、右頰の下にある刃物で斬られたような傷痕については、とくに念を入れて描かせた。親分の気合いが乗り移ったのか、詳しい事情を知らない信吉も一段と腕が冴え、六蔵ができあがった人相書きを手にしてお初に見せると、彼女はぶるりと身震いをした。

「そっくりだわ」

六蔵は、今さらのように不思議に思う。彼の目に映る湯屋の助五郎は、気の優しそうなおとなしい若者だ。どう逆立ちして見たって、この人相書きのような顔にはならない。それがお初は見えるという……。

（まあ、これぱっかりは考えても埒があかねえ）

と、ため息をもらすばかりだ。

さて、こうして、死霊の人相書きと、お初が田村邸を訪ねたとき、鳴動する石のそばで見たという幻の若い浪人の人相書きとのふたつを手に、六蔵と彼の手下たちは、あてのない探索にとりかかった。百年も昔の出来事に絡む、つかみどころのないひと探しだ。

しかも、このふたつの幻の顔を結びつけているのは、ただ「りえ」という女の名前のみ。「りえ」とはいったい、誰なのか。

二

小野重明がふたたび姉妹屋を訪ねてきたのは、長坊殺しから五日ほどたった昼すぎのことだった。

今回は、右京之介も姉妹屋の奥座敷にいた。叔父上の訪問と聞いて、彼の頬にさあっと血がのぼるのを、傍らにいたお初は見た。それははにかんだり喜んだりして赤くなったのではなく、一種えもいわれぬ緊張——ちょうど、お初が御前さまの役宅に初めて参上したときに感じたのと同じ、指先の爪までもがぴんと伸びるような緊張感からきたものであるように察せられた。

二人が顔を並べると、(似ている) という印象は、さらに強くなった。血の力の表れというのは不思議なもので、親子よりも、叔父甥や伯母姪のほうが顔だちや気性が似通っているというようなことはよくあるものだが、それにしても……と、お初は思った。おまけにこの二人は、そろって、算学というかなり変わった道に対する思い入れを持っている。

小野重明は、右京之介が元気な様子を見て、まずは心からほっとしたようだった。

「町人のなりがよく似合う」と言って、目元をほころばせて笑った。右京之介は黙って目を伏せていたが、気を悪くしたふうはないようだと、お初は感じた。

「実を申しますと、私が今日こちらをお訪ねしたのは、先日お話に出たことで、少しばかりお力添えをできるかもしれぬと思ったからです」

例の、赤穂事件について詳しい人物に心当たりがないでもない、ということだ。

小野重明は真顔になってお初たちの顔を見廻した。「赤穂事件について知りたいというのは、粋狂で言われていることではないのでしょう?」

お初は急いで言った。「はい、そうではありません。とても大事な目的があってのことでございます」

言葉の強さほどには、まだ、そのへんのことをしかとつかんではいないのだけれど、ここでもたもたそんな話をしている暇はない。

「それならばよかった。では、お役に立つ人物ではないかと思います」

「それは本当ですか」いずまいをただして、右京之介がきいた。「叔父上の知人のなかに、そのような人がおられるのですか」

小野重明は笑顔でうなずき、六蔵とお初の顔を等分に見ながら、

「その人物は、学者ではありません」と切り出した。「といっても、講釈師の類でもない。医師なのです。平田源伯《ひらたげんぱく》どのと申される方ですが」

「お医者さま」お初はびっくりした。「ですけれど、お医者さまがなぜ?」

六蔵も当惑顔だ。「御典医の偉い先生というわけじゃねえんでしょうが……」

「御典医ではありませんが、幕府の医員であることに違いはありません。小普請医師で、麴町《こうじまち》五丁目に住んでいます。私と同年の、穏やかな、信頼のおける人柄の人物ですよ。私とは、算学の朋輩を通して知り合ったのですが、この度のことを打ち明けると、自分の聞いて知っている限りのことでよければ、喜んでお話しようと言ってくれました」

小普請医師とは、享和のひとつ前の年号、あの寛政の改革のころにできた制度である。幕府の禄をはむれっきとしたお抱えの医師ではあるが、侍・町人の区別なく診療する。

「ははあ……」六蔵が懐手をして首をかしげる。「しかし、そういうお方がなんでまた忠臣蔵のことなんかに詳しくておられるんですか」

小野重明は、軽く手をあげて否定のそぶりをした。「正確に言うならば、詳しいというのではないのです。あの事件のすべてについてくまなく知っているということではない。しかし、巷間《こうかん》伝えられていることと、実際に起こったことのあいだに、いくつか重大な違いがあり、平田殿は、それについては聞き知っているということでしょうか」

「重大な違い……」

異口同音に言ったお初と右京之介の顔を見比べ、かすかにほほ笑んで、小野重明はうなずいた。

「そのうちのとりわけ大きなものは、刃傷の原因と言われていることについてだという話です」

刃傷の原因――お初の頭に、賄賂、横恋慕というような言葉が浮かんだ。

「平田さまは、浅野や吉良の家につながる方なのでしょうか」

慎重な口振りで尋ねた右京之介に、小野重明は首を振って答えた。「そうではない。刃傷の際に、吉良の手当てをした、栗崎道有《くりさきどうう》という幕府の医師の縁につながる人なのだよ」

麹町五丁目の平田源伯の屋敷のなかには、こころなしか薬くさい匂いが漂っていた。

小野重明の言葉に間違いはなく、源伯は、お初たちの申し出に喜んで応じてくれた。ただし、診療に忙しい身であるゆえに、時間にはかぎりがあるという。お初、六蔵、右京之介の三人が、小野重明の案内で平田の屋敷におとないを入れたのは、翌日の夜も更けたころのことであった。

右京之介は、今日は侍の出で立ちをしていたが、手には大きな風呂敷包みを携えていた。そのなかには、評定所の記録を書き写してきたものがおさめてある。源伯どのから話を聞くについては、これが大いに有用になるだろうと、彼は言った。

「何度か持ち出せないかとも思いましたが、うまくいってくれてよかった」

いろいろと工夫をこらし、密かに金子も使って写しをつくったものではあるが、元来が幕府の公式の記録文書である。ひとつ間違えば、御前さまにも大きな迷惑をかけることになりかねなかった。そのくらいのことは、お初にもよくわかる。右京之介といっしょに、首尾よく運んだことを喜びたい気持ちだった。

四人が通された座敷はきれいに掃き清められ、床の間には掛け軸がかけられていたが、それが少しばかりかしいでいる。源伯が現れるのを待つ間に、お初は何度かそれをなおしたい気持ちになったが、よくよく見ると、かしいでいるのは掛け軸ではなく、床の間そのもののようにも思えてくる。少しばかり驚いていると、目ざとく気づいたのか、微笑して、小野重明が言った。

「いつもああなのですよ」

「まあ」

「この屋敷はもう古くて、あちこちに手入れが要るのだそうです。しかし、小普請医師というのは非役ですし、小身でもありますからな。なかなか手が廻らぬ。また源伯どのは、それをいっこうに苦に思っておられないのです。だからこそ、医師としての腕は一流以上なのに、御典医に抜擢されることもないまま留まっているのでしょう」

やがて現れた平田源伯そのひとは、小柄で痩身、小野重明は同い年と言っていたが、頭はもう白く、髷も小さくなっていて、どうかすると彼よりも十は老けて見えるひとであった。彼が座敷に入ってくると、気のせいか、薬くさい匂いが濃くなったように、お初は感じた。

「これが御自慢の甥御どのか」

開口いちばん、源伯はそう言って、面白がっているかのような目で右京之介を見た。彼がひるんだような顔をすると、小野重明のほうに視線を向け、

「よく似ておられる」と言った。「素質も似れば、姿形もそっくりですな」

やはり、そう感じるのはあたしだけじゃないんだわと、お初はひそかに思った。小野重明は笑顔で答えた。「素質のほうは、私よりも上かもしれませぬ。十二の歳に、『塵劫記』の遺題を解いたのですから」

算学の話である。気詰まりになったのか、右京之介がちらと身動きし、牽制するように「叔父上」と、小声で言った。すると、小野重明と源伯は、そろってにこやかに笑った。「まあ、その話はまたあとでゆるりとすることにいたしましょう」

そう言って、源伯は、かしこまっているお初と六蔵とに顔を向けた。

「お話の向きは、小野どのから承っております。まことにめずらしいお申し出だと、実は少し驚きましたが」

「めずらしい？」

「さようです。なるほど、忠臣蔵は人気のある芝居の外題ではあるが、そのもととなった赤穂事件について知りたいという人となると、そうはいるものではありませんかな」

源伯は、着物の裾をはらって座り直すと、六蔵のほうに向きあった。「ただ、粋狂で知りたいのではない、何やら、町方のお調べに係わってくることだから知りたいのだとかいうお話を、小野殿からもちらりと伺いましたが……」

多少、奥歯にもののはさまった感のある言葉だった。

六蔵は、お初の顔をちらりと横目で見た。それから、ひとつ深く頭をさげて、丁寧な口調で言った。

「ありがとうございます。平田さまは、このところ深川と本所で続けざまに起こった子供殺しをご存じでいらっしゃいますか」

源伯は目を見張った。「いや、聞いたことはない」

「そうですか。五つ六つの男の子と女の子が二人、あいついで殺されました。あっしらは、なんとか下手人を挙げようと躍起になっております。平田さまのお話と係わりがあると申しますのは、その殺しの件でございまして」

源伯はしばし面食らったような顔をしていたが、やがて、大きくうなずいた。「なるほど、それならば是非もない。私の話が役にたってくれるといいが……。しかし、そんな酷い事件と、百年も昔の出来事とが、いったいどう係わるのだろう」

たしかに、突飛な話であるには違いない。右京之介の脇で、小野重明もあらためて驚いたような表情を浮かべている。

「本当に、係わり合いがあるのですか」と、六蔵に問いかけてきた。

六蔵は請け合った。「たしかに、ございます。いえ、あるだろうと信じていると申しましょうか。本音を申し上げれば、あっしらは、子供殺しの下手人を挙げるために、藁にもすがりたい心持ちなんで」

六蔵の目をじっと見つめて、源伯はうなずいた。「あいわかった」

ちょうどこのとき、小さく声をかけて、年齢ものごしからしておそらくは源伯の娘であろう若い女性が、茶菓を運んできた。みなりは質素だが、立ち居振る舞いの優雅な、美しい娘だった。一同は慎み深く沈黙し、娘が一礼して去るまで待った。娘が出てゆくとき、源伯が彼女のほうに視線を投げ、ごく軽く顎をうなずかせたのを、お初は見た。愛情深い父親の一面を、ちらりとのぞいたような気がした。

娘がいなくなると、源伯は軽く咳払いをして、口を切った。

「さて、そもそものことの始まりについては、ご存じと思うが……」

一同に茶菓を勧めると、ゆっくりと嚙んでふくめるように、おそらくは身にしみついているのだろう、患者に養生の仕方を言ってきかせるかのような口調になって、話を始めた。

「浅野内匠頭が、殿中で吉良上野介に切りつけたというのが発端でありますな。このとき、吉良どのの傷の手当てに当たった栗崎道有という医師が、私の母方の大叔父にあたる人物であるのです」

大叔父か……お初はあらためて、百年という歳月を思った。

「栗崎家というのは、代々続いた医学の名門でして、私の大叔父も、当時の幕府のお抱え医師のなかでは、一、二の腕の持ち主だと言われていたひとであったそうです。

このときも、最初に吉良どのの治療にあたったのは、当日の当番の医師だったのですが、なかなか傷からの出血が止まらず、吉良どのが弱っていかれるので、大目付の御命令で、市中に往診に出ていた大叔父を、急遽呼び寄せたという次第であったと聞いています」

湯気のたつ、上品な焼き物の茶わんを手にして、

「これから私が申し上げることは、主に母から聞いて知っていることです。母は大叔父、つまり母からみれば叔父にあたる栗崎道有というひとに、ずいぶんと可愛がってもらった記憶があったようでしてな。私の母は、私が言うのも妙な話だが、幼いころからたいそう利発だったらしく、もしもおまえが男であったなら、私の手で立派な医師に育て上げることができるのに……と、大叔父は残念がっていたそうでした。いや、これは余談ですが」

源伯は少し頰を緩めた。「大叔父と母とはそういう間柄でしたから、大叔父が母に語った話には、嘘やいつわり、つくりごとが混じっていることはないと、私は信じているのです」

さらに——と、声を強めて、

「これからお話申し上げる赤穂事件についてのことでは、大叔父自身が、自分はこう思った、ああ思ったという意見を述べたことはなかったそうです。なぜかといえば、

大叔父は、医師として、実際に自分の診ていない人物について、軽々しく話をするひとではなかったからだと、母は申していました。大叔父が話したのは、事件の起こった当時、実際にはどういうことが続き、周囲の反応がどのようなものだったか、巷間伝えられていることの、どのあたりまでが本当なのか——そういう類のことであったそうです」

源伯の話を聞きながら、お初は心にひっかかりを覚えた。

(医師として、自分の診ていない人物について、軽々しいことは言わない)

どういう意味だろう?

「栗崎どのは、傷の手当てをしながら、吉良どのとじかに話をしておられたわけでしょうか」と、右京之介が尋ねた。

源伯はうなずいた。「そのとおりです。そういう点でも、大叔父の言うことには大きな意味があると私は思っているのですが」

「私もそう考えております」と、右京之介がうなずき、「お話を伺う前に、まず、これを御覧になってください」

風呂敷包みをとき、綴じた写本をいくつか取り出した。そのうちのひとつをさして、

「これが、当時の栗崎どのの治療記録です」と言いながら、畳の上に広げた。

右京之介の几帳面な文字で、「金瘡部《きんそう》」と題されている。一同は頭を寄せてのぞきこんだ。

「大叔父の残したものですね」と、源伯が声をあげた。

無筆ではないものの、源伯や小野重明とは違っているお初と六蔵のことを思ったのか、右京之介は声に出して文章を読み上げていった。

「元禄十四巳三月十四日

年始公家衆御地走人浅野内匠頭、松平安芸守殿家ノワカレ高五万石カ兼　吉良トアイサツ不宜、殊ニ度々伝奏屋敷ニても吉良ハ高家年老ノ人ニて、内匠頭ハ年若、尤公家衆抔へ挨拶等モイマタウイウイシキニヨリ吉良ヲ相頼ルトイエトモ、トカク吉良何トヤランイカメシク内匠兼々存シヨラル由、然所ニ三月十四日公家衆登城其日　御返答ノ御儀式尤何モシヤウゾクナリ、イマタ表へ不被為起成之時大ロウカ千鳥ノ間ノ先ノ方へ吉良相詰罷有内匠頭ハ千鳥ノ間ノ方より来ル、其席ヲヲイテカンニンナラサル事ニヤ怨シテ内匠頭ハ気ミシカナル兼而人ノ由、吉良ヲ見付テチイサ刀ヲヌキ打チミケンヲ切ル、エボシニアタリエボシノフチマデニテ切止ル、時ニ吉良横ウツムキニナル所ヲ二ノタチニて背ヲ切ル――」

ここで、お初は思わず声をあげた。「右京之介さま、これは本当ですか?」

右京之介は落ち着いた様子でうなずいた。「さよう、本当のことですよ」

「気みじかな人だそうで、何か堪忍できないことがあったのか、吉良を見つけて斬りかかった――そう書いてございますよね？」

「そうですね」

「お芝居にあるように、目の前でねちねちいびられたり馬鹿にされたりしたから、堪忍袋の緒を切って斬りかかったということではないんですか」

「ないんですね、事実は」

「じゃ、なんでそんなふうに伝えられてるんです？」

右京之介はにっこりした。「芝居でそう描かれているからでしょう」

「そうすると、なぜ斬りかかったのか、その理由についてはまったく述べられていないわけなのだな」綴りを読み返しながら、小野重明が言った。

右京之介はうなずき、「そうです。少なくとも、栗崎どのはそれを書き留めていいと思うほどには知っていなかったということになりますね。吉良どのの治療にあたり、いちばん近いところにいた医師の栗崎どのが」

右京之介は、次の綴りを取り出した。

「これは、当日の当番だった鈴木《すずき》彦八郎《ひこはちろう》という人の付けた当時の日記です」

また、ゆっくりと読み上げる。

「一　今日　勅答以前御白書院大廊下ニ而　勅使御馳走人浅野内匠頭儀高家吉良上野

介江意趣有之由にて理不尽に切付之――」

六蔵が唸った。「ここでも、意趣があったそうで、理不尽にも斬りつけた、と書いてありますねえ」

「そうなのです。意趣の内容までには触れられていませんね。少なくとも、芝居で見るようなはっきりとした経緯があったのなら、それなりに何か書いてありそうなものですが、どうもそうではなかったらしい」

右京之介は綴りに目を落とし、

「事件の直後、芝居でもよく知られている、浅野内匠頭を背後から押さえて止めた梶川与惣兵衛が、老中四人、若年寄四人、それと大目付が列座しているところで事の一部始終についてお尋ねを受けています。その記録も残っていますが」

と写本のうちのひとつを叩き、

「それによると、刃傷が起こる直前、梶川どのと吉良どのとは、大廊下の角柱から六、七間のところで顔をあわせて、立ったまま御使いのお越しの時刻が早まったことについて話をしていたというのです。そのとき、突然『この間の遺恨覚えたるか』と声をかけて、いきなり吉良どのの背後から斬りつけてきた者がいた、驚いて誰かと見ると、それが浅野どのだった――というふうに話しています」

「その遺恨の内容については――」と小野重明がきいた。「それについては、何かに書き留められているのだろう？　殿中抜刀という大事に関わることだ。何ゆえにそういう事態を引き起こしたのか、それについて記録は残されているのだろう？」

当然のことながら、お初もそう思った。ところが、右京之介は首を振った。「それが、残されていないのです」

「ひとつもねえんですかい？」六蔵が目をむいた。「まるっきり？」

「ええ、ないのです。梶川どののあとには、当然のことですが、当事者である浅野どのと吉良どのも目付たちから事情を尋ねられています。それによると、浅野どのは、『私の遺恨、宿意をもって前後を忘れてしたことである、いかようのお咎めを仰せ付けられようとも御返答できる筋はない』と答えているだけですし、吉良どののほうも、『拙者には何の恨みをうける覚えもなく、浅野の乱心と見える、老体の身ゆえ当方が恨みに思うこともないので万々覚えなく、外に申すこともない』とだけ答えています」

お初は呆れてしまった。あの面白いお芝居とは、まったく違うじゃないの。

「じゃ、刃傷のわけについては、どこにも書き残されていないんですか？」

「そうですね」

「ひとつも？」

右京之介は微笑した。「それが奇妙といえば奇妙なのですが」

新しい写本の綴りを取り上げると、

「これは、浅野どのを預かった一関藩《いちのせきはん》家中の記録なのですが……」

漢字の並ぶ写本に、お初はちょっと顔をしかめた。

「記録したのは、一関藩家中の長岡七郎兵衛《ながおかしちろうべえ》という人物です。ここに『浅野内匠殿御懸り之始終長岡七郎兵衛被 仰付帳面仕立候』とありますね。長い記録なので、肝心のところだけ読み上げますが――」

右京之介は、何やら楽しげだ。

「浅野どのが、切腹の直前に、家来に申し伝えてくれと残した言葉が記録されているのです。『此段兼て為知可申候へ共今日不得止事候故為知不申候、不審ニ可存候由右之通口上ニて申遺度よし被申候故、覚書ニ致し御目付衆も被参候而申談』」

かねてから知らせておけばよかったのだが、その時がなく、今日やむを得ずしてしまった。さぞかし不審に思うだろう――というような意味である。つまり、ここでも、刃傷に至った理由は書かれていないということになるわけだ。しかも、こういうわけのわからない遺言を、当時の目付たちもちゃんと見て認識していたのに、そのままにして、「かねてから知らせておけばよかった」ことが何だったのか、記録してはいないのである。

「なんだか、わからなくなってきたわ」

お初が呟くと、六蔵も半ば笑いながら、

「俺にもわからねえ」と言った。

「これほどの大事について、何が原因だったのか、記録に残されていない――だからこそ、芝居用に色付けされた賄賂や横恋慕という理由が真実だと信じられてしまっている――しかし、そうなると、元禄の義挙とは、実は何だったのでしょうね？　討ち入りをした四十七士は、主君が理由を言い残していないにもかかわらず、どういう根拠を持って、吉良どのを御仇と認識したのでしょうか」

「あっしなんぞには難しすぎるお話です」と、六蔵が言った。「あっしの知っている、人を殺したり物を盗んだりする連中は、飢えているとか、恨みを持っているとか、みんな理由がありますからね。手前勝手な理由でも、とにかく理由がありますからね。理由がなくても何かをするっていう、お武家さまのお考えは、あっしなんぞにはわかりませんや」

すると、小野重明が、そういう六蔵の顔をつくづくと見つめながら、静かに言った。「たしかにおっしゃるとおりです。しかし、私にはわかりますよ。四十七士は、忠義のために討ち入りしたのです。主君の遺志を継ぐために。主君が討とうとして討ち果すことのできなかった相手であるからこそ、吉良どのは御敵なのですから、ほかには理由は要らぬのです。それが忠義というものだ」

底のほうに苦いものを含んだ言い方だった。お初はふと、このひとが家を捨てた遊歴算家であることの意味を思った。

そして、右京之介にも、己の持つ力を活かして生きよ、そのためになら与力・古沢の家など絶えてもかまわぬと言っているということも。

「しかし、気にはなりますね」と、右京之介が言った。水を向けるように、源伯の顔を見ている。「刃傷の理由が何だったのか、私は知りたいと思います。せめて、手掛かり程度でも」

「だから、私の話を聞きにこられた」源伯はやわらかく微笑した。「さきほども申したとおり、大叔父の栗崎道有は、『これこれこう思う』というようなことは言っておりませんでした。ただ、自分の見聞きしたことを話しただけのこと」

少し間をおき、一同の顔を見廻すと、

「大叔父から聞いた話によりますと、刃傷の起こった当時も、浅野どのが切腹をしたあとも、しばらくのあいだ、根強く、噂が残っていたそうです」

「噂が？」

「さよう。事件が起こったときに、すぐ近くにいた人々のあいだにです。幕府がどういう裁断を下そうと、公的にどうけりがつこうと、噂は残りました。あれは、浅野どのが乱心したのだ、遺恨あってのことではない、あれは乱心者のしでかした不始末であって、吉良どのは迷惑をこうむった、と」

三

あまりに単純なことなので、ちょっと二の句が継げなかった。

「乱心……」確認するように呟いて、顔をあげ、右京之介が言った。「しかし、乱心ではないという裁断が下されたのでしょう？」

「さよう」

「だから切腹になったんですよねえ」と、六蔵が言った。ところが、右京之介はそれに首を振った。

「いや、六蔵どの、それは違います。乱心ではなかったから切腹をたまわったのではありません。殿中抜刀は、それだけで死罪をたまわっても仕方のない大罪なのです。私闘であろうと喧嘩であろうと、遺恨があろうとなかろうと乱心であろうと、殿中で刀を抜けばそれは死罪につながるのです」

そして、右京之介は自分の頭を軽く叩いた。「そうですね……そうだ。もともと殿中抜刀は死罪になるものなのだから、だから、結果だけから見ると、乱心かどうかわからなくても不思議はないのですね」

「そのとおりですよ、右京之介どの」源伯は言った。「しかし、それだからこそ、当時の人々のあいだに噂が根強く残ったのです。あれは乱心である。遺恨などはなかった、と」

「だけど、じゃどうして吉良さまを斬ったんでしょう?」お初はそれが不思議だった。「乱心だったなら、相手は誰でもよかったわけじゃないですか。なぜわざわざ、目の上のたんこぶでことあるごとに自分を苛める吉良さまを狙って斬りかかったんです? 乱心だったなら」

右京之介がほほ笑んだ。「お初どの、吉良どのが浅野どのを苛めたというのは、芝居のなかの話です。少なくとも、公式の記録には、そのような話は残っていない」

あっと、お初は声をあげた。「そうですね……そうだわ」

だから、吉良どのは迷惑をこうむったというのだ。

六蔵が、考え考え言い出した。「もっとも、浅野さまが乱心だったとしてもですよ、相手が吉良さまになったのは、乱心者なりのわけがあったんじゃねえかと、あっしは思いますがね。はたから見ると筋がとおらねえが、本人にとっては筋のとおってる理由です。それだから、大目付さまとかに『乱心ではないのか』ときかれたとき、本人は『乱心ではない、遺恨があった』って、はっきり答えられたんじゃねえですかい?」

右京之介が大きくうなずいた。「六蔵どののいうとおりだ。それは大いに考えられることです」

「あっしが昔あつかったことで……まあ乱心というような固いもんじゃありませんが、通町のある問屋の番頭が少し気を病みましてね。あるとき主人に殴りかかったって話がありました。本人は、主人が自分をお店から追い出そうとしてるって言い張りましてね。それにはこうこうこういう裏付けがあるって、いちいち話してくれるんです。なるほど、それだけ聞いてると筋道が通ってる。だが、同じ出来事を、殴りかかられた主人の側から聞いてみると、そっちもいちいち理が通ってるんです。そうなると、要するに思い違いの積み重ねってえやつでしょうね。それでも、その主人とその番頭の組み合わせでなけりゃあ、殴りかかるってことにまではならなかったでしょう。たしかに、番頭は気を病んでた。でも、それがどうして主人に向かって出ていって、手代やてめえのかかあに向かってはいかなかったのかってことになると、これはもう相性が悪かったてえことじゃねえかと思いましたね」

てんでにうなずきながら沈黙している一同に、源伯が言った。

「大叔父の話したところによると、当時、目付たちのなかには、浅野の所業は、間違いなく乱心によるものであると公言している者もいたそうです。大叔父自身、吉良どのから話を聞き、その様子を見たかぎりでは、巷間に伝えられているような遺恨があったとは感じられなかったと話していました。ただ、なんといっても、じかに浅野殿を診たわけではありませんからな」

お初は考えこんでしまった。医師が乱心ではないかと感じていた――周囲もそのように見ていた――だが、そういう事実は表に出ないまま、浅野様は切腹、お家は断絶。

「驚かせてしまったようですな」

源伯は、小野重明と顔を見合わせて微笑した。そして楽しそうに言った。「最初はずいぶんと身構えたようなことを言いましたが、私は忠臣蔵の芝居が好きだという人などに会うと、よくこの話をするのですよ。みな驚きます。たいそう驚く。私は、それを見るのがことのほか楽しい」

「驚きました、とっても」お初も笑った。

お芝居の忠臣蔵を楽しんできた身には、ちょっと開いた口がふさがらないようなお話ではある。

「しかし……」

ひとりだけ、なにやら真面目な顔のままで懐手などしていた右京之介が呟いた。そして、一同が彼のほうを見ると、あわてて腕組みを解き、座り直した。

「しかし、そういう噂がお城のなかに根強く残っていたとしますと、もうひとつ考えられることが出てきませんでしょうか」

「何をだね？」と、小野重明がきいた。

右京之介は、慎重に言葉を選んでいるようだった。用心深く、そろそろと氷の上に足を踏み出すようにして言った。「浅野家の家中の人たちは、どうだったのでしょう」

「どういうことですか？」お初はきいた。何を言っているのかわからない。「浅野家の人たちがどうかするんですか？」

右京之介は源伯の顔を見ていた。「浅野家中の人たち――とりわけ討ち入りをした面々です。あの方たちは、内匠頭が乱心していた……もしくは乱心だったかもしれないという程度のことでも、知っていたり察知していたりしたのでしょうか。刃傷が起こる以前から、そのあたりのことを案じていた人はいなかったのでしょうか。大石内蔵助は、なるほど昼行灯と呼ばれた人のようですが、ことが起こってから一年ものちに、四十六人もの大の男たちを指導して討ち入りをやってのけたということから考えると、やはり傑物だったと思わざるを得ません。そういう人物が、主君がこともあろうに殿中抜刀という大失態を犯すまで、何も知らずにいたということは考えられないような気がするのですが……」

右京之介の言葉を聞き終えると、平田源伯は、それこそが自分の言いたかったことだとでもいうように、身を乗り出した。

「さよう、そのとおりなのですよ、右京之介どの」

お初と六蔵は、驚いて源伯の顔を見た。

「大叔父の話していたことによると、当時、それもまた取り沙汰されていたそうです。赤穂浪士の、少なくとも指導的な立場にいた大石内蔵助を始めとする数人の者たちは、そもそも主君が乱心しており、そのためにこそこのようなことになったのだということを、よおく知っていたのではないか、と。つまりは、吉良どのにはなんの咎もなければ恨みを持つ所以もないということを。だが、それでも討ち入らずにはおかれない、いや、討ち入りをせねばならぬような身の上に、彼らは置かれてしまったのだ、と」

源伯の口調に、ごくかすかにではあるが、憤りのようなものが混じってきた。

「浅野殿が、乱心であったということを公に認められても、御身は切腹、御家は断絶という結果は変わらなかったことでしょう。殿中抜刀は大罪なのですからね。だが、当時の幕閣が、あれが乱心による所業で、吉良殿とのあいだには遺恨など何もなかったということだけ、それひとつだけはっきりと公にしておいてやれば、浅野の家臣たちは、そもそも存在していない遺恨をはらすために、命を投げ出す必要などなかったのです。主君の遺志を継ぐなどという、義務を課せられることもなかったのです。先程の記録にもありましたが、浅野殿御自身は、切腹の間際になっても、家臣たちに向かって、ひと言も、自分の恨みをはらしてくれなどということは言い残していないのですから」

そのことは、お初にもよくわかる。

「私は思うのですよ。そういう、主君の乱心を知っていたり、知らされていたり、薄々察していたりした浅野の家臣たちほど、不幸な立場に置かれた人々はなかっただろう、とね」

右京之介が、暗い面持ちでうなずいた。「吉良殿が仇でないことを知りながら、心を鬼にして首をあげなければならないのですからね。討ち入りに加わらず、後世、不義士と罵られることになった旧家臣のなかには、そういう人々が混じっていたかもしれない」

「そのとおりです。何も知らず、一途に吉良に遺恨ありと信じていることのできた家臣たちは、まだしも幸せでした」

源伯は、熱を込めて続けた。

「吉良殿の不幸も、根は同じところにあります。浅野殿が乱心によって吉良殿に手傷を負わせた。それだけのことだったなら、その後、吉良殿には何事も起こらなかった。まあ、ひとりやふたりは、主君が乱心で斬りかかったという事実を信じたくないために、やはり何かあったのだろうと勝手な憶測をし、それがために吉良殿の命を狙うような浅野の浪士が現れるようなことはあったかもしれませんが、それならなんとでも防ぎようはありましょうし、吉良殿としては、堂々と、なんの臆するところもなく、そういう輩と相対することができたでしょう」

「吉良殿にはなんのやましいところもなく、また、幕府も、世間もそれを承知しているからですね」と、右京之介が言った。

「そのとおりです。だが、実際にはどうだったでしょう」源伯は、残念そうに首を振った。

「幕閣は、浅野殿を正気と認めた。それなら理由があったはずだ。遺恨があったはずだ。だから、残された家臣には、それをはらす義務が生まれる」

「忠義をまっとうするためには、そうならざるを得ないからですね」

「これではまるで、墓のないところに幽霊が出るようなものだ。だが、一度幽霊が現れてしまった以上、それを慰撫《いぶ》することが家臣の勤め。こうして、吉良殿は、このときから、仇として狙われることになる。そして、このときから、浅野の浪士だけでなく、周囲の世間そのものも、吉良殿の敵となるのです」

お初は大きくうなずいた。「五万石のお大名が、お城のなかで刀を抜いて斬りかかるなんて、よっぽど腹に据えかねることがあったんだろう、それほどひどいことをされたんだろう。それだもの、吉良は悪い奴にちがいないと、世間は思いますもの」

「そしてまた、そう考えたほうが面白い」

源伯は、ずばりと言った。

「面白い話は、たとえ嘘であっても流布しやすいものです。また、嘘というものは、時として、真実よりもわかりやすく美しい形を持っているものです。残酷ではあるが、それが世の真実のひとつ」

小野重明が、なにやらしみじみとした顔つきで右京之介を、ついでお初を見つめながら、言った。

「戦《いくさ》の世というものを、我々はまったく知らぬ。武士が武士として、刀を持って世に立っていた時代を知らぬ。知っているのは、太平の世ばかりでしょう」

頬をほころばせ、

「もっとも、だからこそ、私は算学の道に生きることができた。また、それを心から喜んでいる」

右京之介が目を伏せた。小野重明は続けた。「今のこの世に、さて、赤穂事件のようなことが起こったとしましょう。我々はどういうふうに感じて、事の行方を見守るでしょうかな。考えてみると面白い」

少し考えてから、六蔵が言った。「やっぱり、仇討ちがあるだろうかとか、放っておいてはお武家さまの面目が立たねえんじゃないかとか、考えるでしょうねえ」

小野重明は、満足そうにうなずいた。「百年前の元禄の世も、同じようなものであったでしょう。いや、今よりももっと、世の人々は、興味を持ってことの顚末《てんまつ》を見つめていたかもしれません」

「今よりももっと興味を持って？」

「そうです。元禄という時代は、徳川家の治政となって将軍も五代目を数え、世の中は落ち着き、この江戸の町には、開幕以来という繁栄が訪れていた——そういう時代です。以前に、算学家の集う石黒という家のお話をしましたな。何年か前、あの家で、たまたま蔵の虫干しを見物する折りがありまして、そのとき、ちょうど元禄のころのものだという、古い振袖を見せてもらったことがあります。いやあ、それは豪奢なもので、驚き申した。仕立ても、ゆきが長く、身ごろもたっぷりと幅をとってあり、裾も長い。しゃかりきに働かなくては生きていけない、という女の着物ではありませんでした」

「昔、髷を大きく結うのが流行ったことがある、という話を聞いたことがありますけれど……」と、お初は言った。「それで、髪油で汚れないように、着物の襟を大きく抜いて着るようになった、とか」

「それもまた、繁栄のあかしでしょうな」と、源伯がうなずく。「繰り返しますが、元禄とは、そういう時代でした。長い戦国をくぐりぬけ、平和と富が世の中にもたらされた、その最初の時代だったわけです。そういうときに、半ば忘れられていたような、武士の忠義の道というものが取り沙汰される——しかも、戦という形ではなく、主君の仇討ちという形で。いわば、見守る周囲の人々には、まったく火の粉のかからぬ形で。これは面白い。これは見物だったことでしょう。そして、それはむろん、町人たちのあいだだけのことではない。治政の上に立つ武家のあいだでも、浅野の家臣たちが、忠義の道を立派にまっとうすることを、暗に期待し、強制するような動きがあったのではありますまいか」

「浅野の家臣たちは、なんとしても仇討ちしなければならないような立場に置かれていた……」右京之介が呟き、膝の周りに並べてある写本に目を落とした。

「さよう。だからこそ、繰り返しますが、討つ浅野も不幸、討たれる吉良も不幸」と、源伯が強い口調であとをひきとった。

「そして、こんな不幸な茶番劇をせねばならぬところにまで両家が追いこまれたのは、一にも二にも、当時の幕閣が、浅野殿を正気と認めたからでした。いや、幕閣というよりも——」

源伯が言いよどみ、かすかに眉根を寄せた。

「公方様ですか」と、六蔵が小声で言った。

源伯は、ゆっくりと顎をうなずかせた。「五代将軍、綱吉公でしょう。取り調べにあたった目付たちが『浅野は乱心のようだ』と報告しているのに、それを押し切って、正気の者として裁いたのは綱吉公だったわけですからな」

「でも、どうしてでしょう？」お初は首をひねった。「なんでそんなことを？」

「怒っていたからでしょう。腹を立てていたからでしょう。勅使の手前、面目も丸潰れでしたでしょうからな」

六蔵が、うーんと唸って腕組みをした。源伯は、特に声をひそめる様子もなく、淡々とした口調で言った。

「恐れ多いことですが、私には、綱吉公こそ乱心していたとしか思えないのです。それに、殿中狼藉のあと、世間で赤穂浪士の仇討ちが云々されるような風向きになってきたあとの、吉良殿に対する処遇がまたひどい。討つなら討てとばかりに、大川の向こうへ追いやって、あとは知らぬ顔でしょう」

お初は、公方様のなさりようで、世の中に波風が立つということを考えた。が、どう思いをめぐらせても、胸にしっくりとはこなかった。そんなことなど、ありそうにないような気がした。公方様が怒ったり乱心したりするよりも、米河岸の米問屋がそろって米の値をつり上げたり、上方からの品を運んでくる船が江戸湊に寄り着かなくなってしまったりすることのほうが、よほど大事になるような気がする……。

百年の昔、と、もう一度考えた。

お侍の考えることは、やっぱりあたしにはわからない、とも。

平田邸を出て姉妹屋に戻ったところで、右京之介がまた別の写本を取り、お初の前に広げてみせた。

「こればかりは、平田さまの前できくことはできないことでした。お初どの、このお座敷絵図を見てください」

「一関藩家中北郷《きたごう》杢助《もくすけ》手控《てびかえ》」と題されたその写本に、びっしりとした文章と共に、絵図が書き添えられている。それをひと目見て、お初は目を見開いた。

「これは……」

つい先日、愛宕下の田村邸で見た幻に現れた、あの座敷だ。

「大名を庭先で切腹させたということで、今でもあれこれ言われていることですが、当時の田村家でもひどく気を遣ったのでしょう。こうしてみると、庭先とはいえ、一見したところは座敷に見えるように、畳を敷いたり幕をめぐらせたりして、あれこれ工夫をしていますね」

「一　囲中之間・上之間御ふすま釘打ニして其上江四方板を打付白紙ニ而張ル、一方口也、らんまをせうしを釘打ニして外之方より中程ニぬきを打付て、但シあかり取候所之らん間ハ細キぬきを打隠所同間之かたはらに囲ヒ置、下二重ニ囲ヒ舟そうしハ御祐筆部屋縁頬之下よりかよい申候様ニ仕廻し錠ヲおろし置、隠所之かよい板上之通りハすかし置、つふりの見へ申候程の高サ也、外廻り御せうし何も釘打付ル、御預人駕籠は手近くニさし置」

お初の目に、再び、あの幻が蘇った。明るく燃える高張提灯。敷き詰められた真新しい畳。血の飛び散った屏風。

たしかに、あたしは、あの光景をこの目で見たのだ。

四

湯屋に住み込んで助五郎を見張っている文吉とつなぎをとるには、湯につかりにいくのがてっとり早い。それに、ついでにこの目で助五郎の様子を見ることもできる。平田源伯との会見の翌日、六蔵とお初はそろって両国橋を渡り、風呂に入りにいった。

午後の八ツ（二時）の少し前、湯屋が一日のうちでいちばん閑散としている刻限だ。この時刻に風呂などと、優雅と言えば優雅な話。汗水たらして働く大人は、ひとりも見当たらない。番台の上で、年配の番頭がひとり、こっくりこっくりと船をこいでいる。洗い場や浴槽のほうも、夕刻などの、気をつけないと他人に頭を踏まれたりするような混雑ぶりが嘘のようで、ほとんど貸し切りのようなものだった。

お初が手早く入浴を済ませ、袖で顔をあおいで涼をとっているところへ、寺子屋帰りの子供たちが、どっと群れをなしてやってきた。急にあたりが騒がしくなる。やれやれという感じで表へ出て、六蔵と打ち合わせていたとおりに釜焚き場のほうへと歩いてゆくと、積み上げた木っ端とおがくずの山の脇にしゃがんで、額の汗を吹き吹き、六蔵と文吉が話しこんでいた。

「長湯だな」と、六蔵はてらてらした顔をあげて言った。「溺れちまったかと思ったぜ」

「兄さんは烏《からす》の行水《ぎょうすい》だもの」

お初も六蔵の隣にしゃがんだ。釜のすぐそばだから、むっとするほどに暑い。今さっき汗を流したのがなんにもならないようだ。

「文さん、助五郎さんは今どこ？」

文吉の代わりに、六蔵が答えた。「男湯の湯汲み口のところにいる」

お初はどきりとした。「洗い場は子供たちでいっぱいよ。目を離していいんですか」

文吉がうなずく。「大丈夫ですよ、お嬢さん。おとつい奉公にきたばっかりの小僧がひとり、見習いでそばについてるんで。野郎もめったなことはできやしません」

燃える釜のほうから熱風といっしょにおがくずが舞ってきて、六蔵がふんとくしゃみをした。

「助五郎さんてどんな人？」

お初の問いに、文吉は顔をしかめて答えた。「変わり者ですねえ」

「どう変わってるの」

「真面目な男なんですがね。ちっと頭が——良すぎるのかね。あっしなんかよりも物をよく知ってるし、あれでなかなか学があるんですよ。助五郎って野郎は、そこそこいい物持ちの家の伜だったらしいからね」

父親が商売をしくじって、一家離散になり、今の身の上にまで落ちてしまったらしいというのだ。

「湯屋の奉公人てえのは、親分なんかよく知ってるでしょうけど、その気になればずいぶんと稼ぎのあるもんなんですよ。半年ぐらいめえにも、ここの番頭が、辛抱辛抱で金を溜めて、とうとう湯屋株を買って独立したそうですからね。六百両って話だった」

「そいつは凄え」六蔵は感心したふうだった。「するてえと、さっき番台で居眠りをこいてた番頭は、置いてきぼりをくらった口か」

「そうなんでさ。そいで、すっかりやる気を失くしてるって具合で……おっと、余計なおしゃべりをしてる場合じゃねえや」

木っ端を釜の炎のなかに放り込みながら、文吉は続けた。「とにかく、そういう稼ごうと思えば稼げるところにいるくせに、助五郎って野郎には根性がねえっていうのかな。言われたことしかやらねえんです。それだけじゃねえ。おいらなんかが話しかけても、いつも生返事で」

お初は尋ねた。「それは文さん、昔からのこと？　このごろ人が変わったというのじゃないの？」

今の助五郎は、死霊に憑かれている。だから人柄も変わってしまったのかもしれないと思ったのだ。

ところが、文吉はかぶりを振った。「それは昔からそうだそうなんでさ。なんかこう、魂が抜けたような、こんにゃく玉みたいな野郎なんだそうでね。よほど、家が潰れて貧乏になったことが身にこたえてるんじゃねえでしょうかね」

「気の毒なこたあ気の毒だが、だらしがねえといやあだらしがねえ」

「可哀相だけど」お初はうなずき、額の汗を手の甲でぬぐった。

「そういう野郎だから、ときどきふうっと気鬱の病みたようなもんにとりつかれるらしくて、ここへ住み込んでから二年になるそうですが、そのあいだに、三度ばかり、首をくったり川へ飛び込んだりして、死に損なったことがあるそうなんです」

六蔵もお初も、これにはびっくりした。

「それ本当?」

「本当ですよ。首をくくり損なったのは、長坊の殺される二、三日めえのことでね。この釜焚き場で、あの梁《はり》に——」

文吉は、頭上の粗末な屋根を支えているごつごつした柱を指さした。

「ぼろ縄をかけましてね。その縄が切れてどすんとおっこちて、それをここの親父に見つかって。首ったまに痣《あざ》をこしらえただけで済んだそうですが、親父もあれは病気だってこぼしてました。死にてえ病」

「ときどき、急にそうなるのかい?」

「そうらしいですね。そうでないときは、ぼうっと働いてるっていうもんです。ここは奉公人の数が少ねえんで、助五郎やあっしも見習いの小僧といっしょに木拾いに出かけるんですが、なんか幽霊と連れ立って歩いてるみたいな気がすることがありますねえ」

湯屋の奉公人、とりわけ見習いや釜焚きなどの下働きの者たちにとっては、市中に出掛けていって焚き付けになりそうな木っ端や木切れを拾ってくるという仕事は、かなり大事なものなのだ。

「とにかく、どういうときでもあっしはべったり助五郎に張りついてますんで、まずは安心しておくんなさい」

文吉に笑顔で請け合われ、お初と六蔵はそろって立ち上がった。そのとき、ひょいと思い出したという様子で、文吉が言った。「お初お嬢さん、まだ忠臣蔵のことをあれこれ聞いて廻ってるんですかい？」

赤穂事件云々のくだりは、文吉には詳しく話していない。せいぜい、今度の中村座を観に行きたいわあというくらいにしか説明していない。だから、文吉の口調は軽かった。

「ええ、そうよ。それがなあに」と、お初も軽く問い返した。

「なあに、たいしたことじゃねえんですけどね、ここの親父に聞いた話がちっと面白かったんで。昔、例の討ち入りのあったあとですがね、そら、吉良の屋敷は長いことおっぽらかしにされてから、最後には取り壊されて失くなっちまったでしょう？」

「ええ、そんな話は聞いたことがある」

そのあとに町屋が立ったのだ。現在の本所松坂町である。

「その取り壊しのとき、屋敷を壊して出た柱だの壁だの障子だの、燃えるものをみんな、この湯屋が引き取って釜でくべたっていうんですよ。そのころはもうみんな赤穂浪士ひいきだったから、仇討ちの湯だこいつは景気がいいってんで、大繁盛だったそうです」

「それ本当？」

「ええ、確かですぜ。今の親父のじいさんが見習いの小僧で奉公にきたばっかりのころだったそうですけどね。吉良の屋敷には住み手がなくて、とうとう湯屋の煙になっちまったかって、そのころには語り草になった話だったそうですよ」

六蔵とお初は、黙って顔を見合わせた。すると文吉が、ふたりの顔を見比べながら、追いかけるようにして言い足した。

「それだけじゃねえんです」

「まだあるの？」

「あっしも驚きましたよ」

「なあに」

「殺された長坊、ね。あの子の家は、菊川の煮しめ屋でしょう」

「ええ、そうだったわね」

文吉はぼりぼりと頭をかいた。「たかが煮しめ屋って馬鹿にしちゃいけねえ、ずいぶん古くから商いを張ってるんだそうで。元禄のころには、吉良様のお屋敷のすぐ近くで店をやってたっていうんです」

六蔵が、ぐりりと目を剝いた。「で？」

「本当だか嘘だか知らねえですよ。けど、煮しめ屋の——あっしが話を聞いたのは、長坊のじいさんだったんだけど——とにかくじいさんの言うことじゃ、うちの先祖は、吉良様が本所に移ってきてからずっとごひいきにしてもらってたって。吉良様は、世間で言われてるような悪い殿様じゃなかったって、ね」

「それは……そうだったかもしれないね」

平田源伯の話を思い出しながら、お初はうなずいた。

「でね、じいさんの話だと、あの討ち入りの夜、山鹿流陣太鼓《やまがりゅうじんだいこ》どんどんの夜ね、じいさんの先祖は、すわ吉良様の一大事だってんで、上杉のお屋敷にすっとんで報せにいったっていうんです。上杉には、吉良様の倅がいたんでしょ？　だから加勢を頼みにね。上杉の家に最初に報せにいったのは、うちのご先祖なんだって、じいさん嬉しそうにしゃべってましたよ」

だが、上杉家は、家老色部又四郎《いろべまたしろう》の判断で、手勢を送り込むことなく事態を静観した。有名な逸話だ。それならお初も知っていた。

「煮しめ屋のじいさんも、可愛い孫があんな死にかたをして、すっかりがっくりきちまってましてね。だけど、こういう昔の話なら、喜んでしてくれるんです。気がまぎれるんですかね。お嬢さんが忠臣蔵のことどうのこうの言ってたから、あっしも――」

文吉は目をしばたたかせた。

「これが、そんな渋い顔して聞くほど大事なことなんですかい？」

お初も六蔵も黙っていた。驚きで、ちょっと言葉が出なかったのだ。「りえ」という女の名前のほかに、今度の事件と百年前の出来事との係わり合いが、もうひとつ見つかった――

「丸屋はどうなんだろうな」と、六蔵が呟いた。

「え？」

「おせんのなきがらが捨てられた、丸屋だよ。あそこは、吉良と係わりのあった店だろうか」

調べるのは造作もないことだ。帰り道、ひょいとのぞくようにして丸屋に立ち寄った六蔵は、すぐに答えをつかんで姉妹屋に戻ってきた。

「どうだった？」

尋ねるお初に、六蔵は、大きな目玉に当惑の色を浮かべて答えた。

「丸屋は元禄のころからあそこで店を張っていて、商いの先には武家屋敷も多くあったそうだ」

「じゃあ――」

六蔵は首を振った。「たしかに、丸屋は武家屋敷とも取り引きをしていた。だが、吉良じゃねえ。浅野なんだ。鉄砲洲の浅野家の下屋敷は、丸屋の御得意先のひとつだったそうなんだよ。ああいうお店は、古い帳面を大事にとっておくからな。すぐに調べがついたし、間違いはねえ」

　これで、ひとつははっきりしたなと、六蔵はため息まじりに言った。

「誰だか知らねえが、子供を殺してまわってるこの罰当たりな怨霊は、『りえ』って女と係わりがあって、そのうえ、吉良と浅野の両方にも係わりがあって、両方に恨みめいたものを持っているようだってことだ。だけどなあ、お初、そんなことってあるか。吉良と浅野は敵同士だ。その両方に『遺恨覚えたか』ってのは、いったいどういうことだ？」


　その晩。

　姉妹屋の奥の座敷で、例の写本一式を隅から隅まで読み直している右京之介に、文吉から聞いたことを話してみた。

　意外なことに、右京之介は、この件に強い興味を示してきた。

「長坊の家は吉良邸出入りの煮しめ屋だった。助五郎のいる湯屋は、吉良邸を取り壊したときに出た材木を燃して湯をわかし、大当たりをとった。丸屋は浅野家に出入りしていた」

　口のなかでぶつぶつと繰り返し、

「これは興味深い」と呟いた。

かえってわけがわからなくなったようでもある。

「でも、だからってどうしようもないですよね」

「まあ、それはそうですが」

「それより、わたし、ちょっと考えたんですけれど」と、お初は言った。「右京之介さま、死霊に憑かれるひとというのは、いったいどういうひとでしょうね」

右京之介は顔をあげ、眼鏡の紐をぐいと引っ張った。「と申されると?」

「いえ、難しい話ではないんです」お初は笑みを浮かべた。「死霊が生きたひとに憑くなんて、そりゃもう恐ろしい話ですけれど、でもね、わたしや右京之介さまや兄さんたちみたいに、あっけらかんと元気に生きているひとの身の上には、そうそう起こることではないような気がして」

右京之介は苦笑した。「さよう、あまり起こってもらっては困る」

「でしょう? いえ、こんなことを考えたのは、助五郎さんがとても気力のないひとだと聞いたからなんです」

文吉から、助五郎が何度も死に損なっていると聞いたことを話すと、右京之介は考えこんだ。

「うむ……」

「ね? 助五郎さんがそういうひとで、死にたがってばかりいるから、死霊につけこまれたのじゃないか、なんていうふうに思ったんです。考えすぎかもしれないけれど」

右京之介は、しばらくのあいだ眼鏡の紐をひねくりまわしながら黙りこくっていたが、やがて目をあげて、言った。「いや、それは卓見かもしれませんよ、お初どの」

考え深そうな彼の目のなかに、暗い色が浮かんでいる。

「私もそう思います。というのは、吉次も助五郎と同じような男だったからです」

「吉次さんも？　だけどあのひとは、働き者でしっかりしていたじゃないですか」

死に損なっていたわけでもない。

だが、右京之介は言った。「そうでしょうか。吉次は、十年も前に先立ったおゆうという女房のことばかり心にかけて、後添いの話も断り続けていたでしょう？」

まあと、お初は目を見開いた。右京之介は続けた。「死んでしまった者を悼み悲しみ懐かしく思い起こすのは自然の情ですが、それも度を超すと、生きる気力を損なうものとなるのではありませんか。吉次はそういう男だった。だから、死霊に憑かれた

——まさに、お初どのの申されるとおりですよ」

夏座敷の、ときおり風鈴の涼しい音色が聞こえるようなところにいて、お初は肌が粟だつのを感じた。心の隙。死霊の手がのびて、そこを押し分け押し開き、するりと入りこんでくる……

「どういう形であれ、死というものに魅入られてしまい、そのことが常に心の片隅にある——それは、やはり生きる力を殺《そ》ぐものなのかもしれません。恐ろしいことだ」

思いがけず、右京之介が真剣な顔をしている。

「それともうひとつ。今の話で、これまで思ってもみなかったところに目が向いたように思います」

右京之介の言葉に、お初はいずまいを正した。「どういうことでございますか?」

「吉次が、どこで死霊に憑かれたか、ということです」

一瞬ののち、お初は笑い出した。「そんなのわかりませんよ、右京之介さま。だって、魂はどこにでも行くことができますもの。死霊の魂も、どこにいたかわかったものじゃありません」

右京之介は真面目だった。「そうだろうか。私は、そればかりではないと思うのですよ。なるほど吉次の心には隙があった。しかし、彼が死霊の最初の足掛かりとして選ばれたのには、やはりそれなりの理由があったろうと思います」

お初は当惑した。「だけど……じゃあ、どこで憑かれたとおっしゃいますの?」

「私は吉次の生業《なりわい》を頭に浮かべていたのです」

ろうそくの流れ買いである。

「どこへでも行きますよ。商いのためなら。まめに足を運ぶのが勝ちの商売ですもの」

「さよう。しかし、ろうそくを使わないところには行きますまい。大きなお店、大名や武家屋敷、料亭――」

「お金持ちのところばかりですよ。普通の家じゃ、それほどたくさんはろうそくを使いませんもの」

「ほかにはありませんか？　大事なところを考え落としてはいませぬか、お初どの」

右京之介は答えを知っていてお初に問い掛けている。わからないままでいるのも癪なような気がして、お初は一所懸命に頭をめぐらせた。ろうそくを使うところ。普通の家でもなく商売屋でもなく……ろうそくがたくさん要るところ……

「あ」

答えを思いついたのと同時に、声が出た。「そうだわ」

「ええ、そうです」右京之介は微笑した。「寺ですよ、お初どの。そして寺には何がありますか」

寺にあるもの？　それは――

墓だ。

吉次と親しかった、同じ商いをしていた者を捜し出すには、さして手間はかからなかった。六蔵の下っぴきにかかれば、この程度のことはお茶の子である。

そうして、次には、そういう商い仲間たちから聞き出した事柄を頼りに、吉次の縄張りを調べ、彼の歩いていた道をたどって、そのなかに寺がどのくらいあるかを調べあげる。そして、一軒ずつ廻っていき、吉次の身に異変の起こる前に、何か変わった出来事がなかったかどうかを確かめてゆく。

手間のかかることであり、また見様によっては胡乱《うろん》なことで、六蔵は半信半疑の顔をしていたが、お初と右京之介は熱心にことを進めた。

おかみの御用にかかわることをしていると、ときにはこの世に神も仏もないと思うような出来事にぶつかるものだが、今度ばかりは、神や仏がお初と右京之介の側についていてくださったようだった。この調べごとを始めて三日後、とうとう、ひとつの寺に行き当たった。深川は三好町《みよしちょう》の松平駿河守《まつだいらするがのかみ》御屋敷の裏にある、道光寺《どうこうじ》というお寺だった。

五

ほかでもない。吉次は、心の臓が停まって急死をするその前日の夕刻、この寺を訪ね、折悪しく降りだした夕立のなかで、墓石をひとつ、倒したというのである。

「無論、悪気があってのことではない。むしろ、手を貸してくれていたのですが」

道光寺の和尚《おしょう》は、六十すぎの恰幅のいい老人で、さぞかし見事な読経をするであろうと思えるような、深みのある声の響きを持っていた。本堂の裏の小さな居間にお初と右京之介を通すと、こちらの話を注意深く聞いたうえで、あの夏の日に夕立のなかで起こった出来事について話してくれた。

「このあたりは、ごらんの通りの土地でありますから、水捌《は》けの悪いことは言うまでもない。あの日も、槍のような夕立に、寺の庭も墓地も、小さな川のようになってしまいましてな」

「それで墓石が倒れかかったということでございますか」

お初が問うと、和尚は袈裟をさらりと鳴らして立ち上がりかけた。「見ていただいたほうがわかりやすかろうと思います。こちらへおいでなさい」

道光寺は堀割りを右手に、三好町の町屋と木置き場を正面に、海辺大工町を本堂の背にして立っている。寺そのものもこぢんまりしているが、墓地はそれこそ猫の額、飢えた子猫の額ほどの広さしかない。立ち並ぶ墓石は、あまり上等のものではなく、そういえば和尚の袈裟も、裾のあたりが擦り切れて光っていた。

「ごらんなされ。ここです」

和尚が手でさし示したのは、その手狭な墓地のなかでも隅の隅、赤土の上に丸石がじかにぽつぽつと重ね置かれ、そのうしろに無造作に卒塔婆《そとば》が立ててある。石も卒塔婆も雨に濡れ風に吹かれ、すっかり艶《つや》を失い文字も流れてしかとは読めない。

右京之介が静かに言った。「これは、無縁仏でございますね」

和尚がうなずく。「そのとおり、ここは、供養する者もないまま当寺で菩提《ぼだい》をとむらっている仏の墓なのですよ」

苔むした石の様子から見て、十年二十年の月日のあいだのものではない。お初がそれを問うてみると、和尚は落ち着き払って答えた。「今年で、九十九年を経ていることになりましょう」

「九十九年」

おうむ返しして、お初は右京之介と顔を見合わせた。刃傷から百年。討ち入りから九十九年。そのことが、お初の頭をちらとよぎった。

「あの日、吉次が倒してしまったのは、この墓です」

和尚は、いちばん手前に置かれている、小さな丸石をふたつ重ねた墓を示した。

「あの夕立はそれは激しいものでしたからな。この墓のあたりなど、水が幾筋も流れ、土を削り、卒塔婆が倒れ石も小さなものはぐらぐらと揺らいでしまっておりました。それまでにも、長雨などのときにはよくそういうことがあったので、土留めをつくるなどして手は尽くしてきたのですが、なかなかうまくいきませなんだ。あのときも、小僧たちが出払っておおわらわでいるところへ、ちょうど吉次が来合わせまして、手を貸してくれたのです。そして、何かの拍子にこの石を……」

ふたつ重ねの石がずれ、上のほうの小さい石が吉次の足元に落ちたのだという。

「じかにあたりはしませんでしたが、親指の爪に小さな血豆ができたとかで、庫裏《くり》で手当てをし、乾いた着物に着替えさせて帰し申した」

「変わった様子は見えませんでしたか」

和尚は白髪の混じった長い眉を寄せた。「さあ……しかとはわかりません。しかし、しきりと寒がっていたようではありました。芯まで雨に濡れておりましたから、それも無理のないことかと思ったものだが」

右京之介と和尚とのやりとりを、お初はなかば夢うつつで聞いていた。ふたつの目は、重ねられた丸石ふたつ、吉次が倒したという無縁墓に吸い寄せられていた。

（りえ……）

空耳かと、最初は思った。しかし——

（りえ）

聞こえる。はっきりと聞こえる。風の強い冬の日に、木立のてっぺんで枝が鳴っているのが聞こえるように、遠く、かすかに。

りえという名を呼ぶ、妄念《もうねん》の声。

お初は手をのばし、無縁墓に触れてみようとした。和尚がそれを見咎めて、止めようとするように前に出かけたが、右京之介がそれを制した。

指先が震える。膝が笑う。それでも、お初の手は導かれるようにして無縁墓に触れた。

瞬時、水に飛び込んだときのような冷たさが背中に走り、あたりが真っ暗になった。

(りえ)

その暗闇のなかで、お初はあの死霊の顔と相対していた。右頬の下の刀傷。間違いなく、あの男だった。

彼は今、月代を剃りあげ髷をきっちりと結い、麻裃をつけて両刀を身に帯びていた。両手を身体の脇にゆるりとたらし、足を肩の幅に開いて、ゆったりと立っている。それでいて隙が感じられない。目はまっすぐとお初の目を見据えている。口元がひきしまり、言葉は発していないものの、今にも何かを問いかけてきそうだ。

(あなたは……)

お初は心でそう問いかけた。あなたはどなたなのですか?

答えは返ってこない。ただ、遠くのほうから、かすかに、かすかに、ぱちぱちと火のはぜるような物音が近づいてくる。

（りえ）

今いちど、その声が呼んだ。それを聞いたとき、お初の胸の奥に、たとえようのない息苦しさが襲ってきた。

（りえ、りえ、りえ、りえ）

暗闇。今はもう何も見えない。すべて消えた。そして、ぱちぱちと火のはぜる音。焦げ臭いにおい。

（火事だわ）

熱い。ぱちぱち。ぱちぱち。

今にも炎の舌先が頬をなめるのではないかと思い、お初はぎゅっと身を固くした。思わず目を閉じた。そして、誰かにぐっと腕をつかまれるのを感じてまぶたを開けたとたん、我に返った。

墓地にいるのだ。傍らに和尚さま。腕をとらえているのは右京之介だった。彼の手の温かみを感じて、めまいがするほどにほっとした。堀割りを漕いでゆく小舟の櫓のきしる音が、静かな墓地を渡って聞こえてくる。

「お初どの、泣いておられる」

そう言われて、あわてて頬をぬぐった。気づかないうちに涙を流していたのだった。これはなんの涙だろう？

あの侍の——あの男の涙だ。慄然《りつぜん》として、お初は悟った。そう、あのとき感じた胸苦しさは、きっと悲しみ——あの男の悲しみ。胸を破り魂を焼き尽くすほどの悲しみ。

「和尚さま」

向き直り、顔をあげて、お初はきいた。

「この無縁墓の由来を教えてくださいまし。なぜ九十九年もの長いあいだ、このお寺で供養をすることになったのでございますか？　それともうひとつ、この無縁墓に眠っている人たちは、ひょっとすると、火事で亡くなったのではございませんか」

和尚は慈愛深い瞳を見張って驚いた。「なぜ、それを？」

お初は黙して答えなかった。身内を満たす悲しみが、潮のようにざわめきながら引いてゆくのを、ただじっと待っていた。

やがて、和尚の静かな声が聞こえた。「おっしゃるとおり、この無縁墓に眠る人々は、元禄十五年の十一月の末に、三好町元加賀町、海辺大工町あたり一帯を焼き尽くした火事の折りに命を落とした者たちだが、しかし……」

和尚はしばし、ためらった。

「しかし、なぜこの人々の永代供養を当寺でしているのか、その詳しい事情については、私は知らないのだよ」

「和尚さまもご存じない……」

落胆のあまり、お初は目の前が真っ暗になるような気がした。が、和尚はすぐに続けた。「しかし、先代の住職ならば、それらのことを存じているはず。それ相当の理由があるのならば、教えてくれぬこともないとは思うが」

右京之介が飛び付くようにして言った。「ぜひ、お願いいたします。これは人の命に関わる大事なのですよ、和尚どの」

「命に関わる、とな」

呟くように繰り返し、和尚はまたしばし考え込んでいたが、やがて言った。「その言葉に嘘のないことを信じたいものだ。少し待っていなさい。先代の住職に、私から手紙を書いてあげよう。住まいは大島村《おおしまむら》のほうだから、遠くはない。ただ、先代の住職はもう九十五歳という高齢じゃ。あまり無理無体なことはさせられないと、よく承知しておいてくださらんと」

「はい、お約束いたします」

六

道光寺の先代の住職は、大島村のしもたやに、一人で住まっている。お初と右京之介が訪ねていったときには、こぎれいな前庭に、女の子と見紛うような可愛らしい顔だちをした小僧さんが一人いて、敷石のところで打ち水をしていた。案内を請うと、道光寺の和尚から話を聞いていたのか、すぐに承知して二人を招きいれた。

和尚の話によると、先代の住職は、ほとんど寝たきりの暮らしをしているという。寺から小僧さんたちが通い、ときには交替で泊りこんで身の回りの世話をしているが、住職はすでに視力を失い、一日の大半は、うつらうつらと寝てすごしているという話だった。

「しかし、頭はまだまだしっかりしておられる」と、和尚は言っていた。

「少しひまがかかるかも知れないが、辛抱強く尋ねれば、たいていの話は筋道たてて聞き出すことができるはず。とりわけ、あの無縁墓の謂《いわ》れについては、先代がことのほか心にかけていたことでしたからな」

和尚のいうことに間違いはなく、小僧さんの案内で通された南向きの座敷には、床がひとつのべられて、そこに小柄な老人が一人、ひっそりと横になっていた。薄い敷き布団の上に夜着をかけているが、その夜着がほとんどふくらんでいない。やわらかなくくり枕を頭の下にかっているが、その枕さえへこんでいないようにさえ見える。

（なんだか、仙人さまのようだわ）

心のうちで、お初は思った。

「ご住職さまのお話になることは、あなたさまがたにはあまりよくお聞き取りになれないかもしれません」

先ほどの小僧さんが、明るい額をこちらに向け、うっとりするようなきれいな声でそう切り出した。

「わたくしがいちいち聞き取ってお話申し上げますが、よろしゅうございましょうか」

お初と右京之介は、喜んで承知した。

「よろしくお頼み申します」

二人が枕元近くに膝を揃えて座っても、住職は天井を向いて横たわったまま、こちらに目を向けようともしなかった。息遣いの音さえ聞こえない。夏の陽差しがさしかけないように、窓にはすだれがおろしてあるので、一度濡らしてから乾かした紙のような住職の肌の上に、光と影の縞模様が落ちていた。

ことの次第は、右京之介が話した。ゆっくりと、順序だてて話してゆく。住職は、置物のように黙って仰向いている。本当に聞いてくれているのか心配になって、お初も、そして右京之介も、何度か小僧さんの顔をうかがった。そのたびに、小僧さんは、心得顔でうなずきを返してくる。

話が一段落し、右京之介がかすかにため息をついて、小僧さんが出してくれた麦湯で喉を湿しているとき、初めて、住職のくちびるが動いたように見えた。お初は思わず膝を乗り出した。

小僧さんは、やはり慣れた様子で住職の口元に耳を当てると、ぱっちりと目を見開いて、住職のくちびるから漏れる言葉を聞き取っている。それから、お初たちのほうへ顔を向けた。

「ご住職は、殺された子供の名は、女の子はおせん、男の子は長一郎《ちょういちろう》というのではないかとお尋ねです」

お初は息を呑んで右京之介を見つめた。彼も驚きで口を半開きにしている。これまでの話では、子供の名前までは言ってなかったのだ。

「はい。女の子の名は、たしかにおせんです。でも、男の子の名は長一郎ではありません。長次《ちょうじ》です」

するると、小僧さんが住職の耳にささやき、小さくうなずくと、すぐに言った。

「でも、長坊と呼ばれてはいませんか」

右京之介が勢いこんでうなずき、膝を乗り出した。

「そのとおりです。なぜおわかりになるのですか」

小僧さんはもう一度、住職の頭のほうへかがみこんだ。小さくうなずきながら、何か聞き取る。そして言った。「九十九年前にも、同じようなことが起こり、そこで、おせん、長一郎――呼び名が長坊――という名の子供が殺されているのです。今度のことは、時をへだててそれを繰り返しているのだ、と申されています」

「いったい……どういうことですか？」

小僧さんは住職の言葉を聞き取る。今度は、すぐに頭をあげて、言った。

「お二人が探しておられる『りえ』という名の女性は、九十九年前に殺された、おせんと長坊の母親であると申されております」


道光寺の先代の住職の語った話は、次のようなものであった。

九十九年前、駿河台のとある旗本の家来に、内藤安之介《ないとうやすのすけ》という男がいた。歳は三十四歳、実直で謹厳な人柄で、主君の信頼も厚く、また頭も切れるひとであったので、将来は約束されたものであろうと言われていた。

この内藤安之介の妻女の名がりえといった。二人のあいだには五歳の長女せんと、四歳になったばかりの長男の長一郎が恵まれ、夫婦仲もまた睦まじく、平和な日々をすごしていた。

ところが、思いがけないところから災いが降りかかり、この日々の幸せが壊されることになった。夏の終わりのある宵のこと、朋輩に誘われて下町へと遊んだ帰り道に、安之介が犬を斬ったのである。

「犬を斬った？」ここで、お初は呆れて声をあげてしまった。「なぜ、それがいけないんです？　どうしてそれが災いになるんです？」

小僧さんが何かいう前に、右京之介が答えた。「生類憐《しょうるいあわれ》みの令のためですよ、お初どの」

目を丸くしているお初に、

「生類憐みの令というのは、五代将軍綱吉公が発布したもので、今では天下の悪法であったとさげすまれています。動物、とりわけ犬を傷つけたり虐待したりすることを極端に厳しく制限するという禁令でした。綱吉公は世継ぎに恵まれなかったのですが、生きとし生けるものすべてに慈愛の心で接すれば——特に、御自身の生まれ歳の干支《えと》である犬を大切にし徳を積めば、その甲斐あって目出度く世継ぎに恵まれると信じておられたのです」

そう説明して、かすかに微笑した。

「ばかばかしい」お初が憤然と吐き捨てると、右京之介の笑みが広がった。美形の小僧さんまで、ちらりと笑った。

しかし、当時、将軍の権威の下にこの令が発せられると、笑い事ではない事態となったのだ。猟師は無論のこと暮らしがたちゆかず、畑を荒らす鳥や獣を撃つことができないので、農民も苦しまねばならなかった。江戸や大坂、名古屋など大きな町の庶民たちも、日常生活のなかで、極端な場合、蝿《はえ》一匹を叩き殺すこともまかりならぬということになる。また、この令の実施を徹底させるため、禁を犯した者を密告すれば褒美を与えるというようなあざとい手段をとったので、目先の欲や恨みに動かされた者どものために、あちこちで酷いことが起こった。

内藤安之介も、この密告のために咎を受けることとなったのだった。彼が刀を抜いたのは、通りかかりに、野良犬に襲われていた町人を見かけ、救けようとしてのことだったのだが、とにかくこの悪法のもとでは、どれほど危険な野良犬から身を守るためであっても、斬ってしまっては、そしてそれをおかみに知られてしまっては、もう言い訳はきかないのだった。

内藤安之介は、結局、禄を離れ浪々の身に落ちることとなった。彼の主君である旗本は、あらんかぎりの手を尽くして彼をかばおうとしてくれたが、そのために、小普請入りを申しつけられるという災難にあった。実に、理不尽きわまりないことの横行する時代であったのだ。

「そんなあんまりな」お初は、思わず声をあげた。「これも、赤穂事件と同じ、公方さまの仕業なんですね」

「仕業というのも剣呑だが」と、右京之介が小声で言った。「しかし、そういうことですね」

職を辞した安之介は、妻子を連れ、ひとまず、深川は扇橋《おうぎばし》のたもとの深川西町の裏《うら》店《だな》に落ち着いた。当時の旗本の家来などという身分では、たくわえなどそうそうあるわけもなく、暮らしはすぐに苦しくなった。また、本来ならば目出度いことであるはずだが、この場合には不運なことに、妻女のりえは、三人目の赤子を孕んでおり、まもなく出産を迎えようとしているときだった。

費えは増え、たくわえは尽き、仕官のあてはなく、安之介は日々進退きわまっていった。もともと真面目な人柄であるだけに、彼は激しく追い詰められ、憔悴していった。そもそも、人助けのために犬を斬ったというだけで、それまで営々として築いてきた暮らしを根こそぎうばわれてしまったのだ。飢えに耐えている子供たちや、痩せ細ってゆく妻女の顔を見るにつけ、彼のうちには忿懣《ふんまん》がたまっていった。おそろしいほどの勢いで、その忿懣は、彼の痩身の内を満たしていったのだ。

そしてあるとき、安之介は、ついに道をふみはずした。

「辻斬りを始めたのだそうです」と、小僧さんの口を通して住職が言った。

「はじめのうちは、夜鷹や、深夜に遊里から帰る裕福な商人や遊び人などを狙い、金は盗っても殺しはせず、ただ威《おど》すだけというものでした」

しかし、身内に渦巻く憤怒の思いが、一度こういう形で逃げ道を見付けると、とめどがなくなっていったのだろう。やがて安之介は、前後の見境なく、おとなしく金を渡して命請いをしている者を、問答無用で切り捨てることに喜悦《きえつ》を覚えるようになっていった。

「こうなってしまうと、もはや、安之介は一介の狂人でした。彼の心は血で曇り、正気はその曇りの向こうに消え霞んでしまったのだそうです」

これほどまでに突き抜けてしまうと、逆に、安之介の昼の顔、辻斬りに立っていないときの顔は、かつて旗本のもとに仕えていたときと同じように、ごく温和で真面目なものに戻るようになっていた。それだから、彼の住まっている裏店の住人たちも、寝起きをともにしている妻女のりえも、彼の根深い狂気、骨の髄に染み込んでしまった憤怒の感情を、それと悟ることができないでいた。

しかし——

「あるとき、とうとうひとりの人物が、それを見抜いたのだそうでございます」

その人物も、また浪々の身の侍だった。年齢も安之介と同じくらいであり、彼もまた理不尽な理由で禄を失った身の上であった。

「安之介も遣い手でありましたが、その浪人もまた、腕のたつ剣士であったそうです。それだからこそでしょうが、浪人は、すぐに、安之介の狂気と、彼のなしている悪行を見抜き、それを食い止めようと動きだしました」

「それで、止めることができたのですか？」

お初の問いに、道光寺の住職は、短いささやきを持って答えた。

小僧さんがそれを告げた。「はい。最後には」

「ずいぶんと激しい闘いがあったのでございますね？」

「それはすさまじいものであったようです」「しかし、最後にはその浪人が勝ったのですね？」今度は右京之介が、希望をこめてそうきいた。

住職の答えは、しかし、厳しいものだった。「追い詰められた安之介は、住まいに戻り、二人の子供と、りえを斬って捨て、そのなきがらを背中に、浪人と果し合いするような形になりました」

お初は思わず目を閉じた。なんて酷い……

「安之介は、妻女のりえを愛しておりました。それは深く愛しておりました。ですから、りえとのあいだに生まれた二人の子も、彼にとってはなにものにも代え難い宝であったはずです。それを自ら斬って捨てた瞬間に、彼は本当に鬼となってしまったのでしょう。そして、普通ならば、鬼に対して人に勝ち目があろうはずがありません」

「じゃあ……」

「安之介の悪行を見抜いた浪人は、きわどいところで、彼を討ち果すことができました。それは、その浪人もまた、自身の心を鬼としなければならぬような立場にあったからだということです」

そこで、右京之介がはっと息を呑んだのを、お初は感じた。

小僧さんは続けた。「安之介は狂乱のなかで死ぬときに、自らの住まいに火を放ちました」

それが、三好町一帯を焼き尽くした大火だったのだ。あの無縁墓に眠っているのは、そのとき焼け死んだ人々なのだ。

「御先代は、この話を、当時の住職から聞かされて知っているのだそうです」

小僧さんは言って、確認するように、もう一度住職の顔に耳を寄せた。

「永代供養のことも、この話といっしょに教えられたそうでございます」

「供養の費用はどこから出ているのです？」と、右京之介がきいた。「当時は無論のこと、現在も、費用がどこからか出されているのではないのですか？」

小僧さんは住職のほうに身をかがめ、すぐに起き直って、こう言った。

介の妻りえは、殺される直前に、月満ちて女の子を産み落としていたそうです。「内藤安之
目のお子ですな。その赤子は、事件のとき、あやういところで救け出され、そのまま三人

他の人の手で育てあげられました」

お初は両手で口元をおさえた。指が震えた。

「じゃあ、そのかたの子孫が、今も？」

小僧さんはうなずいた。「御先代が知っているのは、そのかたの曾孫の代までだそうでございますが。三崎《みさき》稲荷のそばに袋物問屋があり、そこのお内儀が、りえどのの赤子の曾孫《ひまご》にあたられる人だそうでございますよ」

すわと、お初と右京之介は立ち上がりかけた。そのとき、庭のほうから場違いながなり声が聞こえてきた。

「お嬢さん、お初お嬢さん！」

家を出るとき、行き先は告げてきた。いったい誰だろうとあわててのぞいてみると、信吉が青ざめた顔で両手を振り廻している。

「どうしたの、信さん？」

「ぶ、ぶ、文吉あにいが」信吉は舌を咬みそうなほどにあわてていた。「そら、湯屋の助五郎に張りついて」

「ええ、そうよ。それがどうかして？」

「その助五郎に、釜に放り込まれそうになったんで。文吉あにいがですぜ、お嬢さん。あの助五郎って野郎は、化け物だ！」

七

騒ぎは突然起こったのだった。

命拾いをした文吉に、あとから聞いた話によると、その騒動が起こる直前まで、助五郎にはなんの変わったところも見えなかったのだそうだ。

「いきなりですよ、お嬢さん。たまったもんじゃねえ」

源庵先生処方の火傷の特効薬を身体じゅうに塗りたくられ、晒《さら》しでぐるぐる巻きにされて、炎に焼かれつぶれかけた喉からかろうじて声をしぼりだして、文吉は盛大にぼやいたものだ。

「あっしはね、野郎のすぐうしろにいたんでさ。木っ端をこうね、両手で抱えて、釜の焚き口のほうへ持っていこうとしてね。そしたら、いきなりぐいっとうしろ首をつかまれて……猫の子をつかみあげるようなもんですよ。そいでもって釜のほうへどおんと。そりゃもう、死に物狂いで手足を突っ張って頑張りましたよ。あっしはあんな死に方だけはしたくねえもんねえ」

文吉の悲鳴を聞き付けた湯屋の連中が飛んできて、五、六人がかりで助五郎を取り押さえ、縛り上げた。文吉は、通町の六蔵親分に知らせてくれぇとだけ叫んでから、がっくり気を失ったという次第だ。

「本当に災難だったわね、文さん」

日ごろ喧嘩ばかりしているお美代が、泣きの涙で枕元に付き添っている。お初は事の次第を聞いてしまうと、あとのことは彼女に任せてそばを離れた。少し、二人きりにしておいてやろう。たまには甘ったるいことをするのも、文吉とお美代にとってはいいかもしれない。

姉妹屋を出ると、自身番のほうへと足を向けた。一足先に、右京之介も行っている。六蔵は、湯屋に駆け付けるとすぐに、殺されかけたのがうちの文吉だからという理由で、すぐと助五郎を通町へと引っ張ってきてしまったのだ。深川の辰三親分は、さぞかし釈然としない顔をしていることだろうが、この際、多少の横紙破りは仕方がない。

表通りに面した自身番の障子を開ける前から、なかで喚き声がしているのが聞こえた。思わずすくんでしまい、お初はちょっとためらった。

まるで恐水病にかかった犬のようだ、と思った。言葉を聞き取ることができない。ただ、だみ声をはりあげているだけ。

思い切ってがらりと障子を開けると、奥の柱につながれている助五郎を取り囲んでいる男たちが、いっせいに振り向いた。脇の机についている書役が、真っ青な顔を振り向けてきた。

六蔵は懐手をして、眉間に険しいしわを刻んでいる。その隣で右京之介が顔色を失っており、さらにその脇で、亥兵衛が今にも吐きそうな顔つきで首を縮めている。

助五郎は、さっと見たかぎりでも、三本の縄を使って柱に括《くく》り付けられているように思えた。胴体などぐるぐる巻きだ。足を床に投げ出し、膝をがくがく震わせている。着物の前がだらしなくはだけ、顎から糸を引いて滴り落ちる涎《よだれ》が、裸の胸を濡らしていた。

「この有様だ」と、六蔵が、助五郎から目を離さないまま低く言った。

「親分、あんた、嫁入り前の妹にこんなものを見せちゃあいけないね」と言ったのは亥兵衛である。声が震えていた。

「いいの、亥兵衛のおじさん。あたし、このことでは兄さんを助《す》けてるのよ」

亥兵衛はそれこそ水をぶっかけられた犬のように身を震わせた。「あんたが助けてるっていったってねえ、お初ちゃん」

「本当にそうなんだ、だからかまわねえ。心配してくれて有難うよ」六蔵は言って、やっと亥兵衛のほうに顔を向けた。「すまねえが、ちっと内密に片付けたいことがあるんだ。書役と二人で、そうさな、四半刻ばかりでいいから、ちっと外していてくれねえか。恩に着るぜ」

亥兵衛と書役が振り返り振り返り番屋から出ていくのを見届けて、六蔵は大きく深呼吸をした。それから、お初にきいた。

「何か見えるかい？」

お初はゆっくりうなずいた。「ええ。あたしには、内藤安之介という人の顔が見えるわ。気の毒な人」

「な……ぜ」

柱に縛りつけられたまま、助五郎が——内藤安之介が、吠えるような声をあげた。

右京之介がびくりとした。「話をしています」

「ええ、そうだわ」

安之介は、首の上で頭をぐらぐらさせながらも、ふたつの眼だけは、まるで釘で打ち付けられてでもいるかのように、ぴたりとお初の上に据えていた。お初もひるまずにそれを見つめ返した。

「なぜ……俺を知っている」

だみ声で、舌がもつれている。右京之介が顔をしかめた。「まるで酔っているかのようだ」

そう、酔っている。お初は思った。狂気に酔っているのだ。

「あなたのことは、道光寺の先代の御住職さまに聞いてきたんです」と、お初は言った。「あなたの眠っているお墓——無縁墓を供養してくれているお寺ですよ」

安之介は首をうなだれ、上目使いでお初をにらんだ。口元が歪んで、涎が糸を引く。

「なぜ、今になって舞い戻ってきたの、内藤安之介さま」

口調を強め、相手の視線に負けないようにぐいと顎を引いて、お初は問いかけた。

「あなたはここにいるべき人じゃない。人の身体から身体を渡り歩いて、いったい何をしようとしているの？　どうすれば満足してもとのところへ戻れるの？」

安之介は白目をむいた。喉の奥でごろごろと唸っている。

「九十九年前、あなたはあなたの可愛い子供を二人、自分の手で殺した。そうだわね？」

六蔵が、肌のやわらかいところを針でつつかれたかのような顔をした。

「おせんちゃんと、長一郎さん。あなたの子供よ。そして今、この世に戻ってきて、同じ名前の子供を手にかけた。なぜそんなことをするの？　あなたは不幸だった。恐ろしい苦しみを味わって死んだ。とても可哀相に思うわ。だけど、なぜ今になってまた、その不幸を繰り返すの？　何が目的なの？」

ひとしきり、安之介は唸っていた。返事はない。白目を剝きだしにして、目玉がぐるぐる動く。たまらなくなったのか、右京之介が一度背中を向けた。

「これはひどい」

「ええ。これ以上ひどい見せ物はありません」

そのとき、安之介が低くうめいた。「りえ……」

お初は憐れを感じた。声を落とし、こんな場面でできるかぎりの優しい言葉を選ぼうとした。「内藤さま、安之介さん、りえさんはもういないのよ。もう死んでしまって九十九年もすぎているの。あなたの愛したりえさんは、あなたの手で殺されてしまったの。あなたが殺してしまったの。それを覚えていないのですか？」

「りえ……」

低い呟きを聞いて、六蔵がささやくように言った。「妄執《もうしゅう》ってやつか」

するとそのとき、六蔵の声を聞いてのことか、突然、安之介が暴れ出した。縄で幾重にもくくりつけられているので、ほとんど身動きすることもできないはずなのに、足をばたつかせ、背中を柱に打ち付けて揺さぶる。九尺二間の自身番の小屋全体が、ゆさゆさとゆさぶられそうな勢いだ。

「おい、やめろ、やめねえか」

たまりかねた六蔵が、安之介を押さえにかかった。するとすかさずその顔を目がけ、安之介が唾を吐きかけた。毒蛇がかま首をもたげて襲いかかるときのような素早さだった。

「なんて野郎だ」

顔を拭いながら、六蔵が呻いた。お初は、今またおとなしくなり、頭をがっくりと倒している安之介を見つめながら、胸の内で心の臓が踊り狂っているのを感じていた。息苦しいほどに動悸がする。これほど恐ろしいと思ったのは初めてだ。

「とりあえずは、こうして身柄を押さえておくよりほかに方法がなさそうですね」

強いて落ち着きを保とうとしているのか、右京之介が抑揚を欠いた口調で言った。

お初は彼のそばに寄り、小さくうなずいた。

「道光寺の御先代さまが教えてくれた、三崎稲荷の近くの袋物問屋を訪ねてみましょう。りえさんが殺される直前に産んだ子の子孫という人に会ってみたいわ」

「それで何か道が開けるといいがな……」

めずらしく気弱な口調で、六蔵が呟いた。

「いや、開けると思います」右京之介が、小太刀で枝を切り落とすように、きっぱりと言った。お初と六蔵は、彼の柔和な顔を見上げた。

「今度の出来事のおおまかな筋とつながりが、私には見えてきたような気がします」

八

袋物問屋は大野屋《おおのや》、三崎稲荷のすぐそばで、小売りもにぎやかに商い、かなり繁盛しているお店だった。奉公人のしつけも行き届いているのか、午後も遅いというのに、店のまわりは塵ひとつないように掃き清められていた。

愛想のいい声をあげてお初たちを迎えに出てきた律儀そうな若い手代に、こちらにりえという名の方はおられるだろうかと切り出してみると、相手はふと目を見張り、ついで、帳場格子の向こうに背中を丸めるようにして座っている小柄な番頭のほうに目をやった。

「たしかにおりますが、どのような御用でございましょうか」

「りえさまとおっしゃるのは、こちらのお嬢様でございますか？」

手代はまた、番頭を見た。今度は番頭も視線に気づいて顔を向けてきた。

「いえ……」まだ番頭の顔を見たまま、手代は口のなかでもごもご答えた。「お嬢様ではございませんが……」

「子細があってお訪ね申した」角張った口調で、右京之介が言った。このほうがよかろうと、侍姿に戻っている。すると、やはり口調も戻ってしまうのだ。「主人どのかお内儀に、ぜひとも会わせていただきたいのです。すぐにも――」

右京之介の言葉をさえぎるようにして、番頭が近づいてきた。顔には柔和な笑みを浮かべ、お初よりも小さな身体をやや前かがみに、こちらへ歩み寄ってくるあいだにも、すぐ傍らで品を吟味している、馴染み客らしい華やかな小袖を着た母娘の二人連れに、和かな咽喉声で挨拶を投げている。

「私が承りましょう。常吉《つねきち》、おまえはあちらへ行っていなさい」

やんわりと手代をしりぞけておいて、お初たちに向き合った。お初がもう一度話を繰り返すと、とたんに、番頭の小さな目の奥に、商人らしからぬ険しい光が浮かんだ。ほのぼのと灯っていたろうそくが、突然松明にかわって燃えあがり始めたかのようだった。

「お内儀は生憎、流行《はやり》風邪で伏せっております。申し訳ございませんが、お引き取りいただくよりほかにないと存じますが」

言葉は丁寧だが、有無をいわさぬ口調に、お初と右京之介は顔を見合わせた。右京之介は食い下がった。

「長くかかる話ではござらぬ。しかも、急がねばならぬ話なのです。お命に関わるような大病ならば仕方もないが、流行風邪くらいならば、話はできましょう。ぜひ、お通し願いたい。あるいは、我々が訪ねてきていることを、主人どのとお内儀にお伝え願いたい。ぜひ、ぜひに」

侍とはいえ若輩の右京之介を、てだれの番頭は、慇懃《いんぎん》に頭をさげることでさっさと追い払おうとしているようだった。

「お侍さま、まことに申し訳ございませんが、それはできかねることでございます。何卒お引き取りを——」

そのとき、頭をさげた番頭の小さな髷の向こう側で、何かがぴかりとお初の目を射た。それは誰の目にも見えるものではなく、お初のあの心の目にだけ映るものであった。

その光は、見る間にぼうとにじみ、ちょうどろうそくの薄明かりのように広がって、そのなかにひとり、首うなだれ、こちらに横顔を見せて座っている、すらりとした三十半ばの女性の姿を浮かび上がらせた。首筋から顎にかけての線がはっとするほどに美しく、髪もつややかな、あでやかなひとであった。

だがそのひとは泣いていた。流れる涙が頬をつたい、光っている。それがお初の目にははっきりと見えた。

「こちらのりえさまは、何かひどく心を痛めておられますね」

自分でもそれと思わないうちに、お初はそんなふうに呟いていた。番頭がはっとしたように頭をあげた。

「泣いておいでですもの。とても悲しそうに。まるで魂が破れてしまったよう」

「お初どの……」

右京之介が呟いて、お初の顔をのぞきこんだ。

幻はまだ消えていない。薄れつつあるが、まだ見える。しかも、声が聞こえる。遠い昔、九十九年の年月をへだてこの世に生き、悲しい最期をとげたりえというひとの血を受けたひとが、今ここで、おそらくはりえそのひともそうであったのと同じように、悲しみに暮れて涙を流している。すすり泣いている。彼女がすらりとした白い手をあげ、顔を覆うさまを、お初は見た。

ほかの何よりも、幻を見つめるお初の瞳の色、放心したような様子に怯えたのか、番頭は、よろりと一歩、後退りした。

「しばらく――しばらくここでお待ちを」

つっかえつっかえそれだけ言うと、彼は転ぶようにして店の奥のほうへと駆けて行った。残されたお初はふらりとめまいを感じ、右京之介にもたれかかった。

幻は去った。だが、去りぎわに、ひときわ痛ましい響きをもって、お初の耳に届いた言葉があった。

（あなた……）

「あなた？」

思わず、同じ言葉が口をついて出た。

「あなた？　なんですか、お初どの」右京之介がおうむ返しにきいた。

「誰かにそう呼びかけて、泣いておられるんです」

そこへ、先ほどの番頭が引き返してきた。そして、ふたりの会話を聞きつけて、また青くなった。

「そんなことまで……お嬢さん、あんたはなぜそれを知っておいでなんですか」

声をひそめて、早口でそう問い詰める番頭に、お初は静かに言った。

「御主人かお内儀さんに会わせていただけますでしょうか」

番頭は返事をしなかった。背中を向け、逃げるように小走りに二、三歩行ってから、半身になって言った。「ついておいでなさい。旦那さまがお目にかかると申しておられます」


大野屋の奥行のある建物の、長い廊下を歩んでゆくあいだ、お初の胸の動悸は高まり続けた。内蔵から商いの品を出して店先へと運んでゆく奉公人たちと擦れ違ったとき、相手が黙礼をしながらも、こっそりと、何事だろうというような目を向けてくるのを感じ、おそらくは、自分だけでなく、番頭も右京之介も、心のうちの強い緊張が、顔や歩きぶりに表れているのだろうと思った。右京之介に目をやると、何やら右手と右足がいっしょに出るような歩きかたをしている。

しかし、それを見て、ふと口元が緩むのを感じた。

（怖がることなんかないんだわ。そうよ）

このところずっと心のなかに居座ってきた謎が、今、解けようとしているのだ。

通された座敷は、右手に青桐の葉のゆれる庭が開け、風通しもよく涼しく、肌に浮いていた汗が心地好くひいていった。

まず目に入ったのは、床の間を背にこちらに顔を向けている、温和な顔だちの五十年配の男の姿だった。渋い色合いの縞の着物をきっちりと着て、正座している膝のあたりにも、しわひとつできていない。番頭がつと進み出てその男のそばに寄り、何事か早口でささやくと、男は小さくひとつ頷き、一度だけ、少し目を見張った。

これが大野屋の主人、徳兵衛《とくべえ》だった。

徳兵衛は番頭を下がらせると、ほんの少しのあいだ、顎を引くようにして何事か考えているようだった。そのあいだ、お初は床の間に飾られている花を見ていた。花菖蒲《はなしょうぶ》のようだった。紫色と白の、美しいことは美しいけれど、少し哀しいような静けさのある花だった。

その花の風情には、お初が先ほど幻に見た、あのひとの姿に通じるものがあった。あれはこの家のりえさんが活けたのだ、きっとそうに違いないと、心に思った。

「それで、あなたがたはなんのために、家内のりえにお会いになりたいのですかな」

大野屋徳兵衛が口を開き、ゆっくりとそう言った。どことなしに御前さまによく似た響きの声だった。それは、ひとの上に立つひとが自然に身に備える声であるのかもしれない。それを耳にした者に、聞き流すことを許さない声だ。

だが、このときばかりは、お初と右京之介は、しばらくのあいだ、そろって口を半開きにしたまま、声を出すこともできなかった。

(りえ……)

驚きで、喉が干上がってしまったような感じだ。息が形のある餅のようなものに変わり、喉につかえてしまったような感じでもある。

「り、り、り」

右京之介が、季節はずれの鈴虫のような声を出した。音色はだいぶ良くないが。

「り、りえどのと申されるのですか、お内儀のお名前は」

「そのとおりですが」

徳兵衛は、鷹揚な頷きかたをした。お初が見た幻のひとがお内儀のりえであるならば、かなり歳の離れた夫婦であることになる。万事についてゆったりと落ち着いた夫と、美しくはかない妻——

お初は右京之介と、もう一度目と目を見合わせた。それは、精一杯飛んで、どうにか飛び越えることができるかどうかという深い川を並んで飛び越すとき、互いを励ましあうために、「せえの」と声をかけるのにも似た仕種であった。

「まずは、私がお話をします」

小声でお初にそう言ってから、右京之介は徳兵衛に向き直った。

「大野屋どの、にわかには信じていただきにくい話でありますが、どうぞ最後まで聞いていただきたい」

右京之介は、お初の不思議な力のところと、このことについて南町奉行根岸肥前守が存じ置きでおられるということだけを伏せて、あとは直截に、ありのままに語っていった。彼の話し方はよどみなく、ことの順番にも間違いはない。お初は時おりうなずきつつ、徳兵衛の品のいい顔に、とりわけその目に目を据えていた。

そうしているうちに、奇妙なことではあるが、ゆったりとした安堵の思いを感じ始めた。

（これは……）

こういうことは、初めてではない。知らないひとに出会い、話をしているうちに、あるいは顔を見ただけで、そのひとの持つ人柄の色合い――匂いのようなものが、お初の頭のなかに眠っている三つ目の目に見えてくるのだ。

大野屋徳兵衛は、大事なものを長い年月納めておくことのできる、頑丈な蔵のようなひとだと感じられた。重たい扉をうんと押して閉め、閂《かんぬき》をかけ錠前をおろす——そのときの、これでもう安心というあの思い。それが徳兵衛というひとの内面だと、お初は見た。

右京之介の長いひとり語りのあいだ、徳兵衛は、ときおり、花の季節はすぎ青々とした葉を茂らせている庭の青桐に目をやり、その葉が照り返す夏の陽差しがまぶしいとでもいうように目を細くするだけで、ただじっと聞き入っていた。このようなやりかたもまた、御前さまとよく似ていた。

話し終えた右京之介は、かすかに息をきらしていた。頬が紅潮している。仕損じはなかっただろうかというようにお初を見たので、お初は小さく頷いて、言った。

「大野屋さん、今さっき、番頭さんに、お内儀さんが何かで心を痛め、苦しんでおられるのではないかと申し上げましたことも、本当です。それをどのようにして知ったのかはお話しすることができませんが……」

徳兵衛は、初めて薄くほほえんだ。「どうにかしてお調べになったのでしょうな」

聞きようによっては、かすかに、町方役人である右京之介と、岡っ引きの身内であるお初に対する侮蔑の色の含まれた言葉ではあったが、お初はここでぐいと胸を張った。

「はい、さようでございます」

徳兵衛は、まばたきするほどの短いあいだ、お初をぐいと見据えた。生意気な小娘、と思われたのかもしれないが、どうせ生意気なら生意気、一度抜いた刀を、ただしおしおと戻すものではない。お初はしゃんと頭をあげ、徳兵衛の視線を受け止めた。

するとと、徳兵衛は笑みを浮かべた。今度は、先ほどの微笑よりも、升で計って倍ほどにもなる笑みだった。

「面白い」と、彼は言った。それから、止めていた息を吐き出したというように、長いため息をついた。

「家内のりえは、今、奇妙な病にとりつかれております」

少し、声が低くなった。徳兵衛がこのことで心を悩ませているしるしであろう。

「それは身体を損ねるものではないようですが、心を痛めつけるものではあるようで、私も店の者たちも、皆心配をし続けている……気の休まる暇がないというのが本当のところですよ、娘さん」

「お初とお呼びくださいまし」

「では、お初さん」微笑して、大野屋徳兵衛は続けた。「あなたが家内をご存じならば見当もつくだろうが、あれは後添いでこの大野屋に入ってきました。子供は三人おりますが、皆、りえの産んだ子供ではありません。しかし、実の子と同じように、いやそれ以上の愛情を注いで育ててきてくれました。ちょうど今ごろも、下の娘がお稽古から帰ってくる時分ですから、その世話を焼いていることでしょう。そうでないときは、店に出て、あなたがたを案内してきた番頭とふたり、きりきりと商いを仕切っています。しっかり者の、実に申し分のない大野屋のお内儀であり、私の妻でもある女です」

「それだけに、ご心痛はいかばかりかと思います」と、右京之介が言った。「お内儀は、何をどのように病んでおられるのです？」

徳兵衛は、首を倒して天井を仰いだ。「さて、それは……私の口からお話し申し上げるより、目で見ていただいたほうがよろしいように思います。家内が病むのは――あれを病と呼ぶのならばの話ですが――様子がおかしくなるのは、きまって夜のことですから」

「いつごろから始まったことでございますか？」

「考えてみると」徳兵衛の顔が陰った。「今お話をいただいた、その吉次という男が一度死んで生き返ったという出来事の起こったのと、ほとんど同じころからのようです」

お初は、二の腕に鳥肌がたつのを感じた。吉次の身体を借り、まず内藤安之介の魂が蘇った。そしてちょうどそれと同じころから、りえという名の、九十九年前に悲劇のなかで死んでいったひとの血を継いでいるひとが、夜の闇のなかですすり泣くようになった……。

「先にひとつ申し上げておきましょう。これもまた、因縁めいた話ではありますが、何かの救けになるかもしれない」

徳兵衛は言って、年齢のわりには滑らかな額にしわを刻んだ。

「家内のりえは三十五歳ですが、十二の歳までは、りえという名前ではなかったのですよ。松——おまつという名前でした」

「は？」お初は思わず声をあげてしまった。「それは、お名前をかえたのですか？」

「かえたのではないが、本人がそう言ったのです。わたしの名はまつじゃない、りえだと」

りえの生家は、この土地で長く商いを張っていた、かなり裕福な呉服屋であったという。

「あれはひとり娘でした。ですから、この話も、りえがここへ嫁いでくるときにいっしょについてきた女中頭から聞いたものです。当の本人は、そんなことがあったということさえ、まったく覚えてはいないらしい。生まれたときから、自分はりえという名であったと思い込んでいるようですから」

十二の歳の春に、りえ——当時のおまつは、突然高い熱を出し、十日間も生死の境を探し迷ったことがあったのだという。

「医者にも原因がまったくわからず、両親もいっときはあきらめたほどの様子であったそうです。それが、十一日目から嘘のように熱がさがり、幼い娘がぱっちりとまぶたを開いた。その目は澄んでいて、どこにもおかしなところはない。やれうれしや――とまわりの者たちが嬉し涙にくれていると……」

おまつは、手を握って呼び掛けてくる父親と母親に、小さな口を開いてこう言った。

「おとっつあん、おっかさん、あたしの名前はまつじゃないわ、りえというのよ。おとっつあんもおっかさんも、どうかしたの」

それきり、どれだけ言ってきかせようと、自分はまつではない、りえだ、と言い張る。言い張るが、そのほかにはこれといっておかしな様子はなく、小さなころのこともよく覚えているし、読み書きそろばんも、そのころから上手だった裁縫も、母親が好きで稽古に通わせ始めたばかりだった三味線《しゃみせん》も、みなきちんと覚えている。店の奉公人たちの名前も覚えているし、病に倒れる以前と同じように、誰に対してもわけへだてなく明るくふるまっている……

「困り果てた両親は、いっときは神頼みまでするほどに悩んだそうですが、何度も申しますように、名前にこだわること以外には、それまでと変わったところはない。そこでとうとうあきらめて、りえという名に変えさせたのだそうですよ。本人は『りえ』と呼ばれれば『はあい』と返答をするのですから、あとはまわりの者が慣れてしまえばそれで済む。親戚や外のひとたちには、大病の厄落としに名をかえたのだということで通したのだそうです」

「その呉服屋は今――」

徳兵衛は首を振った。「りえが私の後添いに入って間もなく、お店から縄付きを出すという不始末がありましてな。欠所になりました。それがもとで両親もあいついで亡くなりましたし、ですから、りえには身寄りがありません」

不幸な家だと、お初は思った。あの内藤家のたったひとりの生き残りの女の赤子の血を継いできたのは、お内儀のりえの父方だろうか、母方だろうか。いずれにしても、罪人を出し、営々と築いてきた財産を取り上げられ、一家離散――つくづく、不運な家ではないか。

「お内儀のりえさんは、たしかに、その熱病のことは覚えておられないのですね？」

念を押すようにきいた右京之介に、徳兵衛はうなずいた。

「何も覚えてはおりません。ついでにいえば、今、あれが夜になると病む不思議な病についても、本人はまったく知らないでおります。ですからあれは、眠りのうちの病――とでも申せばいいのでしょうか」

「眠っているあいだに……？」

「そうです。ですからこのことは、店のなかでもごく限られた者しか知ってはおりません。子供たちにも知らせてはいないほどです。昼間はなんの変わりもなく、元気にしているのですからね」

そこで初めて、大野屋徳兵衛が俯いた。その目の下に浮かんだ影に、彼の心労の深さを見て、お初の心が痛んだ。

夜、しかるべき時刻に迎えを寄越してもらえるように手はずを整え、約束を交わして、お初と右京之介は店を出た。帰りぎわに、あの番頭の、疑い深そうな視線を感じながら店先を見廻したとき、お初は幻で見たひとの顔を見つけた。

「右京之介さま」

「うん」

りえだった。お内儀のりえだった。お初の見た幻に間違いはなかった。

白い頬をこちらに斜めに向けて、客に応対している。彼女が笑うと、目尻と口元に、人柄の良さと温かさをうかがわせる、優しい笑いじわが刻まれる。声も明るく、耳に快い。店先の喧騒のなかで、けっして大きく張りあげているわけでもないのに、すぐに聞き取ることのできる声。

「あのひとが……」

すべての鍵を握っている。

九

大野屋の勝手口に、ともしびがひとつ。近づいてみると、それは昼間会ったあの番頭がかかげている手燭の明かりだった。

「こちらへどうぞ。旦那さまがお待ちでございます」

暗い廊下を、番頭の手のなかの明かりだけを頼りに進んでゆく。つきあたりにある唐紙を開けると、そこは三畳ほどの広さの次の間だった。薄暗がりのなかで、その向こうにさらに唐紙があり、座敷があることがわかった。

次の間には、大野屋徳兵衛がひとり、こちらに背中を向けて端座していた。お初と右京之介の顔を見ると目顔でうなずき、番頭に合図してさがらせると、ふたりを手招きした。「この隣の座敷が、今の家内の寝所です」

声をひそめて、彼は言った。

「例の病が始まってから、私とは寝所を別にして、隣にはいつも、昼間お話した、嫁入りのときに付き添ってきた女中頭がいっしょにやすむようになりました。なに、とりわけ家内の身に危険があるということではないのですが、やはり気になりますのでな」

真夜中をすぎた時刻で、大野屋の広い屋敷のなかには、ひとびとの静かな眠りを破るようなものは、なにひとつなかった。お初と右京之介は息を殺し、てのひらのなかに汗が浮いてくるのを感じながら、静かに肩を並べて座っていた。

（田村様のお屋敷に、夜泣き石の声を聞きにいったときも、ちょうどこんなような具合だったわ……）

ぼんやりと、お初はそんなことを考えていた。するとそのとき――

かすかな衣擦れの音が、閉じた唐紙の向こう側から聞こえてきた。

徳兵衛が、つと背筋を伸ばした。「始まったようです」

彼はそっと膝立ちになり、静かに唐紙を開けた。向こうの座敷はここよりもずっと広く、ほぼ部屋の真ん中に、ふたつ並べて床がとってあり、周囲を薄緑色の蚊帳が包んでいた。蚊帳のすぐ外に、行灯がひとつ灯してあり、そのあかりが、部屋の四隅を暗く塗りこめている夏の夜の暑苦しい闇のなかから、ふたつの床を浮かび上がらせている。

そのなかに、女がふたり、布団の上に身体を起こして座っていた。手前にいるのが、徳兵衛の妻のりえだった。彼女は右の横顔をこちらに向けて、目を閉じ両手を膝に置いたまま、かすかに俯いていた。

もうひとりの女は、徳兵衛の言った女中頭であるようだった。がっちりとした身体つきの四十年配の女で、りえを守るように、彼女のすぐそばに付き従っている。徳兵衛のほうをちらりと見て、目顔でうなずいた。お初や右京之介の姿を見ても驚く様子がないのは、無論、彼女も今夜のことを事前に知らされているからだろう。

自分でも気づかないうちに、お初は息を止めていたらしい。苦しくなってほっとため息をつくと、とたんに心の臓が激しく打ち始めた。

「お初どの……」

大丈夫かというように、右京之介が小さく声をかけてきた。お初は黙ったままうなずき、両手を胸の前で握り合わせた。

やがて、四人が見守る前で、りえは静かに啜り泣きを始めた。

不思議なことだった。見た目には眠っているようなのに、彼女は涙を流しながら泣いている。聞く者の心のなかの、いちばんやわらかな部分を針でついてくるような、痛ましいすすり泣き。

見つめるうちに、りえは右手をあげて、それで涙をぬぐうような仕種をした。

「あなた……」

りえの口から、悲しげなささやきが漏れた。「あなた、どうぞお静まりください。どうぞ、もうそんな酷いことは……」

徳兵衛がささやいた。「毎夜、四半刻ほど、このようにして泣いているのです」

「いつもこのような言葉を口にされるのですか」と、右京之介がきいた。

「はい、いつも同じです。『もう酷いことはしないでくれ』というような言葉を。そして、あとはただ、ああして魂が擦り切れてしまうような泣き声をあげ続け、やがて、ふと糸が切れたようになってまた横になり、眠ってしまうのですよ」

右京之介が、ゆっくりと首を横に振っている。悼んでいるようでもあり、信じ難いといぶかっているようにも見えた。

お初は泣き続けるりえを見つめ、こんなときにおかしなことをと自分に呆れながらも、なんと美しいひとだろうと思っていた。このひとの遠い祖先であり、九十九年前に、逆境のなかで心を砕かれ、狂気の淵に沈んで死んでいった内藤安之介の妻、りえも、このように美しいひとだったのだろうか。だとすれば、安之介の妄念が生き残り、この世に留まって彼女を探し続けるのも、また無理のないことだと思えてくるのだった。

しかし、痛ましい話だ。それには違いない――と、目尻に浮かんできた涙を指先でぬぐったとき、頭の芯が、ずきんと痛んだ。

（きた……）

身体が震え始めた。冷汗がさあっと浮き出し、またひいてゆく。すぐそばにいるはずの右京之介や大野屋徳兵衛の気配、息遣いが遠退き、その代わり、開けた唐紙の向こうに座っているりえの姿が、急に近づいて見えるように感じられる。

そして今、お初の目に映るりえはりえでなくなっていた。大野屋のお内儀、りえではなくなっていた。

先ほどまで見えていたりえは、夏ものの薄い夜着をまとい、左の頬のところに、一筋の後れ毛を垂らしていた。横になっていたときに髷がゆるんだからだろう。

しかし、今お初の目にしているりえは、夜着をまとってはいなかった。襟当てが擦り切れ、袖のあちこちに継ぎ当てのある褪せた縞の小袖を着ている。きっちりと結った髷は、お内儀のりえのそれよりも小振りで、後れ毛は一筋も見えていない。髪に飾りはなく、頬に白粉の、くちびるに紅の気もないが、はっとまたたきをするほどに美しい。

しかも、お初の目に映るこのりえは、今、静かにまぶたを開いた。そして、ゆっくりと首をめぐらせると、お初を見た。

ふたりの視線が合うと、お初は声を奪われたような気がした。驚きのためではない。恐ろしさからでもない。ああ、やっと会えた、このひとがあたしの探していたひとだという、それは喜びに近いもののためであった。

(内藤安之介さまの奥様の、りえさまでいらっしゃいましょうか)

心のなかで、お初はそう問いかけた。今、この座敷には、りえとお初のふたりだけしかいなかった。ほかの人々の姿は消えていた。

周囲は闇。それも夏の夜の闇ではない。蚊遣りの匂いも消えた。

(さようでございます)

耳をすまさないと聞き取ることのできないほどの小さな声が、お初の心のなかで響いた。

(わたくしをご存じでいらっしゃいますか)

お初はゆっくりうなずいた。(お探し申しておりました)

お初の目の前のりえの姿が、かすかに揺れた。その刹那、大野屋の寝所の床の上で半身を起こしているお内儀のりえの姿が、かげろうのようにすうとだぶって見えた。そして、また、九十九年前のりえの姿が戻ってきた。

まるで、蠟燭の炎のようだ。そういえば、九十九年前のりえの姿は、後光を受けているかのように、うっすらと輝いていた。

(内藤さまと貴女の身に起こったご不幸については、わたくしは存じております。おいたわしいことだと、心から思います)

お初が心のなかでそう言うと、りえの瞳から、新しい涙がこぼれた。

(貴女とふたりのお子さま——)

りえはすすり泣いた。

（悲しみが癒えないので、まだ魂がこの世を離れることができずに、あなたも留まっておられるのでございますか）

りえは静かにうなずいた。（内藤の魂がこの世にたちもどりましたために、わたくしももどって参りました）

（そうして、内藤さまは、九十九年前と同じ悲劇を繰り返しながら、貴女を探し求めておられるのでございますね？）

しばらくのあいだ、りえは無言のまま涙を流し続けた。歳月でも癒すことのできないその苦しみ――さ迷う魂の孤独を思うと、お初は言葉もなかった。

（りえさま）

気力をふりしぼって、そう呼びかけた。

（貴女のお子と同じ名前を持つふたりの子供たちが、蘇った内藤さまの死霊の手にかかって命を落としております）

りえは両手で顔を覆っている。お初は泣き出しそうになりながらも続けた。

（りえさま、貴女と、内藤さまの魂を、わたくしどもがお救いできるかどうかも、正直申しまして定かではございません。それでも、手を尽くしてみることはできるかもしれないと思っております）

りえは小さくうなずいた。また、涙が落ちた。

(ですから、お教えくださいまし。貴女さまの御一家を襲った悲しい出来事のあらましを。貴女さまなら、わたくしどもに、それを話してくださることができるはずです)

りえはすぐには答えなかった。沈黙のあいだに、彼女の姿は揺れ動いた。輝きが薄れ、また強まり、また陰って、そのたびに、大野屋のお内儀りえの姿が見えたり、消えたりする。

やがて、ささやき声が答えた。

(内藤が御犬さまを斬り、そのために浪々の身となりましてからのわたくしどもの暮らしは、坂を転がるようにして悪いほうへ悪いほうへと落ちてまいりました)

御犬さま、か。そもそもはそれが悲劇の発端だったのだ。お初はあらためて憤りを感じたが、静かにうなずいて、先を促した。

(内藤の――あの誇り高く、義を重んじるひとであった内藤の心が、そういう暮らしのために破れ果てていったことに、迂闊なわたくしは、ずいぶんあとになるまで、思いが至りませんでした)

りえは、内藤安之介が辻斬りに手を染めていることに、気がついていなかったのだということだ。

(時折まとまった金子をわたくしに渡してくれることもございましたが、そういう折りには、いつも、それをどうやって工面したのか、それらしい理由を話してくれておりました。また、ある時期、内藤は武士の身形を捨て、働くためにはこのほうがいいと、町人の姿で出歩くようにもなりましたし、ですから、わたくしは、内藤が、理不尽な追われかたをして出てきた侍の暮らしをすべて忘れ、新しく生きていこうと心に決めたのだろうとさえ、思っておりました)

お初は皮肉な思いをかみしめた。安之介が町人の身形をしたのは、見るからに危ない雰囲気を漂わす浪人者の姿をしているよりは、そうしておいたほうが、辻斬りの犠牲者に近づきやすかったからだろう。

(ひとの噂に聞いて、そのころ、市中に、ひどく残酷な手口で人の命と金品を奪う辻斬りが現れているということは、わたくしも存じておりました)

りえは俯いたまま続けた。

(けれども、その噂と、我が夫とを結びつけてみることなど、わたしには思いも及ばぬことでございました)

お初の目には、幻のりえが、そのことに恥じ入り、おのれを責めて身を縮めているように見えた。

(わたくしの、そんな浅はかな心の平安が破られましたのは、内藤が浪々の身となっ

て、はや一年ほど経ったころのことでございました）

りえの姿が、また、かすかににじんだようになった。蚊帳が風に揺れたためのようにも見えたが、お初の頰には夏の夜の微風は感じられなかった。

（内藤が、わたくしに、あるところに仕官の道ができたと告げたのでございます）

（仕官の道……）

（はい。そのときの内藤は目を輝かせておりました。おのれのこの腕一本で、また人生を切り開いてみせる、いや、一介の旗本の家人どころではない、それ以上の栄達さえ望めるかもしれぬ、と）

内藤安之介は、久々に両刀をたばさみ、彼の言うその「仕官の道」とやらのために、意気揚々と出かけていったという。そして、そのまま数日、戻らなかった。そして、戻ってきたときには……

（内藤の顔をひと目見るだけで、わたくしには、仕官の望みが絶えたことがわかりました。そして、そのとき初めて、夫の心が壊れかかっているのではないかと感じたのでございます。あの目。世の中の邪悪なものをすべて集め、それを腐らせてつくった真っ黒な油が、夫の目の中に淀んでいるようでした。それが炎をあげて燃え、夫の目を底光りさせているようにも見えました）

おそろしゅうございました——と、りえが呟いた。

(そのときになって初めて、わたくしは、これまで市中に頻々と起こってきた無残な辻斬りの噂と、夫の所業とを結びつけて考えたのでございます)

幻のりえは、両腕で我が身を抱きしめた。おそらく、九十九年前、初めてその恐ろしい事実に気づいたときにもそうしたのだろう。

(おそろしゅうございました。夫がそのような道に走っているとわかっても、わたくしにはどうすることもできなかったのですから)

(よくわかりました)

お初は気持ちを落ち着け、かげろうのように揺れるりえの姿に目をこらして、膝を乗り出した。

(でも、りえ様。内藤様は、いったいどちらに仕官のつてを求めておいでになったのでございましょう)

りえはゆるゆると首を振った。

(わたくしにはわかりませぬ。仕官と申しましても、しかるべきひとがあいだに立つというようなお話ではなさそうでございましたし……ただ、内藤は、剣術にはいささかの自信を持つ身にございましたゆえ、それをつてにと思っていたのだろうと考えておりました)

りえの姿が、ぼうとかすんだ。かわりに、現身《うつせみ》の大野屋のりえの、夜着をまとった姿が、池の底から不意に浮かび上がって見える鯉のように色濃くなって、また薄れた。

(内藤が、あるお侍のお手にかかって落命いたしましたのは、それから半月ほど後のことでございました)

りえの頰を、また新しい涙が伝った。

(夜半のことでございました。顔に血飛沫を浴び、着物の片袖は破れ、裸足で髷を乱した内藤が、逃げるようにして我が家に帰ってまいったのでございます。そして……狂うがままに……まるで邪鬼になったかのような形相で……)

りえの声が、苦しそうにかすれた。彼女の苦悩が伝わってくるにつれ、お初の頭の奥に、何かで叩かれるかのような、鈍く重い痛みが広がってくる。

(お子様おふたりと、あなた様を斬って、家に火をかけた……?)

りえは首うなだれてうなずいた。

(そのあとへ、内藤の、あの悪鬼のような所業をやめさせてくださったおかたが、内藤を追ってまいられたのでございます)

りえはふたたび、手で顔を覆った。

(命の燃え尽きる間際だったわたくしの目には、内藤の落命する様も、内藤を成敗されたのがどのようなおかただったのかも、しかとは見えませなんだ。それに、わたくししの心にかかっていたのは、子供たちの身——とりわけ、生まれたばかりの赤子のこと。それをお察しくださったのでしょうか、内藤を討ち果たしたそのおかたは、わたくしとふたりの子供を炎の外へ連れ出し、今際《いまわのきわ》のきわのわたくしに、赤子は無事だとお声をかけてくださいました）

お初は両手を握りしめ、りえの声に聞き入った。

（そのおかたは、わたくしとふたりの子供に、まことに申し訳ない次第となったと、心を痛めておいでのようでした。命の火の消える寸前のわたくしの耳には、そのおかたのお声もよくは聞こえませんでしたが……）

（そのおかたは、内藤さまをよくご存じのおかただったのでございますか）

りえは首を振った。

（そのようには思えません）答える声が力を失い、姿がまた朧《おぼろ》になった。どんどんかすんでゆく。お初はあわててりえに呼びかけた。だが、そのためにかえって心が乱れ、りえの姿が急に見えにくくなった。声もどんどん遠くなってゆく。

（どうぞ……）

（りえさま！）

（どうぞ、内藤の魂をお救いくださいまし。わたくしどもの哀れな魂に安らぎを……）

涙ながらの訴えを残して、九十九年前の悲劇のなかで死んでいった幻のりえの姿は消えた。

お初は、闇のなかでひとり。

「ご気分はいかがかな、お初さん」

一同は、お内儀のりえの寝所を離れ、昼間訪ねてきたときに通されたあの座敷に移っていた。行灯の明かりの下で、大野屋徳兵衛の顔は、ろうそくの蠟のような色に見えた。

お初は、自分が見聞きしたことを、努めてわかりやすく、細かく繰り返して話して聞かせた。徳兵衛も右京之介も、言葉は何もはさまなかった。

お初が話し終えると、ひとつため息をもらして、徳兵衛が顔をあげた。

「私には、信じられん」

それはもっともだと、お初も思う。

「それで、これからどうすればいいというのだろう」

徳兵衛の呟きに、お初は俯いた。

「今は、まだ何も……わたくしにも、いったいどうすればいいか見当もつきません」

右京之介も黙したままだ。ただ、彼の沈黙は、徳兵衛の当惑のなかのそれとはまた違ったものであるように、お初には感じられた。ちょうど、算学の遺題を解こうと試みているときのように、深く自分の内側に入りこんで、ひたすら頭を働かせているというふうに見えた。

「家内の先祖――お初さんが見たという、りえという女性は、私の家内の曾祖母の母親にあたるひとであるわけですな？」

念を押すように、徳兵衛がきいた。

「はい、そういうことになります」

すると徳兵衛は、少しのあいだためらうように畳に目を落としたまま考え込んでいたが、やがてつと席を立ち、座敷を出ていった。戻ってきたときには、手の中に、何かを大事そうに包んでいた。

「失礼した。これを見ていただけますかな」

席に戻ると、そう言いながら、手の中のものをお初と右京之介の前に差し出した。紫色の服紗に包まれた、何か重そうなものだった。

「これは、家内が、幼いときから御守りのようにして持っていたものです」

徳兵衛は服紗を取り上げると、包みを開いてみせた。五寸四方ほどの大きさの、真っ黒な布のようなものが現れた。

目をこらしていた右京之介が、あっと言った。「これは、鎖かたびらではありませんか？」

「そのようですな」と、徳兵衛がうなずく。

「鎖かたびら？」

「戦《いくさ》のときに身につける、鎧のようなものです」

お初はそれを手に取った。ずしりと重い。それにこれはまた、ずいぶんと古い品物だ。鎖の一部が歪んで切れかかっているのは、実際に、過去に戦で使われたものだからだろうか。

「女中頭の話では、家内は、嫁入りのときにも、これを大事に持ってきたそうです」

ここで徳兵衛は、座敷の入り口の唐紙のほうへ目を向けた。お初は驚いた。いつのまにか、音もたてずに、あの女中頭がそこに来ていて、きちんと正座していたからだ。

「わたくしも、そのことはよく存じてございます」

女中頭が、初めて口をきいた。しゃがれてはいるが、人に頼られることに慣れている者の力強さと優しさを感じさせる声だった。

「お内儀さんの母方の血筋には、この鎖かたびらを大切にするようにという言い伝えが残されているのです。お内儀さんのひいおばあさまは、赤子のうちに肉親を亡くされて——」

そう、その子が、内藤安之介とりえの娘、生き残ったたったひとりの赤子なのだから。

「その土地の名主の家で育てられたのだそうです。この鎖かたびらも、その当時のもので……」

女中頭は、まっすぐにお初を見つめて言った。

「赤子のひいおばあさまが名主さんのところに引き取られて間もなく、雪のちらつく朝のことだったそうですが、いくばくかの金子が、この鎖かたびらに包まれて、名主さんの家の前に置いてあったとか」

「はは！」と、右京之介がすっとんきょうな声をあげた。お初はびっくりして飛び上がりそうになったが、右京之介は、顔を紅潮させて鎖かたびらを見つめているだけで、こちらに目もくれようともしない。そのうち、

「鎖かたびらか——」呻くようにそう言って、女中頭に向き直ると、

「その名主の家は、今でも残っているのだろうか。当時のことを覚えていて話してくれそうな方はいないだろうか」と、すがるように尋ねた。

さすがの女中頭も、これには困ったようだった。「さあ……なにせお内儀さんのひいおばあさまのころのことでございますからね。名主さんの家そのものは残っていても、当時のことなど、誰か覚えているかどうか」

徳兵衛もうなずいた。「もし、この鎖かたびらにまつわる逸話がもっと詳しく残っ

ているのなら、ほかでもない、りえがそれを伝え聞いているでしょう。聞いていれば、私に話してくれているはずです」

「うむ」と、右京之介は肩を落とした。

「ただ、今の話から考えれば、その金子もこの鎖かたびらも、内藤安之介を斬ったという人物が届けたものだと思えますが」

徳兵衛の言葉に、お初はうなずいた。「ええ、きっと」

「右京之介さま」

お初が声をかけると、彼は、どこか焦点の定まらないような目をあげて、お初の顔を見返した。そして、つくづくと残念そうに呟いた。

「私には、内藤安之介を斬った浪人者が誰であるか、わかったような気がするのです。ただ、その名はわからない。いや、これでいいのかどうかもわからない」

今にも頭を抱え、うずくまって呻き声でもあげそうな有様だ。

「右京之介さま……」

大野屋徳兵衛も、不安そうな顔で右京之介を見守っている。

「なんだか、家内だけでなく、私も寝ついてしまいそうな気がしてきた」

気弱な口調でそう呟くと、重そうな鎖かたびらの切れ端を取り上げて、それを手のなかに包みこんだ。

「こうした物が口をきいてくれるなら、どんなにかいいだろうに。そうすれば、どれほど昔の出来事でも、すぐに子細を知ることができるでしょう」

その言葉が、お初の目を開いた。

「大野屋さん、お願いがございます。その鎖かたびらの切れ端を、しばらくのあいだ、わたしに預けてはくださいませんか」

徳兵衛は驚いたような顔をした。とっさに、鎖かたびらをぐいと握り締めた。

「これを?」

「はい。少しの間でいいんです。ひょっとしたら、その鎖かたびらが、わたしに何か見せてくれるかもしれないと思うのです。もちろん、大切に大切にいたします。お許しいただけませんか」

女中頭は明らかに咎めるような顔をしている。徳兵衛はためらい、眉根を寄せた。が、ややあって、「いいでしょう」と言いながら、お初の手に鎖かたびらを差し出した。

「ただし、くれぐれも大切にしてくださいよ」

お初はそれを押しいただき、ほかのどこよりも大切にできる場所——自分の心の臓のすぐ近くの胸元へ、その切れ端を滑り込ませた。

「こうしておきます。こうして、この切れ端が何か見せてくれるように、一生懸命念じてみます」

右京之介が、そんなお初を見つめている。お初は胸元に手を当て、鎖かたびらの切れ端の重みをしかと感じた。

そして、道光寺の先代の住職が言っていたことを思い出していた。内藤安之介を斬ったのは、やはり安之介と同じように、不運な形で禄を失った浪人であった、と。

「右京之介様、これを残した方が、わたしが田村邸で見た、あのかたですよね？」

息を詰めたお初の問いに、右京之介は大きくうなずいた。「それはたぶん、間違いありません」

お初の目のなかに、あの若い侍の姿が蘇った。あの鳴動する岩と、あのとき見た幻。心にかかってならぬというように、「りえどの」と呼んでいたあの声。

あれは、誰だったというのだ。

十

御番所の女中お松は、夜も更けてから突然訪れたお初と右京之介の顔を見ても、さしてあわてた様子をみせなかった。ふたりをいつもの座敷に通すと、身軽に立って姿を消した。

さすがに多少待たされはしたものの、やがて姿を見せた根岸肥前守は、たった今まで用部屋で政務を執っていたというような風情で、むろん眠たげな表情など少しも浮かべてはおられなかった。

「なにやら動きがあったようだの」

いつものような穏やかな声でそう言うと、裾をはらって腰をおろしたお奉行に、おはまず、急な訪問の無礼を丁寧にお詫びした。それから、話を始めた。途中で鎖かたびらの切れ端も取り出して見せ、細大もらさず、詳しく話した。

「大野屋の主人徳兵衛は、おまえの話を聞かされて、さぞかし驚いたであろうの」

微笑を浮かべながら聞き入っていた奉行は、話がひと段落すると、まずそう言った。

「信じられないと言っておられました」

「その後はどうすると？」

「りえさまの身に危ないことが起こらないよう、充分に気を配ると約束してくれました。ただ、当の本人は、昼のあいだは、まったく変わりないそれまでどおりのお内儀さんであるわけですから、そのところが少し難しい、と。座敷牢に押し込めるようなわけにはいきませんから」

「気の毒な話であるの」

痛ましい……というように軽く首を振って、奉行は手を伸ばし、鎖かたびらの切れ端を手に取り、じっと見つめた。それから、右京之介のほうへ向き直った。

「さて、次はそなたの番だ。聞かせてもらおうではないか、右京之介」

お初もうなずいて、右京之介を見た。彼は顔を赤らめて、小さくひとつ、空咳をした。「私にも、最初は、ふたりの子供があのように酷いやり方で殺されたことと、浅野家と吉良家をめぐるあの百年前の出来事とが、いったいどのようにつながるものなのか、見当もつきませんでした」

「あたしには、今だって見当つきません。さっぱり」

御番所を訪ねる道々、どれほど問いかけても、お奉行にお話してご意見を仰ぐまでは話せませんと、突っ放されてきた。お初は、少しおかんむりである。

右京之介は申し訳なさそうに首をすくめ、眼鏡の下からのぞくようにお初の顔をうかがった。「そうふくれないでください、お初どの」

老奉行は笑いをかみ殺している。「だが、それが今は見えてきたということだな？」

「はい」右京之介はいずまいを正した。

「手探りの中で、ようやく手掛りのようなものを感じたのは、お初どのから、おせんのなきがらの捨てられた丸屋も、助五郎の働いている湯屋も、長次の家の煮しめ屋も、みな、かつて吉良家や浅野家に出入りしたり、係わりがあった家であるということを教えられたときです。六蔵どのも申されていたようですね。酷い子供殺しを続け、『りえ』という名に執着を抱いてこの世に舞い戻ったあの死霊は、浅野にも吉良にも恨みを抱いているようだ、と」

「でも、そんなひとがいるわけない」と、お初は言った。「浅野と吉良は敵同士ですもの」

「そうですね」右京之介はうなずき、奉行の顔を仰いだ。「その後、道光寺の先代の住職の話を聞き、あの死霊が、内藤安之介という侍の魂であること、彼の一家を襲った悲劇のことも知りました」

「なぜ、百年を経た今になって、死霊が蘇ったのかという理由も知れた」と、奉行が言った。

「はい。そうなると、お初どのが田村邸で見たもの――殺しが始まると時を同じくして、まるで我々に警告を与え、内藤安之介の所業を食い止めてくれと訴えかけるかのように始まった田村邸の庭石の鳴動と、そのかたわらに佇む若い浪人の幻――その意味はもう明らかでしょう。あの幻の若い侍こそ、百年前、狂気のままに辻斬りを続けていた内藤安之介の正体を見抜き、彼を成敗し、彼の妻女と子供たちの身を案じていたという人物。安之介の放った火の海から、瀕死のりえどのを助けだし、申し訳ない次第になったと詫びたという人物です」

「ええ、ええ、それはわかります」お初は焦れた。「だけど、それが誰なのか――」

「さよう、かの浪人者は誰か。彼の正体は」

「うむ」と、奉行は深くうなずいた。「それを、右京之介、そなたはどう思った」

右京之介は頬を紅潮させた。「お初どのの力で、りえどのの話を聞くことができたときに、私は考えたのですよ」

「あの話から?」

「そうですよ、お初どの」右京之介はほほ笑んだ。「あの話のなかに、こういうくだりがあったでしょう。ある時期、内藤安之介がひどく心を昂ぶらせ、仕官の道が開けた、一介の旗本の家人に留まらぬ栄達を果たせるかもしれぬ、この腕一本で――と話していたという」

「ええ、たしかに」

「お初どの、考えてみてください。あのころ――栄華を極めた元禄の世ですよ。すでに、侍が、剣術の腕だけでは仕官がままならぬようになっていたころです。忠臣蔵ではすっかり悪役を割り振られていますが、赤穂藩には大野九郎兵衛という家老がいました。このひとは、藩の内証、台所を預かって、そちらの方面でたいそう力を発揮していたひとでした。諸大名の家臣のなかでさえ、そういう侍が重用されるような流れができていた。ましてやこの江戸の町のどこに、内藤安之介が腕一本で栄達を望むことのできる働き場所があったでしょう。結果的には空しいそら頼みに終わったとしても、一時でも、安之介がそういう夢を抱くことのできた場所が」

お初は当惑し、助けを求めるように御前さまの顔を見た。

奉行は笑みを浮かべていた。「忠臣蔵の筋書を思い起こしてみるとよい」と、優しく言った。「大急ぎで、腕のたつ侍を求めていた場所があったのではないかな」

目の前がぱっと明るくなった。お初は思わず大きな声で言った。「吉良さまのお屋敷だわ！」

目を輝かせて、右京之介は続けた。「そのとおりです。巷間に言い伝えられているほどではないが、たしかに、吉良殿は本所に屋敷替えを命じられてから、万が一の事態に備えて、家人の数を増やそうとしていた。それは確かに、記録にも残っております。むろん、浪人ものをたむろさせていたわけではなく、正式に召し抱えようとしていたのでしょう。そこでものを言ったのは、やはり、あの事態の中では、剣術の腕前であったはずです」

「だけど、内藤安之介は、数日で帰ってきてしまったじゃありませんか。つまりは召し抱えられなかったってことでしょう」

「手勢を増やし、屋敷の守りを固めるために、どれほど急いでいようとも、吉良殿とて、狂犬は要らぬ、狂犬を番犬とするような浅はかな家ではない、ということであろうよ、お初」

奉行の言葉に、お初はあらためて目を見開いた。

「私もそう思います、お初どの」と、右京之介がうなずいた。「内藤安之介は、吉良の屋敷から追い払われたのですよ。そこで、彼の張りつめていた狂気の糸が、とうとう切れてしまったのです」

「わかったのでしょうか、吉良様には」

「わかったのでしょう、安之介の狂気が。むろん、吉良殿がじきじきに内藤安之介に会ったということはあるまい。言い伝えられているところでは、浅野の動向を窺いながら下屋敷の防備を固めるために力を尽くしていたのは、小林平八郎《こばやしへいはちろう》という家老であったそうです。この人物はかなりの遣い手でもあったようですから、同じ剣をとる身として、それくらいの眼力は持ち合わせていたはずです」

思いもかけないなりゆきに、お初は両手で頬を押さえた。冷たい。

「そんなことだったなんて……」

「むろん、これは推測です。話と話をつなぎあわせ、私が頭のなかでつくりあげた謎解きにすぎない」

「でも、辻褄はあってるでしょう？　そうすると、内藤安之介の狂気を見抜いて、彼を斬ったのは吉良様のお屋敷のどなたかということになりますよね」

言いかけて、お初は口をつぐんだ。いや、あわない。それでは辻褄があわない。

「右京之介さま、でも、今のお話のとおりだったとしたら、内藤安之介は吉良さまへの恨みは抱いても、浅野さまには係わりを持たないはずだわ。むしろ、吉良さまを滅ぼしてくれた赤穂浪士に、感謝したっていいくらい」

右京之介が、ふたたび奉行の顔を仰いだ。それを察して待っていたように、奉行も柔和な口調で言った。

「そこのところはどう思うのだね、右京之介は」

「私もまた、お初どのと同じように考えて、わからなくなりました」

ごく正直な言い方だった。困ったように眉を下げている。

「しかし、頭のなかで組み立てたこの考えに、間違いはないように思えます。すると浅野は関係ないのか、とも思いました」

「だが」と、老奉行は楽しそうに先を促した。「あとから、そうではないと指し示すものが出てきたの？」

「はい、鎖かたびらが」

「これは赤穂浪士が討ち入りの際に身につけたものだから。そうであるの？」

「い、い、い」

「この鎖かたびらが？」

お初はあらためて鎖かたびらを見つめた。右京之介はそれを手に取り、

「そうですよ、お初どの。火事装束は、あくまでも芝居の上のこと。百年前の討ち入りの夜には、赤穂浪士たちは、鎖かたびら、鎖股引、黒木綿の衣装を身に付けていたとわかっているのです。大野屋のりえどのが、代々御守りのようにして大切にしてきたという、明らかに激しい戦いの跡を残したこの鎖かたびらの切れ端は、間違いなく赤穂浪士のものです」

お初は頭を抱えた。「じゃ、たったひとり生き残った赤子の身を心配して、あとから鎖かたびらの切れ端に金子を包んで託したのは、浅野の家臣？」

「そうです。そうなのですよ。わざわざ鎖かたびらに金子を包んだというのが、何よりの証です。彼としては、安之介を斬ったときには、身分を明かすわけにはいかなかった。だからこそ、討ち入りを果したあと、このような形で名乗りをあげたのです。おそらく、人に頼んで届けさせたのでしょうが。お初どのが田村邸で見た幻の男は赤穂浪士のひとりだった。そうとしか考えられない」

「それだったら、内藤安之介を斬ったのも、そのおかただということになりますよね？　いったい、そのかたは、どこでどうやって内藤安之介を知り、あのひとが狂いに狂って辻斬りをしていることを知ったんでしょう」

右京之介は黙りこんだ。

「そこを思いあぐねているのだな」と、奉行が助け船を出した。

「ここから先は、さらに憶測の上に憶測を重ねることになると思うのです」

「うむ」と、奉行はうなずいた。「しかし、どの道、それしか術がなかろう。時を戻して確かめるわけにはゆかぬことだ」

右京之介は大きく息をつくと、顔をあげた。「当時、大石殿を筆頭に、着々と討ち入りの策を練り時を待っていた赤穂浪士の一党は、様々な方法で吉良の動向を探ろうとしていたに違いありません。芝居にあるような逸話はともかくとして、あらん限りの手を尽くしていたはずです。そんな折りに、屋敷替えになった吉良邸が、家人を増やそうと人を募っていると聞いたら――私なら――私がたとえば大石殿の立場だったなら――それをもまた利用しようと考えただろうと思います」

まあ、と、お初は声をあげた。「赤穂浪士の誰かが、内藤安之介と同じ浪人者を装って、吉良さまを内偵するためにもぐりこんでいたっていうんですか？」

「そうです。そしてそのときに、安之介を見た。彼と、彼の狂気を――人斬りを日常にしている者の殺気を。そして、江戸市中に深く入り込み潜り込み、時をうかがっていた彼ら赤穂浪士ならば、市中を騒がせ人々を震え上がらせていた辻斬りの存在と、安之介とを結び付けるのは、たやすいことだったのではないかと思います」

これは憶測、まったくの憶測ですと、右京之介は強く首を振った。

「証はありません。ただ、あの鎖かたびらを見るかぎり、内藤安之介の悪行を断ち、彼の妻女のりえに詫び、残された赤子の身を案じていたのは、討ち入りを果たした浪士のなかにいた誰かだ、としか思えないのです」

しばらくのあいだ、秤に乗せてはかることができるような、どっしりとした沈黙が落ちた。少なくとも、お初の肩にはそれが感じられた。

これだから——これだもの、右京之介さまも、胸を張ってわたしに謎解きをしてみせることができなかったのだ、と思った。御前様に聞いていただきたがっていたのは、このためだ。

当の老奉行は、右京之介の心境を察しているのかいないのか、涼しい顔で、白髪まじりの顎ひげがちらちら目立つようになった顎をかいている。そういえば、もう夜半をすぎた。朝剃った御前さまのおひげが伸びてきてるもの——

「もしも私が、大事をあとに控えた赤穂浪士のひとりであったなら」

ゆっくりと、目はまだあさってのほうに向け、呑気そうに顎をかきながら、奉行がゆっくりと口を切った。右京之介が、はっと顔をあげた。

「そして、内偵のために浪人を装って吉良邸にもぐりこみ、そこで、市中を騒がす酷い辻斬りを成していると思われる男に巡りあったとしたならば」

「したならば？」

「放っておく」奉行は言って、にっこりと笑った。

「そのような危険な男にかかわりあい、討ち入りの前に命を落とすような羽目になってはかなわぬからな。第一、辻斬り騒動などにかかずらったがために、町方に目をつけられ、そこからほころびが出来て、討ち入りの計画そのものに支障をきたすようなことになったら、それこそ、同士たちにあわせる顔がないではないか。詫びても詫び切れぬ。時が時だ。事が起こったのは、道光寺の和尚の話では、元禄十五年の十一月も末のことだというのであろう？　討ち入りは目の前だ。大事をとってとりすぎるということはない」

右京之介は、がっくりとうなだれた。

「だが、しかし」と、奉行は続けた。もう、気楽そうな顔つきではなくなっていた。

「心情としては、見るに耐えぬと思ったであろうの」

「辻斬りを放ってはおけないということでございますね？」

お初の問いに、奉行はつと首をかしげた。

「むろん、それもあろうよ。だが、それ以上の思いがあるような気もするの」

奉行はゆったりと座りなおした。

「私は、『耳袋』を書き溜めてゆく上で、二、三の浪人者たちと知り合い、彼らの話をよく耳にするのだがの――そのうち、お初にも引き合わせよう、面白い話をしてくれる――彼らに聞いてみると、つてをたどって仕官の口を探しまわる先々で、同じような身の上にある大勢の浪人者たちと知り合い、お互いに身の上話などをしあったり、忿懣をぶつけあったり、時には競いあったり、また時には相手を騙したり、まあ様々なことがあるそうだ」

それはまあ、ありそうな話だ。お侍さまだってひとはひと。

「それを下敷きに考えると、もしも私が赤穂の旧家臣で、吉良邸に召し抱えられようとしている内藤安之介に出会ったならば、彼の身の上について知る機会もあったろうと思う。吉良の家人に嫌われるほどの、怪しく危ない臭いをさせている浪人のことだ、気になって、興味も抱いたかもしれぬ」

たしかに、とお初はうなずいた。

「そしてひとたび、犬を斬ったがゆえに禄を離れ、浪々の身となったという彼の身の上を知り、挙げ句に彼が心を病んでいると見抜いたならば、私——浅野の旧家臣であり、討ち入りを控えた身である私は、これは捨ておけぬと思い決めるだろうと思うの」

「なぜです？」と、右京之介が鋭くきいた。「内藤安之介の身の上を知ったなら、なぜ捨ておけぬと思うのです？」

「同じ立場にある者だからだよ」

「い、い、同じ立場？」

「そうではないか。内藤安之介が貧窮の身に落ちたのは、犬を斬ったからであろう。なぜそれが罪になった？　生類憐れみの令という、天下の悪法があったからではないか」

「そして、浅野の旧家臣も」目が覚めたかのような顔で、右京之介が言った。「もとはと言えば、幕閣が、乱心の主君を乱心者として裁いてくれなかったがために、吉良に討ち入り、本来ならば忠義ともいえない忠義を通さなければならない身の上に追いこまれた人々だった――」

ふたたび、お初は思い出した。道光寺の先代の住職は言っていた――内藤安之介を斬ったのは、自らも心を鬼にしなければならぬ立場にあったおひとだったそうだ、と。

「同じ立場にあるからこそ、捨てておけぬ。余計に惨めに思われる。なおさら腹も立つ。そうではないかの。私には、そんなふうに思える。私なら、そんなふうに考える」

忠義だ主君の遺恨だという話は、お初には今ひとつわからない。だが、御前さまが今おっしゃるお話は、その意味は、お初にもつかめるような気がした。

ただ――

「でも、御前さまはさっき、大事の前だから放っておくとおっしゃいました」

「さよう、大事は目前だ。だから、私は恐ろしく煩悶するであろうの」

奉行は、心がねじれ苦しむ様を表すように、骨ばった両手を強く握り締めてみせた。

「内藤安之介が吉良邸を追われ、りえのもとに戻ってから、正体のわからぬ浪人に斬られて落命するまで、半月の間があったそうではないか。この半月が、かの浪人の、煩悶の期間であったとは考えられぬかの」

右京之介が、「ああ」とため息のような声をあげた。

「煩悶しながら、彼は、内藤の妻女のりえや、子供たちの様子も見ていたかもしれぬ。お初が見た幻の男が、心にかかってならぬという様子でりえの名を口にしていたことを思うと、彼の心中が偲ばれはしまいか。あるいはその浪人、赤穂浪士のひとりであった彼も、大義大命を果たすために、妻や子と縁を切った身の上であったかもしれぬ。あるいは、独り身であったのかもしれぬ。いずれにしろ、彼は深い同情を寄せた。りえにも、子供たちにも、そしてある意味では、内藤安之介そのひとにも」

同情したからこそ、放ってはおけなかった。そういうことなのか。それだからこそ、刀をとって、身の危険をかえりみず安之介と対決した——

「まあ、しかし、これも憶測だ」

流されかかる船の舵をきりなおし、もとの進路へ戻そうとするかのように、老奉行は口調を明るくした。

「そなたたちも、平田源伯どのと、赤穂浪士のなかには、主君の乱心を知っていたものあり、そうでなかったものあり、様々だったろうと話し合ったのであろう？　すべては過去のこと。知りようはない」

お初と右京之介の顔を見比べて、奉行は言った。「ふたりとも、空腹ではないかの。湯漬けでも持たせよう。もう夜も更けた」

その言葉で、お初の肩から力が抜けた。右京之介も、ふうと吐息をはいた。

お松は手早く湯漬けをあつらえて運んでくれた。それをおなかにおさめてみて、初めて、お初はひどくくたびれていることに気がついた。

「御前」

箸を置いて、右京之介が呼びかけた。

「これから先、我々に何ができるでしょう。あの内藤安之介の魂――助五郎に憑いている死霊を、どうすれば静めることができるとお思いですか」

老奉行は、しばし答えなかった。やがて、かすかに口元に笑みを浮かべて、「お初はどう思うかの」と尋ねた。

「わかりません」

本当に、それしかない。

「そうであろうの。こればかりは、さて神仏の加護を祈るしか……」

言いかけて、奉行の顔から笑みが消えた。「しかし、右京之介」

「はい」

「我々の、途方もないような憶測が、もしも的を射ているとしたならば、重々気をつけねばならぬことがひとつあるの」

右京之介は当惑顔をした。

「わからぬか。吉良は滅んだ。だが、浅野はどうじゃ？　あの芝居——世人を楽しませ喜ばせ、心を慰めているあの素晴らしい芝居だが、あのために、赤穂浪士の名は後世に長く伝えられ光輝いている」

「そうか」と、右京之介は目を開いた。お初も膝を打つような思いだった。

「中村座に気をつけねばなりませんね」

「助五郎さんが——死霊が次に狙うとしたら、大野屋のりえさんか、百年後の今もまだ生き続けている赤穂浪士の伝説か」

「もしも我々の、悪い夢のような憶測があたっていれば、のう」

静まりかえった夏の夜、御番所の奥座敷に、老奉行の声が重く響いた。

第五章　百年目の仇討始末

一

通町の番屋に囚《とら》われたままになっている助五郎すなわち内藤安之介は、ひところのように柱を揺すって暴れるようなことこそなくなったものの、常に目を血走らせ、起きているあいだはあたりを睨みまわし、眠っているときも、気弱な書役がびくびくしてしまうような大きな唸り声をあげたりするような有様に変わりはなかった。

月番の亥兵衛が気心の知れた人物だから、とりあえずはいいようなものの、実のところ、この助五郎をどういうふうに扱ってゆけばいいものか、六蔵も考えあぐねていた。

闇雲に、おせんや長次殺しの罪を着せて、御番所に突き出せばいいかといえば、そうもいかない。御番所のお調べというのは、そういい加減なものではない。だいいち、どれほどのぼんやりものの与力であろうと、この助五郎をひと目見れば、尋常な様子でないことはすぐにわかる。まともに罪に問うことを、ためらうに違いない。そして、たしかに下手人に間違いないのかと問われたとき、今の六蔵には、はい、これこれの証がございますと申し述べるすべがない。

「狐《きつね》憑きみたようなものだと考えれば……」

同じように手をつかねて、いささかうんざりしたような顔で、亥兵衛が言い出した。

「湯島のほうに、評判の巫女《みこ》がいるという話を聞いたことがあるから、あたってみちゃあどうだろう」

六蔵は苦笑した。「呪いのひとつもあげてもらって、狐を落とすってわけかい」

「そうもいかねえかねえ」

「あいにく、この助五郎のなかに居座っているのは、油揚げの一枚や二枚につられて出てくるような柔《やわ》なおひとではねえようだよ」

助五郎はほとんど飯も食わず、水も呑まないままで過ごしていた。六蔵も、なんとかなだめすかして食わせようと骨を折ってみたのだが、握り飯にも汁椀にも、目を向けることさえしてくれない。

(このままじゃあ、助五郎の身体がまいっちまうだろうに)

骨ばった足を床に投げ出している助五郎を横目に、六蔵は考えた。

（それとも、助五郎が死ねば、宿っている内藤安之介の魂も一緒に往生できるんだろうか。いや、そんな具合にはいくめえ。また別のもんに宿って……）

くわばらくわばら。考えたくもないことだ。

そんな折に、お初と右京之介が、ともかくも謎は解けたと言って、一連の話を持ち帰ってきた。六蔵には、にわかに信じ難いようなことばかりだったが、一応の筋道は通って聞こえる。どのみち、この小さな妹が、おかしな力を見せ始めたころから、こういうような出来事ばかりが続いているので、今さら腹を立てる筋合いでもない。

「どうだろうな、お初。その大野屋のお内儀と助五郎を会わせてみちゃあ」

するとお初は断固として首を横に振った。「そんなことをしたら、お内儀さんの命が危ないわよ」

助五郎が縄をふりほどき、りえに飛びかかりでもしたら大変だ、という。

「内藤さまの魂は、りえさんを探し求めているんだから。それも、百年前と同じ悲劇を繰り返すためにね。会わせるなんて、とんでもないことよ」

「そうか……。俺はまた、お内儀の口から助五郎のなかの内藤安之介をなだめてもらえねえもんかと思ったんだがね」

「無理だと思うわ、それは」

だいいち、大野屋のりえは、自分の身にそういう変事が起こっているということを、まったく知らないでいるのだと言われて、六蔵もうなずくしかなかった。

「とにかく今は、助五郎さんの様子をじっと見守ること。それしかないと思うわ。そして、どんなことがあっても助五郎さんを逃がさないこと」

それなら、内藤安之介の死霊も、りえに対しても、中村座の赤穂浪士たちに対しても、何もすることはできまい。

「そのようだな」と、六蔵は渋々認めた。

だが——それから数日後、助五郎の身をどうするかということに、思いがけない方向から、別の難題がくっついてきた。


「辰三が？」

「へえ、あいすいません、親分」

夕の七ツ半（午後五時）になろうかというころだ。姉妹屋を訪ねて、長次殺しのときにも駆けつけてきた、あの松吉がやってきた。彼の親分の深川の辰三が、ほかでもない、助五郎の扱いについて、六蔵と話をつけたいと言っているという。

「ぜんたい、どういうことなんだい？」

もともと、六蔵としても、文吉が災難にあったとき、ぐいと屁理屈をつけて助五郎を通町に引っ張ってきてしまったということに、借りを感じてはいた。が、辰三とは長い付き合いだ。こうも正面切って苦情を持ち込まれるとは、正直言って考えてはいなかった。

松吉は、真夏の汗といっしょに冷汗もかいている。しきりと腕で顔を拭いながら、ただ恐縮しているという様子だ。見兼ねたのか、およしがおおぶりの湯飲みに水を一杯持ってやってきて、松吉がそれを飲み終えるまで、心配そうな顔でそばについていた。

「落ち着きなさいな、松さん」慰めるように、そう言った。「うちのひとと辰三親分は、子供のころからの知り合いで、いいことも悪いこともいっしょにしてきた仲なんだからさ。何もそんな、どぶ板を口につっこまれたみたいにもぐもぐしなくたっていいよ。まっすぐに言いなさいな」

「嫌だなあ、おかみさん。いくらあっしだって、どぶ板はくわえられませんや」

松吉は、口が大きいということで知られている。がま口の松というあだ名もちょうだいしているくらいだ。案外、気にしている。

しかし、およしのこの軽口で、少しは気が楽になったのか、ようやく汗の引いた顔で、六蔵に向き直った。

「あっしはね、無学だけど馬鹿じゃあねえからね、うちの親分の考えていることぐらい察しはつきます」

「うんうん、それで」

「親分としても、こうしてあっしを遣いに出したってえことは、まずはおめえが行って六蔵親分と口裏をあわしてこいって腹があるからなんで。うちの親分は、動きがとれねえもんですから」

「どう動きがとれねえんだ」

「うちの親分、きっと叱りを受けちまったんです、片瀬《かたせ》の旦那から」

片瀬の旦那とは、辰三が手札を受けている南町の同心である。六蔵も面識はあるが、正直言って、あまりそりの合う旦那ではない。町方役人をつとめるには、少しばかり気が弱すぎるきらいがあるのだ。それも、捕物そのものに対して気が弱いのならまだなんとかしようがあるが、片瀬の旦那は上役に対して弱腰なのである。そのために、往々にして、下で働く連中が迷惑をこうむる羽目になる。

はは あ、またかと、六蔵は思った。片瀬の旦那が、上から何やら突かれて、その尻を辰三へと持ち込んだのにちがいない。

それをきいてみると、松吉は首をすぼめてうなずいた。「まったくそのとおりなんです、親分」

しかし、辰三は片瀬のそういう性分をよく知っているから、たいていのことならいなせるはずだ。やはり今度は、助五郎が、ふたりの子供を相次いで殺した男であるかもしれないということで、少しばかり片瀬の旦那の慌て方が違っているのかもしれない。

「要するに、深川で起こった殺しの下手人を、俺が押さえているってことが面白くねえと、片瀬の旦那はいうわけだな。というより、上のほうのお目付役に、そんなふうなことでやりこめられたんだろう。しっかりしろ、とでもな」

松吉は、またまた額に汗を浮かべた。「そうなんですよ、親分。おまけにまた、今度はちっとばかり、手強いおひとが片瀬の旦那をどやしつけたらしくって」

「誰が御神輿をあげてきたんだい？」

気楽に尋ねた六蔵も、松吉の挙げた名前を聞いて、さすがにちょっと顔が強ばった。

「それが、赤鬼の古沢さまなんで……辰三親分も、それで往生してるんですよ、へい」

二

お初と右京之介は、そのころ、浅草猿若町《さるわかちょう》の中村座にいた。

早朝から夕の六ツ（午後六時）ごろまでかけて、通しで演じられる仮名手本忠臣蔵、わけても四世市川団蔵の名演を一目でも観ようとつめかけた人々の熱気が、広い桟敷や高い天井の隅々にまでたちこめている。芝居はちょうど大詰めのひとつ前、十段目の天河屋の段にさしかかったところだった。

一日がかりのこの芝居見物に、お初も右京之介も、物見遊山《ものみゆさん》の気分でやってきたのではなかった。ほかでもない、大野屋徳兵衛と妻のりえが、今日のこの芝居を観に来ているのである。

徳兵衛から、前々からの約束で、今日のこの日には家内を中村座に連れていくことになっていると教えられたとき、お初は、それは見合わせておいたほうがいいと、強く止めた。りえと仮名手本忠臣蔵。それこそ、役者が揃いすぎて、なにやら不吉に思えたからだ。

だが、徳兵衛は頑張った。

「茶屋にも頼んでしまったし、家内はこの芝居見物を、それはそれは楽しみにしているのですよ。それに、出かけるのは私ども夫婦だけでなく、上州屋《じょうしゅうや》の若夫婦ともご一緒することになっています。いったいどういう口実をつけて、今さらやめにしようと言えますか。家内は、自分の身にあのようなことが起こっているのを知らないのですからね。私も、説《と》きつけようがありません」

たしかにもっともな言い分ではあるし、こちらで助五郎の身柄をしっかり押さえている以上、闇雲に止めることもないでしょう——と、宥《なだ》めに入ったのは右京之介だった。

「その代わり、芝居見物のあいだ、誰かを見張りにつけてはどうです。文吉でもいいし、お初どのがいらしてもよいではないですか」

「でも、右京之介さまは？」

そんなこんなで、結局は三人連れ、言ってみれば大野屋夫婦の用心棒気分でやってきたという次第だった。

大野屋夫婦と連れの上州屋の若夫婦とは、本土間の桝に仲よく頭を四つ並べている。大急ぎで割り込んだお初と右京之介は、大向こうと言えば聞こえがいいが、役者の台詞が届きにくい、舞台正面の、いちばん後ろの桟敷に縮こまっていた。文吉はというと、「おいらは、じっと座っているのが苦手だから」と、桟敷のなかには入ってこなかった。小屋側とうまく話をつけて、木戸のあたりにでも陣取り、人の出入りを見張っているのだろう。

本来なら、うんと楽しみにして観るはずの芝居だ。だが今は、お初の目も心も、どうかすると舞台からそれて、大野屋夫婦——明るく輝くりえの横顔のほうへと、吸い寄せられていってしまう。

幻のなかで見たあのりえの姿と、本当によく似ている。生まれ変わりかと思えるほどだ。だが、大野屋のりえはこのうえないほど幸せで、その目の端にも頰の隅にも、憂いの影ひとつ落ちてはいない。

昼時になると、大野屋夫婦らのところには、茶屋から弁当が届けられた。徳兵衛に寄り添い、若夫婦の世話も焼きながら、りえが食事を楽しんでいるのを、遠いところから、お初はじっと見つめた。そして、ふとくちびるが緩むのを感じた。

よかった。とにかく、事を食い止めることはできたのだ。もうこれ以上、死人は出ない。いや、出してなるものか。

時には、面倒でもあり、いっそなければいいとも思えることのある自分の力に、お初は、かすかだが誇りのようなものを感じていた。芝居を楽しむ大野屋夫婦——あの平和は、少なくとも、あたしが力を尽くして守ったものなのだ。

「お初どのは、去年も一度、この芝居をごらんになっているのでしたね」

やはり、舞台よりはどちらかというと大野屋夫婦のほうに気をとられながら、右京之介が声をかけてきた。

「ええ。去年のが大当たりをとったので、今年も、ということになったそうですよ」

舞台の上では、勘平《かんぺえ》が、不義者の金は要らぬと五十両を返しに来た二人侍の前で、今しも切腹しようとしているところだ。忠臣蔵のなかでも、もっとも有名なこの悲運のひとの最大の見せ場に、桟敷の観客たちは息を詰めている。

「去年と今年とでは、芝居の見方が変わってしまったのではありませんか」

少しばかり案ずるように、右京之介がきいた。お初はほほ笑んで首を振った。

「そんなことはありませんよ。お芝居はお芝居。楽しいものですもの」

それでも――やはり、心に思うことはある。

中村座を埋め尽くす、この観客たちの熱気はどうだろう。内格子から身を乗り出すようにしているあのおひと。うずらの外翠簾《すだれ》のところには、威勢のいい団体のお客がいて、最前からしきりと調子っぱずれの声をかけては、大向こうのこのあたりにいる見巧者の常連組に嫌ぁな顔をされている。舞台のうしろの羅漢台まで、押すな押すなの大入り満員だ。人いきれと熱気、油や食べ物、膠《にかわ》や染料、ありとあらゆるものの入り交じった臭いとで、少し頭がくらくらする。

百年前、お城のなかの刃傷沙汰から始まった一連の出来事の渦中にいた人々は、自分たちを巻き込み翻弄した運命の流れが、後世、こんなふうにきらびやかな物語として残されることを、ちらりとでも考えてみただろうか。人々が、彼らの生きた道、死んでいった道を、こんなふうに喝采し感動し、幾度も幾度も再現して見守ることを、ほんの少しでも頭に思い浮かべただろうか。

もしも大石内蔵助が、百年後の今のこのときに蘇り、この芝居小屋を見たらどう思うだろう。吉良を悪とし彼らを善とし英雄として奉る、この人々の肩入れに、どんなふうに応えただろうか。

それを思うと、物悲しいような気がしないでもない。

「しかし、さすがに見物疲れをしますね」

右京之介が言って、額の汗をぬぐった。お初は笑いながら彼に手ぬぐいを差し出そうとし、そのとき、人のぎっちり詰まった桟敷席を縫うようにして、こちらへ近づいてくる文吉の顔を見た。

「どうしたの、文さん」

素早く目をやってみたが、大野屋夫婦の様子に変わったところは見られない。

文吉は早口に言った。「信吉が遣いに走ってきましてね。古沢さまにお知らせしたほうがいいんじゃねえかって」

「私に?」右京之介が乗り出した。

「ええ。助五郎の身柄のことで、なんか厄介な風向きになってるようなんです。で、古沢さまのお父上が、あっしらの番屋まで出張っておいでになってるんで」

「助五郎の身柄?」

「へえ。お調べもしねえまま、どうして助五郎をあそこへ閉じ込めておくんだって。そりゃあねちこくお尋ねだそうで」

事情を聞くと、右京之介は、ほんのひと呼吸するあいださえためらわなかった。

「行ってみよう。いかにも父上のなさりそうなことだ。卑怯なやり口だ」

いつも柔和な彼の顔に、厳しい険のようなものが現れている。それがお初を脅えさせた。迷いはしたものの、楽しそうな大野屋夫婦の横顔を目で確かめると、よしと心を決め、文吉にあとを頼み、急いで右京之介についていった。

三

「どういう根拠でこのものをここへ捕らえているのか、とにかくそれを聞かせてもらおうと申しておるのだ」

古沢武左衛門は、顔つきとは裏腹の、どちらかといえば優しい声を出していた。

このもの、と言ったのは、無論、柱にくくりつけられている助五郎のことである。顎でしゃくってそちらを示すと、武左衛門は、六蔵に向き直った。

「筋の通った話を聞くことができなければ、このものは辰三が連れて出る。百本杭の子供殺しに係わりがあるのならば、それは辰三の縄張りでのことだ。調べは本来、深川でするべきことであろうが」

六蔵は、柱にくくりつけられ、頭を垂れ、口の片端からよだれを流しながら眠りこけている助五郎の姿をちらと見た。

筋の通った話を聞かせろ、いえですからそれはと、もう何度同じやりとりを繰り返したことだろう。ここで武左衛門と顔をあわせてから、四半刻は経っている。ああだこうだと言い合ううちに、狭い番屋のなかに立ちこめる険悪な雰囲気は、空に手をのばしてすくいとることができそうなほど、濃く重くなってきていた。

六蔵は、腹に力を込めた。「お言葉ではございますが古沢さま、何度も申し上げますように、この助五郎という男には、丸屋のおせん殺しの疑いもかかっております。丸屋はあっしの縄張りの内のお店。あっしにもあっしの――」

武左衛門は、邪険に手を振って六蔵をさえぎった。「そうだとしても、ただ漫然とこの助五郎をここへ繋いでおくというのは解せぬ話だ。岡野や石部にも尋ねてみたが、六蔵、おまえは助五郎について、ろくな調べをしていないそうではないか」

岡野というのは、丸屋の事件のときに出張《でば》ってきた同心であり、石部正四郎は、六蔵と昵懇の間柄の旦那である。どちらからも、今武左衛門が言ったような文句を持ってこられたことはない。だいたい、岡野の旦那は、このことについては自分の子飼いの岡っ引きを使っているはずで、六蔵のことなど当てにもしていないだろう。

（なるほど、こいつはたしかに因縁を付けられてるってえことだな）と、六蔵は思った。その因縁の拠ってきたるところといえば、やっぱり――

遠慮がちに、辰三が口をはさんだ。「古沢さま、前にも申し上げましたが、この助五郎という男のことについては、あっしも六蔵も、よく話し合ってことを進めているところでございます。助五郎があの二件の子供殺しの下手人であることは、たぶん間違いないとも思えますが……」

辰三、ありがとうよと、六蔵は内心で手をあわせた。助五郎がおせんや長次の殺しに関わっているなどと、これまで、辰三にはちらりとも話していなかった。彼もさぞかし驚いたことだろうに、とりあえず今は口裏をあわせてくれているのだ。

「間違いないとは思いますが」と、辰三が続けた。「ただ、なにぶんにも今助五郎はこの有様でございます。もの狂いのようなこんな様では、調べはもちろんですが、ここから動かすこともままならねえというのがあっしらの本音です。とにかく、助五郎が少しでも正気を取り戻すまで、ここへ留めておこうというのはあっしの考えでもあります。どうか、今のところはそれでお怒りを静めていただけませんか」

書役を外に追い出して、代わりに机のところについている亥兵衛が、むっつりうなずいている。口に出してこそいないが、亥兵衛が、話の始まりから今までずっと、腹の底で、（だいたい、吟味方の与力がこんなところへしゃしゃり出てくるもんじゃねえ）などと考えているだろうことが、六蔵にはよくわかった。

「ではもうひとつきこう」武左衛門は、にこりともしない。「六蔵、おまえ、三崎町あたりで何をしている。手下の者を走らせているという話を、ちらほらと聞いている。それも、縄張りの外ではないのか」

白状すれば、これは意外な追及だった。たしかに三崎町には大野屋があり、りえがいる。お初から例の話を聞いたあと、心覚えにと自分でも足を運んでお内儀の顔を見てきたし、文吉を遣って近所の評判を聞きこませてもきた。しかし、武左衛門がそこまでつかんできているとは。

「おまえたちが調べ回っているのは袋物問屋の大野屋、そこの主人の徳兵衛と、お内儀のりえだということも聞いている。目的はなんだ。それもこの助五郎と係わりのことか」

そのとき、番屋の戸ががらりと開いて、呼びかける声が聞こえてきた。

「父上」

六蔵は驚いて戸口を振り向いた。右京之介が立っている。額にいっぱいの汗を浮かべ、息を切らしている。すぐうしろにはお初が寄り添っていて、大きな目をさらに見開き、頬を強ばらせていた。

古沢武左衛門は、ゆっくりと嫡男のほうに向き直った。そして、無言で伜を見据えた。

右京之介は、瞬時、明らかにひるんだ様子を見せた。だが、ぐいとくちびるを引き締めると、両足を踏ん張って立ち、親父殿をにらみ返した。

武左衛門は、これまでと同じように、優しいと言っていいような声を出して問いかけた。「おまえは、ここで何をしているのだね」

「私には、私に課せられたお役目というものがございます。それをしているのです」

「お役目」その言葉を口のなかで転がし、揶揄《やゆ》するように、武左衛門は繰り返した。

「なるほど、お役目か」

「そうです」右京之介の語尾は震えていたが、口調はきっぱりとしていた。

「しかし、父上。父上こそ、ここで何をしておられるのですか。父上は、本来、六蔵どのや辰三どののような働きをする者たちとは、離れた場所においでです。こうしたところへおいでになって、ああしろこうしろと指図をされること自体が間違っていると、私は思います」

おっとこれは――と、六蔵は内心で舌打ちした。辰三も、武左衛門から見えないところで顔をしかめている。

「私にも、私のお役目がある」

武左衛門は、赤鬼の口を緩めて凄いような笑みを浮かべた。

「どのようなお役目です」

歪んだ口の端に笑いをひっかけながら、武左衛門は、これまで六蔵たちに向かって言ってきたのと同じことを、伜に繰り返して話して聞かせた。

すると、右京之介は言下に言った。「それは言い掛かりというものです、父上」

古沢武左衛門の眉がぴくりと動いた。右京之介のうしろでお初がびくっと身を縮めたのが、六蔵には見えた。

「言い掛かりだと？」

「そうです」右京之介は生一本に続けた。

「父上御自身も、こうした言い掛かりをつけられることが不当であると、よくわかっておいでなのではありませんか。本当に申されたい意趣は、ほかにあるのではないのですか」

武左衛門の声が、地の底からわいてくるような低いものになった。「どういうことだな、それは」

「おわかりでしょう。父上は、私が六蔵どのの元で共に働いていることを御不満に思っておられる。だから、このようにもってまわったやり方で――」

六蔵が止めに入る前に、武左衛門が腰掛けていたあがりかまちから立ち上がった。実に素早かった。

あっという間もない。それはたしかに、直心影流の遣い手にふさわしい、一分の隙もない動きだった。風さえ起こさず、ほんの二歩で右京之介に近寄ると、右手をあげ、次の瞬間には、右京之介が番屋の壁にたたきつけられたほどの勢いで、彼の頬をしたたかに殴りつけていた。

「何をなさいます！」

亥兵衛が右京之介に駆け寄った。お初も彼をかばうように手を広げたが、埃まみれになり眼鏡が飛び、くちびるから血を流しながらも、右京之介は、お初と亥兵衛を押し退けるようにして半身を起こした。

「それで気がすまれましたか、父上」

彼の声も震えていた。おかしなことに、六蔵は、その震えのなかに、激情と同時に、ある種からかうような響きを感じとった。

「あなたはいつもそうだ。私や母上に、いつもそのようにして対されてきた。言葉など通じない。あなたには心というものがないからです、父上」

「おやめください、古沢さま」

六蔵は鋭く言って、右京之介と父親のあいだに割り込んだ。古沢武左衛門が、今にも刀に手をかけそうな様子に見えたからだ。

が、それは六蔵の見立て違いだった。武左衛門は両手を身体の脇に垂らし、鬼のようなごつい顔をさらに険しくして、じっと嫡男を見おろしている。息をはずませているのは右京之介だけで、父親のほうは、髪の一筋でさえ震えていない。

叩くと音の出るような、ぎりぎりにまで張り詰めた沈黙が、狭い番屋のなかにたちこめた。いつもなら、なんとも耳障りで不穏にさえ聞こえる助五郎の寝息が、むしろ平和なもののように感じられる。そう、助五郎は、最前から姿勢も変えず、ずっと眠り続けているのだった。

長く感じられたが、実際には、ふたつみっつ息をするほどの間でしかなかったかもしれない。古沢武左衛門が履き物を鳴らし、大股で歩き出すと、障子に手をかけた。がらり、ぴしゃりと小気味いい音をたてて、出ていった。その大柄な姿が消えた。

急に、番屋のなかが広くなったように思えた。右京之介が手をあげ、割れてはずれた眼鏡を直した。

「歯が折れてなくて良かった」

右京之介の腫れあがったくちびるを濡れた手ぬぐいで押さえながら、お初は言った。

「古沢さまには驚かされた」と、六蔵も言った。「どっちの古沢さまにも、という意味ですぜ。あなたがお父上に向かってあんな台詞をはかれるとは、あっしは思ってもみなかったからね」

辰三は、詳しいことは後日――と約束して、早々に引き上げた。番屋のなかには、お初たち三人と亥兵衛、相変わらずいびきをかいて眠っている助五郎がいるだけである。

右京之介は、眼鏡を欠くと、妙に分別くさい大人びた顔になった。その顔で、いくらか目尻を赤くし、お初に世話を焼かれ、六蔵の言葉を聞いていたが、やがて静かに言い出した。

「私は昔、一度父に殺されかけたことがありました」

お初は手ぬぐいを取り落としそうになった。顎を撫でていた六蔵の手が止まった。子供のように頬杖をついていた亥兵衛が、がくんと前のめりになった。

右京之介は歪んだ笑みを浮かべて、「驚かせて申し訳ない。しかし、本当のことなのです」

「いったい……どういうことでございますか」思わず問いかけてしまってから、お初はあわてて付け加えた。「いえ、あたしたちが伺ってよろしいお話ならば、ですけれど」

「無論、かまいません。今までは他人に話したことがなかったことだが、あんなところをお見せしてしまったからには、今さら隠し立てすることもないでしょう」

水を一杯、と所望しておいて、お初がくんできたそれを美味しそうに飲み干すと、右京之介は話し出した。

「十年も昔の、私が七つのときのことです。夜、部屋で眠っていた私は、誰かの激しく言い争う声で目をさましました。少しのあいだ耳をすますと、それが父と母の声だということがわかりました。母は泣いていました。それは苦しそうな泣き声でしたよ」

右京之介は寝床から起き上がり、両親の寝所へと駆けつけた。

「胸苦しくなるほど、恐ろしくてたまりませんでした。声をかけてから唐紙を開けようと思ったのですが、そうできずにおろおろしているうちに、父の怒声がぴたりと止み、ひと呼吸して、内側から唐紙ががらりと開けられました。そこに、父が仁王立ちになっていました」

あのときの顔を、今でも忘れることができないと、彼は言った。

「私の知っている父の顔は、そこにはありませんでした。なんというか――父の顔をひどく醜く縮めて、そこから温かいひとの血や肌のぬくもりを消し去ってしまった残り粕があるように見えたものです」

武左衛門は、右京之介の姿を見付けると、彼の襟がみをとらえるようにして、母親のほうへと突き飛ばした。母はまだ寝じたくをしてはいなかったが、血の気の失せた顔に髷を乱し、帯がほどけかかっていた。

「母は私を抱き留めて、身体全体でかばってくれました。私はわけもわからず、ただ恐ろしくて、母にしがみつきながらも、こちらを見下ろしている父の顔から目を離すことができませんでした。父は——」

部屋の隅の刀掛けのほうへ飛ぶようにして行くと、白刃を抜き放って母子のほうへ戻ってきた。

「酔っているのかと、最初は思いましたが、そうではありませんでした。しかし、あのときの父は、正気ではなかったと思います。正気でできたことではなかった」

妻と嫡男に刃を突き付け、古沢武左衛門はこう言った。

「不義の子もろとも、成敗してくれる、と」

「不義の子？」

信じられない思いで繰り返したお初に、優しくうなずきかけながら、右京之介は言った。

「そうです。父は、私を、母がほかの男と通じて産んだ不義の子だと思っていたのです。それは、今でも変わっていないように思います。父の心のなかには、疑いが根深く残されているのでしょう。たいへん深い傷となって、それが父を苦しめているのだと思いますが」

「お母上を不義者だとは……なんて疑いを」

言いかけて絶句してしまった六蔵に、右京之介は微笑した。

「しかも、その不義の相手というのが、父の弟だというのですからね」

「弟？」

では——

「そうです。六蔵どのもお初どのもよくご存じの私の叔父、小野重明ですよ」

右京之介の母は、数え歳十五で武左衛門に嫁いできた。もとは町家の生まれであったが、当時の武左衛門の上役の家に女中奉公をしていて気に入られて、縁組のために、その上役の家に形ばかりの養女として迎えられ、与力の古沢家に輿入れしてきたのである。

「当時、叔父はすでに算学の道に足を踏み入れておりましたが、遊歴には出ておらず、兄と同じ屋根の下で暮らしておりました。母は町人の出でありますし、父はあのように武張ったひとですから、たしかに、どちらかといえば父よりも叔父のほうが母にとっては心安い相手であったかもしれません。事実、母が輿入れしてきたころ、そのような心無い噂が飛び交ったということはあったようです」

右京之介は、腫れたくちびるの端をそっと撫で、顔をしかめた。

「しかし、父が疑っているような出来事が、母と叔父とのあいだにあったとは、私には思えません。ましてや私が叔父の子であるなどとは、あり得ないことと思います」

遠慮がちに、六蔵がきいた。「そのことについて、どなたかとお話に？」

「母とは話しておりません。叔父とも、はっきりとは言葉を交わしたことがありません。しかし叔父の様子や、なによりも母と叔父の人柄から、私はそう思うのです。父とて、心の底の底では、不義の疑いなど、馬鹿らしいことだと考えているような気がするのですが……」

右京之介は頭を振った。「いいえ、わかりません。わからない。今だに父は、疑いを解かないのかもしれない。だからこそ、先ほどもあのように逆上したのでしょう」

「それは、右京之介様が、お父上を心のないひとだなんておっしゃったからでしょうに」

お初の呟きに、右京之介はすまなさそうに肩をすぼめた。

「しかしお初どの、父は本当に、ある時期から心を捨ててしまったのですよ。そうしないことには、母と暮らしていくことができなかったのでしょう。父は、誰よりも強く母を想っているのではないかと、私は考えています。しかし、一方では、どうしても不義の疑いを解くことができないので、その苦しみから逃れるためには、心を切り放し、石のようになってしまうしか手立てがなかったのかもしれません」

右京之介の横顔を見つめながら、お初はふと心に浮かんだことを口に出してみた。

「右京之介さま、お父上さまの疑いがいまだに解けないまま——いいえ、むしろ増しているかもしれないから、あなたは算学の道へ進むことができないでいるのですか」

六蔵が、ぐいと眉毛をつり上げてお初を見た。言い過ぎだ、というような表情に見えたが、当の右京之介は、すぐに顎をうなずかせて答えた。

「おっしゃるとおりですよ。私がいることで、父を苦しめている。もう言うまでもないが、私の外見が叔父とよく似ていることも、父の疑惑の一因であるのです。世間では、顔だちのよく似た叔父甥などよくあることなのですが、疑いの泥のなかにつかっている父の目には、それも見えない。すべてが曇って、歪んで見える。そのうえさらに、叔父と同じ才を発揮したのでは、父はますます追い詰められていってしまうでしょう」

「だから、算学を捨ててお父上さまのあとを継ぐのですか？　不義の疑いを解くためだけに？」

お初は声を強くした。「そんなの、おかしいわ。右京之介さまは右京之介さまで、誰のために生きているのでもないのに。なぜそんなふうにお考えになるんです？」

「お初」

「お初っちゃん」

申し合わせたように、六蔵と亥兵衛に声をあわせてたしなめられ、お初は口をつぐんだ。が、言いたいことはまだまだあった。

「いいのですよ」右京之介は微笑して、六蔵を見上げ、ついでお初に目をうつした。「私は間違っているのかもしれない。お初どののように、持っている力をいかして生きておられるかたの目から見れば、大きな間違いをおかしているように見えるかもしれない。しかし、私には、ほかに道がないのです」

ひどく、暗い瞳をしていた。

「私の道は、あのとき――父の手で斬り殺されそうになったあのときに、決まってしまったのかもしれません。あのときの恐怖は、今でも心に焼きついてしまっている。二度と、父に私を殺させてはならぬ。二度と、あんなふうになってはならぬ、と」

「うちへお帰りになって、少しお休みなさい」と、六蔵が言った。「だいぶ、お顔の色が青い。およしに言って、傷の手当てもちゃんとさせましょう」

傷のほうは大丈夫だと言ったものの、さらに強く六蔵が勧めると、右京之介は立ち上がった。

「とりあえず、着替えて顔を洗ったほうがいいかもしれませんね」

お初はついていこうと思ったが、六蔵に袖を押さえられてあきらめた。右京之介はひとり、肩を落として番屋を出ていった。

彼の姿が見えなくなると、六蔵もお初も、一度に気力が抜けたようになって、並んであがりかまちに腰をおろした。

背後で、亥兵衛が枯れたため息をついた。

「お役人さまの家でも、いろいろあるってことですなあ。古沢さまといやあ、たいした家柄なのに」

「たいした家柄だからこそ、面倒なのかもしれねえ」

お初は両手で頰を押さえ、黙って座っていた。右京之介のことを思うと、胸の奥がきりきりと痛んでくる。その痛みがおさまらないうちは、まともにものを考えることなど、到底できないような気がした。

だが、そうやってぼんやりとしているとき、あたりが妙に静かであることに気づいた。いや、静かなのはあたりまえだが、さっきまで聞こえていた物音が、今は聞こえなくなっている。それが気になったのだ。

なんだろう？　何の物音が——

はっとした。頭をあげた。六蔵が「おい、なんだどうしたい」ときいてくる。

いいいいいい、いびきのような寝息が聞こえない。お初は飛び上がるようにして振り向いた。

助五郎は、床に腰をおろし足を投げ出して、最前までと寸分変わらない姿勢で座り込んでいた。頭も垂れている。しかし、たったひとつだけ、それまでとは違っているところがあった。

目だ。目が開いている。開きっぱなしになっている。助五郎の息は絶えていた。

「兄さん、助五郎さんが死んでる！」

六蔵が履き物のまま座敷に躍り上がり、助五郎の傍らへとかがみこんだ。手のひらを彼の鼻の下へとあてがい、強ばった顔でうなずく。「息が止まってる」

「大変だ、こりゃ――」亥兵衛が言って、表へと駆け出した。「すぐにお医者を。源庵先生を」

残されたお初と六蔵は、恐ろしいことを頭に思い浮かべながら、たがいに口に出すことを譲り合うように、青ざめた顔と顔を突き合わせていた。

お初の目には、今、助五郎本来の姿形が見えていた。なるほど気の弱そうな、ひょろりとした若い男だ。

「兄さん」ようやく、声を出すことができた。「内藤安之介さまの魂は、どこへ行ったと思う？」

「わからねえ。俺にはわからねえし考えたくも――」

六蔵は悲鳴のような声をあげたが、お初は考えていた。思い浮かべていた。

たった今まで、右京之介がここで話していたことを。彼の表情を。あの遠い目を。

実の父の手で成敗されかけたというときの――

（あの恐怖は、今も心に焼きついてしまっている）

か。

死。死の思い。死霊は心のなかの、そういう隙に入りこんでくるのではなかった

「ああ、どうしよう。右京之介さまよ、兄さん！」

四

大入り満員の中村座。舞台は折しも十一段目、高家《こうのけ》表門討ち入りの場である。

中村座は表間口十三間二尺、二層になった桟敷席いっぱいに客が入れば、千人はくだらない。ひとびとの目は今、花道を通って入場し、舞台中央で山鹿流陣太鼓を打ち鳴らす大星由良之助に釘付けになっているが、お初はそれどころではなかった。

辰三にも助太刀を頼み、文吉たちが手分けして、本土間や正面下のあたりからとりかかり、右京之介の姿を探している。芝居に魅入っている観客たちのあいだを、透き間に足を入れるようにして縫って歩く彼らの頭の動きが、お初にはよく見えた。

だが、肝心の右京之介はいない。

本土間の大野屋夫婦のそばには、六蔵がすっとんでいった。彼らを説きつけて——そら、今立ち上がった。六蔵が先に立って、ひとまず彼らを芝居小屋の外へと逃がすのだ。彼らが席を立つのを見届けて、お初はそこから目を離した。あちらは兄さんに

任せておけばいい。

大きく息を吸っては吐いて、お初は心を静めようと努めた。今こそ、こういうときこそ、あの心の目を使うべきではないか。

見えてほしい。この大勢のひとびとの頭の海のなかに、内藤安之介の妄執の顔が。

表門を打ち破り、浪士たちが高家になだれこむ。拍手が起こる。大向こうから声がかかる。そのなかで、ひたすらにお初は心の目をこらす。どこだ、どこだ、どこだ。

だが、お初の必死の思いの底のほうから、押さえようのない悲しみがこみあがってきて、どうしようもなく心を乱した。

内藤安之介の死霊は、ひとたび他人の身体に乗り移ると、用が済んでそこを出てゆくときは、その身体の主を殺してしまう。吉次もそうなら、助五郎もそうだった。

同じことが右京之介の身にも起こるとするならば、お初はもう二度と、彼のあののんびりとした笑顔を見ることはできないのだ。お初の目に映るのは、右京之介の身体に憑いている内藤安之介の顔だけ。安之介を追い払えば、右京之介の顔は戻ってくるけれど、その顔にはもう息がない。もう笑ったり、眼鏡をずりあげたり、お初どのと呼んでくれることもない。二度とないのだ。

（いいえ、今度こそは、今度こそはそんなことにするもんですか）

目尻ににじんでくる涙をまばたきで振り払い、お初は中村座の熱気のなかに顔をあげた。

　そのとき、探し求めているひとの声が、背後から呼びかけてきた。

「お初どの」

　六蔵は本土間を降りようと、大野屋夫婦を導いて通路へ出た。観客たちは大詰めの舞台に気をとられ、ほとんどこちらに目を向けようともしなかったが、なにしろすし詰めの満員だ。思いの外、手間がかかった。

「あなた、いったいどうしたというのですか」

　大野屋のりえが、迷子の子供のように不安げな顔で、夫の袖にすがりつきながら尋ねている。

「話はあとだ。とにかく、このひとの言うとおりにしてついておいで」

　大野屋徳兵衛がささやき、お内儀のりえをしっかと抱き寄せるのを見届けて、六蔵は先を急いだ。

　背後の客席で、わっと歓声があがった。炭小屋に隠れていた師直――吉良上野介を、浪士たちがついに見付け出したのだ。芝居は今や、最後で最高の盛り上がりをみせる場面へとさしかかった。

　そのとき、どこからともなく大柄な人影が現れて、すいと前に立ちふさがった。

六蔵は目をあげて、その人影の顔を見た。

「あなたさまは――」

お初のすぐうしろに、右京之介がいた。右京之介の、あの顔があった。お初に見えた。

彼は変わっていなかった。

「なぜこんなところにおられるのです？」

眼鏡を欠いた顔を寄せてきて、彼は早口にそうきいてきた。お初は安堵のあまり、すぐには何も言えなかった。

「右京之介さまこそ、ここで何を？」

すると彼は、強ばった顔で、落ちつかなげにあたりを素早く見廻しながら、「私は父を追ってきたのです」

「古沢さまを？」

「そうです。番屋を出たあと、あちこちを歩き回り、頭を冷やしておりました。そして、父に対してあのようなことを言い放った以上、私は古沢の家を出るべきだと思ったのです。しかし、このまま姿を消すわけにはいかない。一度は家に戻り、しかるべき形を整えて、と思いました」

八丁堀に向い我が家に近づくと、入れ違いに外へと出てゆく武左衛門の姿を見かけた。「父の様子にも、なにか只ならないものを覚えました。父もまた、私と同じように、何事か決意を固めているのかもしれないと思いました。そこで、ひそかにあとをつけてみると、父は大野屋へと向かったのです。そして、そのあとここへ」

お初のうなじの毛が逆立った。古沢武左衛門の身体に乗り移った内藤安之介は、大野屋でりえの居所を聞き出し、まっすぐここを目指してきたのだ。

「しかし、このなかにまぎれこまれては、父がどこで何をしているのかさっぱりわかりません。しかもお初どのがここに――」

困惑する右京之介の言葉を耳の片隅で聞きながら頭をめぐらせたとき、階上の桟敷のそのまた向こうのほう、ここからはしかとは見えない場所で、大きな女の悲鳴があがるのを、お初ははっきりと耳にした。

古沢武左衛門は、六蔵と大野屋夫婦の前に立ちふさがると、ゆっくりと刀を抜いた。じっと見つめていることができるほどゆっくりと。刀の刃紋を見ることができるほどゆっくりと。それは、蛇が獲物に飛びかかる前に、滑らかでゆるやかな動きでとぐろを解く様によく似ていた。

白刃を目にして、大野屋のりえが悲鳴をあげた。振り絞った声が、高い天井の隅々にまで響き渡った。

行く手をふさがれた六蔵は、すばやくうしろに跳ね飛んで、大野屋夫婦を押しやった。「逃げるんです！　あっちへ！」


女の悲鳴。

芝居の途中で出し抜けに幕が落ちてきてしまったかのように、舞台の上の役者たちは動きを止めた。観客のざわめきもぷつりと切れた。

お初と右京之介は、向こう桟敷の中央に、釘付けになったようにして立ちすくんでいた。周囲の客たちはまだ座っていたが、どの顔からも、はっきりした表情らしいものが消えてしまっていた。そしてみな耳をそばだてている。今のはなんだ？　悲鳴か？　歓声か？　いたずらか本物か？　お次には何が起こる？

そのとき、「逃げろ！」と叫ぶ声が、それらの顔、顔、顔の上、耳から耳へと響き渡った。一瞬の空白に、はっきり変事の色がついた。その色が中村座の端から端まで、大火の煙のように走ってゆくのが目に見える。

「兄さんだわ！」

大野屋夫婦をかばいながら、転がるように走って六蔵が逃げてくる。逃げる六蔵を追っているのは古沢武左衛門。彼の手には、抜き放たれた刀が光る。誰の目にも、舞台の小道具とは映らず、そこで何が起ころうとしているのか悟った観客たちが、いっせいにどよめき騒ぎながら立ち上がった。

六蔵は十手を閃かせて武左衛門を食い止め、大野屋夫婦はそのあいだに、どんどん舞台のほうへと逃げてゆく。火事装束を身に付けた役者たちは、ある者は逃げ出し、ある者は立ちすくむ。そのなかに気丈な声が響き、皆に指図をしているのを、お初はちらりと耳にした。あれが四世団蔵かもしれない。

右京之介とお初は、桟敷から文字通り転がるようにして駆け降りた。立ち騒ぎ逃げ惑う客たちのあいだをくぐるようにして、ひたすらに舞台目がけて前に進む。

悪夢がそのまま芝居となり、お初の目の前で繰り広げられている。そんな気がした。役者たちも難を避けて逃げ去った舞台の上で、羅漢台から飛び降りた古沢武左衛門が、果敢に立ちふさがる六蔵をいなしながら、刀のきっ先をりえと徳兵衛に突き付け、じりじりと間隔を詰めようとしている。

「りえ……」

内藤安之介の妄執の声が、百年の歳月を経てよみがえった。大野屋徳兵衛は妻を背中に庇い、魅入られたように古沢武左衛門を見つめている。

「なぜ——お役人さま、なぜこのような」

徳兵衛には、内藤安之介の顔は見えないのだ。見えるのはただ、突然彼ら夫婦に切りかかってきた、押出も立派な与力の姿だけである。お初は舞台に飛び上がった。

「内藤安之介」

呼び捨てで呼び掛けると、武左衛門の顔がこちらを向いた。

「あなたはここにいるひとじゃあない。あなたのりえさまはもうここにはいない。さあ、さっさともとのところへお帰り！」

武左衛門の刀のきっ先は動かず、大野屋夫婦も身動きができない。鍛えられた剣の遣い手の動きには、お初や大野屋夫婦は無論のこと、六蔵でさえもおいそれとは対抗できないのだった。

「父上！」上ずった右京之介の声が呼んだ。「父上、正気にお戻りください。なぜ父上があのような妄執の魂にとりつかれるようなことになったのです」

だが武左衛門は目覚めない。お初の目には、ただりえを我がものにすること、再び手にかけることのみを思う、内藤安之介の狂気の顔がはっきりと見える。

「右京之介さま」

庇うように前に出てきた六蔵の十手のうしろに隠れながら、お初は呼びかけた。

「さいぜんのお話で、右京之介さまは、お父上に斬られるかもしれないと思ったときの恐ろしさを、今でもはっきりと覚えていると申されましたね」

右京之介がお初を見上げた。蒼白な顔に、目だけが輝いている。「そのとおりです」

武左衛門の、安之介の顔から視線を離さず、お初は続けた。「そのとき、死の恐ろしさ、愛する者の命を奪い奪われすることの恐ろしさに骨の髄から震え上がったのは、右京之介さまだけではなかったのですよ。お父上もまた、その恐ろしさに魂が縮む思いをされた。今日までずっと、それを忘れずにこられた。だからこそ、番屋で右京之介さまとのやりとりがあったとき、過去を思い出されたとき、死霊につけこまれる隙を見せてしまったのです。お心が死んではいなかったからです。お心を捨ててはいなかったからです」

お初は声を張り上げた。

「ほかの誰よりも、お父上こそが、心を痛めて恐れおののいてこられた。そうじゃありませんか古沢さま」

「父上」右京之介が呼んだ。

「そうなのですか、父上！」

古沢武左衛門の隙のない構えに、わずかな動揺が走った。瞳が動いた。

「目を覚ましてください、父上！」

だが、そこまでだった。瞬間、武左衛門の心に届いた右京之介の叫びをかき消そうとするように、武左衛門の身体に憑いた内藤安之介が咆哮《ほうこう》した。魂が割れ砕けるようなその声に、誰もが皆一瞬その場に釘付けになった。

武左衛門の足が床を蹴った。白刃を閃かせ、目はただひとり、大野屋のりえだけを見つめている。邪気をはらんだ風のようなすばやい動きに、六蔵さえも棒立ちになった。

考えるよりも先に、動こうと思う意思さえしかとはないうちに、お初は横っ飛びに飛んでいた。両手を広げ、りえの前に飛び出した。武左衛門の刀が空を切る音。その音。風。切っ先が胸へと迫ってくる。お初は目を閉じた。

「お初！」六蔵が叫んだ。

次の瞬間、お初の目の裏に火花が散った。がつんという音が響いた。

刀が胸に突き刺さる、その衝撃は感じられなかった。我と我が身の前に突然壁ができ、刀を跳ね返した——それを身体全体で感じた。あたかも鎧武者になったように。あたかも盾に守られたかのように。

目を開けると、刀の柄を握った手を押さえ、武左衛門はその場に膝をついていた。彼のなかの内藤安之介が見えた。大きく見張った目は血走り、こめかみに青筋が浮いている。荒い息を吐きながら、初めて、かすかにひるんだように、右肩を引いている。

（何が起こったんだろう？）

斬られていたはずの胸に手を当てたとき、お初の頭のなかに、明かりが点った。思わず口が開いた。直感が、武者震いが、お初の身体を駆け抜けた。

鎖かたびらだ。大事に胸元にしまっておいた、この鎖かたびらだ。これがあたしを守ってくれた。内藤安之介の刃を防いでくれた。

何も考えることはなかった。お初は懐に手を入れると、鎖かたびらを取り出した。それは頼もしくずっしりと重く手のひらを満たした。

思いを込め、ほんの一瞬それを握りしめると、お初は武左衛門を見つめた。内藤安之介を見据えた。今立ち上がろうとしている。今こちらへ向かってくる。お初は腕をあげ、あらんかぎりの力で、手の中の鎖かたびらを、内藤安之介の顔めがけてはっしとばかりに投げつけた。

「父上！」右京之介が叫んだ。六蔵も何か叫んだ。

鎖かたびらは、あやまたず武左衛門の額に当たり、まるで意思あるもののようにそこを包んだ。とたんに、武左衛門は、まるで熱湯でもかけられたかのように苦痛の声をあげながら、額からそれを引き剝がそうともがき始めた。宙に白刃を振り廻し、足を踏みならし猛り狂う。

動こうとして動けないのか、六蔵が喉の奥で呻くような声をあげている。右京之介も、大野屋夫婦も、この有様に声もなく、ただ逃げ出すこともできず、むしろ魅入られたかのように見つめている。

お初の目には、それはあたかもからくりを見るようだった。苦しみもがく内藤安之介の顔の向こうに、青ざめ引きつりただ驚愕に度を失っている本当の古沢武左衛門の顔が見える。安之介、武左衛門、安之介、武左衛門。表と裏。光と影。実のあるものとないものが、ひとつの身体のなかでだぶったり離れたり――

ついに内藤安之介が、武左衛門の顔から鎖かたびらを剝ぎ取った。だがしかしその一瞬、彼は盲いたかのように大きくよろめいた。お初の目に見える安之介の姿も薄れかかった。腕から力が抜け、白刃が下がった。

六蔵は、そのときを見逃さなかった。弾かれたように動き、まっしぐらに武左衛門目がけて飛びかかった。

大野屋夫婦が逃げ出す。お初と右京之介は彼らを庇い、武左衛門と組み合った六蔵が、舞台の端のほうまで転げてゆくのを見た。

再び、内藤安之介の力が盛り返してきた。彼の姿がよみがえった。とたんに、六蔵は子供のように跳ね返され、安之介の狂気の目がりえを探して四方へと動く。

恐ろしさのあまり膝が震え、立つこともやっとという有様なのに、そのときお初は、背後から不思議な風を受けるのを感じた。温かく、背を守り、包み込み、お初に勇気を与えてくれる、不思議な風を。

ふと両手を広げて見下ろすと、袖や手首、指先までが、淡く明るく輝いている。そして耳の奥に、田村邸の奇石の声を聞いたときにも耳にした、あの大勢の足音が、刀のぶつかる音が、鎖かたびらの触れ合う音が、鮮やかに戻ってきた。

(討ち入りだ……)

内藤安之介は、時の不条理な権力の犠牲者だった。それはあの、赤穂浪士たちがそうであったのと同じように。吉良邸のひとびとがそうであったのと同じように。

赤穂浪士は、それが理不尽と知っていても、血を流し犠牲をはらい、切腹をたまわることによって、抵抗の形を残した。しかし、内藤安之介は、そこまでたどりつくこともできぬ、犠牲者から敗残者に落ちぶれた男であった。

だからこその妄執なのだ。にわかに目を覚まさせられたような思いで、お初は悟った。

りえへの思いと同じくらいに強く、内藤安之介の魂は、時の権力に鮮やかな抵抗を見せた浪士たちや、潔く運命に従い、耐え忍ぶ道を選んで散っていった吉良家の人々に、消し難い憎しみを抱いてさまよっている。浪士のひとりの手によってこの世を追われたのも、彼らが同じ立場にありながら、あまりにも身の処しかたが違い過ぎていたことからうまれる、皮肉なめぐりあわせだった。

田村邸の庭石が鳴り響いて報せていたのも、このことだったのかもしれない。過去の大きな過ち、運命に翻弄された人々の悲劇が、ひとりの男の死霊の形をもって蘇ろうとしている。それを食い止めてくれ――と。

（食い止めましょう）お初は心のなかで叫んだ。（ですからどうぞ、お力を。どうぞわたしに力を貸して）

　六蔵と右京之介を子供のように投げ飛ばし、お初の背後に逃げ去ったりえを追って、その内藤安之介が迫ってくる。お初は一度しりぞき、武器を求めて周囲を見回した。そのとき、舞台の袖から誰かが駆け寄って、お初の手に何か重いものを差し出した。

　槍であった。小道具の槍であった。

「これを」と、その誰かの声が言った。波立ち乱れ、安之介を討つということだけで自らを支えているお初の心の目には、そのひとの顔形は見えなかった。ただ、黒い木綿の衣服の袖口と、何か重い鎖のようなものがぶつかりあう、金気の音が耳に入った。

「これをお使いなされ」

　その声音を聞いたとき、お初はまた、今度は身体の内に、あの不思議な風が満ちるのを感じた。両手が光輝くのを感じた。

　かの妄執を断ってくだされ。

　お初は槍を両手に、強くひとつ頷くと、内藤安之介に向き直った。彼はひるむ様子も見せず、りえを求めて突き進んでくる。

「内藤さま、御最期を！」

目を閉じ、ありったけの力を込めて突き出した槍の先に、充分な手ごたえを感じるのと同時に、地の底からわきでるような、耳をふさぎたくなるような呻き声が響き渡った。

「お初！」

あたりは一瞬真昼のように明るくなった。そして瞬時に闇が落ちた。千の月が一度に輝き、一度に砕けたかのようだった。どちらもまばたきするほどのあいだのことだった。

舞台の上に、古沢武左衛門が大の字になって倒れている。膝をついて右京之介が、手で身体を支えて六蔵が。

内藤安之介は消えていた。

お初の身体から力が抜けた。身内を満たしてくれていた、あの不思議な風、光が失せてゆく。

へなへなと倒れそうになって、思わず、手にしていた槍をつっかえ棒にして身体を支えた。だがその槍は、一度お初の身体を受け止めると、あっけないほど簡単に、ぽきりという音もたてずに折れてしまった。お初はぺたりと舞台に座りこんだ。

と、どこからともなく、ものがはぜるような音が聞こえてきた。

ぱちぱち……ぱちぱち……

火だ。まだ終わっていない。安之介の最期には、いつも火がつきまとう。

「兄さん、右京之介さま、早く逃げましょう！」

舞台の脇の浅黄幕に、炎の舌先が見え始めた。煙が走り、行く手を閉ざそうと流れてゆく。お初たちは出口目がけて走り出した。

「火事だぁ！」

火の色と煙の臭いに追われて、中村座を満たしていたお客たちは、あとさきを忘れて逃げ出してゆく。恐ろしさのあまり座りこんでしまった人々が、桟敷の仕切りにしがみついて泣いている。わめき声や泣き声の入り乱れるなか、六蔵ができるかぎり声をはりあげて、一刻も早く人々を外へ逃がそうと、あちらへこちらへと指示を飛ばしているのが聞こえてきた。

途中で一度だけ、お初は振り向いた。高家の館――書き割りの館の屋根に、火が廻って燃え上がっている。飛んでくる火の粉が頬に熱く、思わず手ではらった。

そして目を開けると、そこに、しんしんと雪が降っていた。

それは本当に一瞬の幻。瞼《まぶた》の裏に残ることさえない、影よりも薄いもの。だが、明るく燃える高張提灯の明かりと、白く輝く雪の色と、入り乱れた無数の足跡と泥の色が、たしかにそのとき、鮮やかに目に映った。

そして、遠くかすかではあるが、勝ちどきの声が聞こえる。

「お初どの！　早く」

右京之介の大声にはっとして、お初は周囲を見廻した。火はもうすぐ足元まで迫ってきている。

彼が駆け戻ってきた。お初の袖をとらえるようにして、「さあ、早く！　ぐずぐずしていたら逃げ遅れてしまう」

「右京之介さま、御覧になりましたか」

「何をです？」

「舞台の上で、雪が降っていたんです」

ふたりはしばし、棒立ちになった。燃え広がる炎がそれぞれの顔に映り、肌を焦がす風が吹きつけてくる。

やがて、右京之介が静かに言った。「それは、すべてが終わったというしるしですよ、お初どの」

「さあ、行きましょう」

お初はゆっくりとうなずいた。

身をひるがえして、お初は逃げ出した。舞台を降りる、最後の段々に足をかけたとき、高家の館の書き割りが、炎をはらんでどうっと焼け落ちた。

五

「御前さまは、今度のこと、どのようにお書留めになるのでございますか」

内藤安之介の最期からしばらくの時をおいて、お初はまた根岸肥前守の役宅を訪れていた。

いつぞやの傷ついた子雀はもうおらず、空いた鳥籠が、なにやらさびしげだ。

「さて、どのように書きしるそうか」

ゆったりと懐で手を組んで、老奉行はほほ笑んだ。

「有体《ありてい》に書き残しては、さわりのあることもあろう。どのように思うの、お初は」

お初も笑みを返した。「御前さまにお任せ申し上げます」

どのみち、これから時を超えて、忠臣蔵のお芝居は、逸話の数々は、真実と噂とつくりごととを交えながら、延々と語り伝えられてゆくことだろう。そこにまたひとつ、根岸肥前守鎮衛というおかたが、どういう逸話を付け加えるか。それがまた、後年のひとびとの目にどう映るか。まだ歳若いお初には、頭も心も及ばないところである。

及ばぬと言えば、あの舞台の上の立ち廻りの刹那《せつな》、お初に寄り添って槍を手渡してくれた人物も、とうとう誰だかわからずじまいであった。もしもあれが由良之助を演じていた四世団蔵であったなら、生涯の思い出になるなどと軽口を飛ばしているお初だが、本当のところ、そんなふうには思っていない。

あれが団蔵だったなら、舞台のために火事装束をしているはず。だがお初の見たあのおかたは――

たしかに、黒い鎖かたびらを身にまとっていた。

「大野屋のりえは、その後どうしておるのかの」

「すっかり元のとおりに戻られまして、奇妙な眠りの病もなくなったそうにございます」

大野屋では、道光寺の無縁墓の永代供養を続けてゆくという話だ。内藤安之介の眠るあの墓も、大野屋のはからいで立派に建てかえられたばかりである。

「古沢さまは……」

遠慮がちに尋ねたお初の顔を見て、奉行は破顔した。「どちらの古沢かの。親父どのか伜か」

「まあ、御前さま」

一件以来、やはり、右京之介とは顔を合わせる事ができないでいるお初である。身軽な町人風情のお初とは違い、右京之介は、一連の事件とそれをしめくくる火事の、公の後始末に追われているのだ。

武左衛門はあの折に火傷を負い、しばらくのあいだ養生が要るというような話を、六蔵がつかんできた。彼が芝居小屋のなかで刀を抜き、騒ぎを引き起こしたことは明らかだが、そのことについて、特に目立った処分がないようであるのは、しらばっくれてはいるけれど、御前さまのお計らいだろう。

「右京之介は元気にしておる。しばらくのあいだは親父どのに代わって働くことになろうが、武左衛門がもとの身体に戻れば、そうだの、右京之介は古沢の家を出ることになるだろうよ」

お初はどきりとした。

「勘当——ということでございますか」

「いやいや」奉行は鷹揚に手を振った。「神田の道場に入門するという話だ。関流の算学の道をきわめる道場であるという話だが」

まあと、お初は胸の前で手を打った。思わず、顔がほころぶ。「では、お好きな道を選ばれるのですね」

「そのうち、また姉妹屋に顔を出すということづてがあった」奉行はにこやかに言った。「あのようなことがあると、ほとぼりの冷めぬうちは、右京之介はそうそう身軽に行動することはできぬ。そこがお初や六蔵とは違うところだ。会えないのが残念至極ということだった」

お初は顔を赤らめた。奉行は続けた。

「右京之介は、こんなことも申していたな。お初どのは、持って生まれた力をいかしておられる。恐れずにそうすることの大切さ、その喜びを、教えられたような気がすると」

「わたくしがお教えしたのではございません」と、お初は言った。「あの出来事を通して、右京之介さまとお父上のあいだのわだかまりが解けたので、自然に流れが決まったのでございますよ、きっと」

「さて、それはどうかの」

首をかしげ、まだ暑い夏の陽差しの降り注ぐ庭へと目をやりながら、根岸肥前守鎮衛は言った。

「田村邸では、庭石の鳴動が止まったそうだ」

「まあ」

「もう、鳴り出すことはなかろうの」

お初はにっこりほほえんだ。「でも、『耳袋』には――」

「奇石鳴動の事」

「そう、しるされるのでございますね？」

「さよう」と、老奉行はほほ笑んだ。「奇談故、爰《ここ》に記しぬ、とな」


現存している『耳袋』の巻の六に、田村邸の庭石が鳴動するという記述は、たしかに残されている。しかし、その奇談にまつわって起こったことどもについては、一切書き留められることなく終わった。討ち入りから百年の歳月を経て田村邸の石が震え騒いだことの理由も、遠い闇のなかである。道光寺の無縁墓も、今はもうない。

昔、内藤安之介の狂気の所業を食い止めたのが、果たして本当に、心を鬼として吉良を討とうと思い決め、討ち入りを目前にしていた赤穂浪士のひとりであったのかどうか——吉良よりもむしろ、時の権力こそが敵であり、吉良邸討ち入りは決して義挙ではないと知っていた赤穂浪士のひとりであったのかどうかということも、たしかめる術はない。

だが、しかし。

ここに播州赤穂市の浅野家菩提寺、花岳寺《がく》《が》《じ》に保存されている二枚ひと組の掛け軸、「義士出立《しゅったつ》の図」がある。

花岳寺四代目の住職の手になるこの掛け軸は、今しも吉良邸に討ち入らんとする四十七士の姿を鮮やかに描き出したものだ。表門組二十三人、裏門組二十四人のひとりひとりの装束から顔形まで、見事に生き生きと描かれているのだが、ただ、そのなかでひとりだけ、赤穂の歴史を慕ってここを訪れ見上げるひとびとの目から、うしろ向きになって顔を隠している義士がいるのである。

花岳寺発行の文書にも、なぜ彼のみが顔のない姿のままでいるのか、その理由については、一切しるされていない。なにゆえに、彼は背中を向けているのか。

この問いに、答える声はない。今を生きる我々は、ただ、きっぱりとこちらに向けられた背中を見つめつつ、本来晴れがましくあるべき出立の図に、背中を向けて描かれたいと望んだ赤穂浪士がいたという事実に、遠く思いをはせるのみである。

解説

吉田伸子

人の心が一番怖い。

時代もの、現代もの問わず、宮部さんの物語の根っこには、そのことがある。ただし、宮部さんの物語はそこに行き着く物語ではない。そこから始まる物語なのだ。それこそが、宮部さんの作家としての、美しい資質の一つだと私は思っている。

本書は、日本橋《にほんばし》の通町《とおりちょう》で、岡っ引きの兄・六蔵《ろくぞう》と兄嫁のおよしと暮らすお初《はつ》が主人公の捕物帳だ。六蔵の仕事だけでは活計《かっけい》が成り立たないため、およしは「姉妹屋《しまいや》」という一膳飯屋を営んでいる。お初は店の手伝いをする傍ら、南町奉行根岸肥前守鎮衛《みなみまちぶぎょうねぎしひぜんのかみやすもり》に見込まれ、江戸の町に沸き起こる不思議なあれこれを探索する日々を送っている。

「お初」「御前さま」と呼び合う二人は、身分の高いお奉行様と一介の町娘という垣根を越えた、二人の年の開きそのままの、祖父と孫といった温もりを感じさせるものだ。御前さまには町奉行という公のお役目の他に、『耳袋《みみぶくろ》』という随筆作者の顔がある。『耳袋』というのは、ざっくりと言うなら、「怪異集」とでも言えばいいだろうか。御前さまのその『耳袋』執筆の素材集めに、お初が一役買っている、という寸法だ。

そこには、お初に生来備わっている特殊な力、が関係している。本書のシリーズタイトル「霊験お初」からも分かるように、お初には霊験＝超能力があり、常人には見えざるものが見え、聞こえざるものが聞こえるのだ。捕物帳の主人公に、年若い、しかも超能力を備えたヒロインを据《す》えていること。そこが、それまで数多描かれて来た捕物帳に、宮部さんが吹き込んだ新しい風だ。そして、御前さまがそのお初の霊験を見込んで、怪異の探索を依頼しているという設定が、その風の通り道を良くしているのだ。この辺りの塩梅《あんばい》に、宮部さんの巧《うま》さが光る。

このお初がね、おきゃんで愛らしくて、実にいいんですよ。ともすれば、超能力という、ある意味厄介で辛《つら》いものを背負っているにもかかわらず、その背負っているものに負けていない。自分だけに出来ることが、御前さまの、兄の六蔵の助けになることに、ちゃんと胸を張っているんです。自分の意志にかかわらず、見たくないものまで見えてしまうことへの畏《おそ》れに怯《ひる》んでいない。このお初の造型が本シリーズを支えていると言っても、過言ではない。

冒頭、深川の三間町《さんげんちょう》の十間長屋《じっけんながや》で起きた「死人憑《つ》き」の話を、お初が御前さまに報告に行くところから、物語はゆっくりと回り出す。件《くだん》の話を聞き込んで来たのは、六蔵が使っている下っぴきの文吉《ふみきち》だった。文吉からその話を耳にした六蔵が、「おまえ向きの話だ」とお初に伝えてくれたのだ。

一度は死んだ人間が甦《よみがえ》るとは、何とも不思議な話だが、その後もその男、吉次《きちじ》は変わった様子もなく、元気に働いているとのこと。ただ、長屋の誰もが、生き返ってくれてよかったと喜んでいるなか、一人だけ、隣に住んでいるよしみで、吉次と親しくしていたおくまという女が、何故か浮かぬ顔で、以前のような行き来をしなくなってしまった、という。おくまの件が心にひっかかったお初は、自ら三間町に出向き、自分の目で確かめてみたところ、年は四十と聞いていた吉次の姿は、どう見ても三十五、六にしか見えなかった。おくまの様子が変わったこととあわせて考えると、やはり吉次の身には、何かが起こっているのではないか。

では、少し様子を探ってみるか、という御前さまの言葉に、返事をするやいなや立ち上がりかけたお初を、御前さまが引き止める。御前さまは御前さまで、お初に引き合わせたいある人物を、次の間に控えさせていたのだ。その人物というのが、与力《よりき》見習の古沢右京之介《ふるさわうきょうのすけ》だった。右京之介の父は、古沢武左衛門重正《ぶざえもんしげまさ》といい、赤ら顔の容貌から陰では「赤鬼」と呼ばれているものの、腕利きで評判の吟味方与力である。

強面の父とは似ても似つかぬ優しげな面差しであるものの、真ん丸な縁の眼鏡を紐で頭にくくりつけたその顔は、まだ若いのに目が悪いとは気の毒な、と思いつつも、「どういうふうに見ても、どうしても――（おかしいったらないわ）」というのが、右京之介に対するお初の第一印象だった。お初と同じ歳くらいの右京之介だが、細くて撫《な》で肩の体形といい、ひ弱さは否めない。けれど、御前さまはお初に命じる。右京之介と一緒に探索せよ、と。

かくして、お初は右京之介と行動を共にすることになるのだが、この右京之介、実は見かけによらぬ剣豪で、御前さまは私の護衛役にしてくださったのかも、というお初の淡い期待は、「表通りを歩いていて大八車《だいはちぐるま》に轢《ひ》かれそうになって」いる右京之介によって、雲散する。要するに、見た目そのまま。実に頼りない〝相棒〟なのだ。

そんな二人の前に、「死人憑き」に続く、更なる謎が出来する。浅野内匠頭《あさのたくみのかみ》が切腹した場所に置かれた石が、百年後の今になって、夜ごとに鳴動するのだという。噂を聞きつけた御前さまは、早速お初と右京之介を、件の石のある陸奥《むつ》一関藩《いちのせきはん》田村家《たむらけ》の下屋敷にと遣《つか》わす。そこで、お初が見たものは、石の脇に佇む、身なりこそ貧相ながら、知恵と力に満ちた目をした、若き浪人の姿だった。

ここから、この二つの謎が徐々に絡まり合い、やがて大きなうねりとなって、ラストまで一気に加速して行くのだが、そのうねりの真ん中にいるのが、時代の波に翻弄された、ひと組の夫婦だった。とある旗本の家来であった内藤安之介《やすのすけ》は、主君の信頼も厚く、将来を約束されていたにもかかわらず、町人を救うため、野良犬を斬ってしまう。後世、悪法と名高い「生類憐《しょうるいあわれ》みの令」が施行されている元禄の世である。安之介は咎《とが》を受け、禄《ろく》を離れ浪々の身となってしまう。日に日に困窮していく生活。仕官のあてはなく、妻と子は、痩せ細っていく。思いあまった安之介は、単なる物盗りから始まって、やがて物盗り後に辻斬りをするまでになってしまう。安之介の狂い始めた心は止まらない。終いには、安之介の悪行に気づき、それを止めようとした浪人との一騎打ちになるのだが、追いつめられた安之介は、最愛の妻と、二人の子どもを自らの手で殺《あや》めてしまう。

町人を助けるという善行が徒《あだ》になり、そこから転げ落ちるように辻斬りをするまでになってしまった安之介と、その夫の異変に気づかず、止めることができなかった妻。愛し合っていた夫婦だからこその、その無念の深さ。お上の気まぐれに、運命を狂わされてしまった夫婦の、その哀しみの深さ。

安之介と妻の無念が、どんなふうに謎と絡んでいるのかは、実際に本書を読まれたい。新たな視点から解きほぐされる、「忠臣蔵」の解釈には、ぜひ着目、とだけ。

それにしても、文字通り、身体を張って謎に挑むお初の凛々《りり》しさとは対照的な、右京之介のとほほっぷりには、当のお初は勿論のこと、読んでいるこちらまで、最初は、もう！　もっとお初ちゃんの力になってよ！　と焦《じ》れるほど。けれど、読み進めるうちに、右京之介の背後にあるものが見えて来て、彼もまた、彼なりの重い事情を抱えていること、そのことで苦しんでいることが分かって来ると、焦れる気持は、そのまま右京之介を応援するものに変わって来る。

武家の、いわば専門職種の跡継ぎとして生まれた右京之介だったが、自分にはその職種の才はなく、学問＝算学の道に進みたいと思っていること。親の期待と自分の望みとの板挟《いたばさ》みになっていること。加えて、自分と父の間には、ある確執があること。今までは、それらの悩みと向き合って来なかった右京之介が、お初とともに謎を追ううちに、少しずつ変わって行く様がいい。そして、そんな右京之介の間近にいることで、お初の右京之介に対する気持も、ゆっくりと変わって行く。本書ではまだ、「ツンデレ」の手前の「ツンツン」くらいなのですが、シリーズ二作目の『天狗風』では……、おっと、いけない、それは次作のお楽しみ、ということに。

自分の力ではどうにも抗《あらが》えない理不尽や不運に見舞われてしまう、というのは、何も安之介に限ったことではない。いや、やれリストラだ、派遣切りだ、と突然生活の柱を外されたりする現代には、無数の安之介予備軍が生まれている。けれど、その時、身の裡《うち》に抱える昏《くら》い闇にのまれてしまってはいけない。心の怖い部分を誰かに、何かに向けて解き放ってしまってはいけない。そこが、辛抱のしどころなのだ。鬼にならせるのも人の心なら、ぐっと踏ん張って堪《こら》えるのもまた、人の心なのである。

そして、そんな時、宮部さんの物語は、その踏ん張りをそっと助けてくれる。やるせない心の行き場を、受け止めてくれる。そう、宮部さんの物語は、〝心の心張《しんば》り棒〟なのだ。もちろん、それを心につっかえるのは読み手自身なのだけど、そこにしなやかで強靭な心張り棒があるというだけで、どれだけ頼もしいことだろう。

宮部さん特製のこの心の心張り棒が、一人でも多くの読み手に届きますように、と願ってやまない。

この作品は、一九九七年九月に刊行された文庫の新装版です。

|著者| 宮部みゆき　1960年東京都生まれ。'87年『我らが隣人の犯罪』でオール讀物推理小説新人賞を受賞してデビュー。'92年『龍は眠る』で日本推理作家協会賞長編部門、同年『本所深川ふしぎ草紙』で吉川英治文学新人賞、'93年『火車』で山本周五郎賞、'97年『蒲生邸事件』で日本SF大賞、'99年『理由』で直木賞、2001年『模倣犯』で毎日出版文化賞特別賞、'02年司馬遼太郎賞、芸術選奨文部科学大臣賞文学部門、'07年『名もなき毒』で吉川英治文学賞、'08年 英訳版『BRAVE STORY』でThe Batchelder Awardを受賞。近著に『さよならの儀式』、『黒武御神火御殿　三島屋変調百物語六之続』、『きたきた捕物帖』などがある。

公式ホームページ「大極宮」http://www.osawa-office.co.jp/

新装版《しんそうばん》　震《ふる》える岩《いわ》　霊験《れいげん》お初捕物控《はつとりものひかえ》

宮部《みやべ》みゆき

2014年3月14日第1刷発行
2024年4月17日第30刷発行

発行者——森田浩章
発行所——株式会社　講談社
東京都文京区音羽2-12-21　〒112-8001
電話　出版（03）5395-3510
　　　販売（03）5395-5817
　　　業務（03）5395-3615
Printed in Japan

講談社文庫
定価はカバーに
表示してあります

KODANSHA

デザイン—菊地信義
本文データ制作—TOPPAN株式会社
印刷———株式会社KPSプロダクツ
製本———株式会社国宝社

ISBN978-4-06-277782-7

講談社文庫刊行の辞

二十一世紀の到来を目睫に望みながら、われわれはいま、人類史上かつて例を見ない巨大な転換期をむかえようとしている。

世界も、日本も、激動の予兆に対する期待とおののきを内に蔵して、未知の時代に歩み入ろうとしている。このときにあたり、創業の人野間清治の「ナショナル・エデュケイター」への志を現代に甦らせようと意図して、われわれはここに古今の文芸作品はいうまでもなく、ひろく人文・社会・自然の諸科学から東西の名著を網羅する、新しい綜合文庫の発刊を決意した。

激動の転換期はまた断絶の時代である。われわれは戦後二十五年間の出版文化のありかたへの深い反省をこめて、この断絶の時代にあえて人間的な持続を求めようとする。いたずらに浮薄な商業主義のあだ花を追い求めることなく、長期にわたって良書に生命をあたえようとつとめるところにしか、今後の出版文化の真の繁栄はあり得ないと信じるからである。

同時にわれわれはこの綜合文庫の刊行を通じて、人文・社会・自然の諸科学が、結局人間の学にほかならないことを立証しようと願っている。かつて知識とは、「汝自身を知る」ことにつきていた。現代社会の瑣末な情報の氾濫のなかから、力強い知識の源泉を掘り起し、技術文明のただなかに、生きた人間の姿を復活させること。それこそわれわれの切なる希求である。

われわれは権威に盲従せず、俗流に媚びることなく、渾然一体となって日本の「草の根」をかたちづくる若く新しい世代の人々に、心をこめてこの新しい綜合文庫をおくり届けたい。それは知識の泉であるとともに感受性のふるさとであり、もっとも有機的に組織され、社会に開かれた万人のための大学をめざしている。大方の支援と協力を衷心より切望してやまない。

一九七一年七月

野間省一

三島由紀夫
TBSヴィンテージクラシックス 編　告白 三島由紀夫未公開インタビュー
三浦綾子　ひつじが丘
三浦綾子　岩に立つ
三浦綾子　あのポプラの上が空〈新装版〉
三浦明博　滅びのモノクローム
三浦明博　五郎丸の生涯
宮尾登美子　新装版 天璋院篤姫(上)(下)
宮尾登美子　新装版 一絃の琴
宮尾登美子　〈レジェンド歴史時代小説〉東福門院和子《まさこ》の涙(上)(下)
皆川博子　クロコダイル路地
宮本　輝　骸骨ビルの庭(上)(下)
宮本　輝　新装版 二十歳《はたち》の火影《ほかげ》
宮本　輝　新装版 命の器
宮本　輝　新装版 避暑地の猫
宮本　輝　新装版 ここに地終わり 海始まる(上)(下)
宮本　輝　新装版 花の降る午後(上)(下)
宮本　輝　新装版 オレンジの壺(上)(下)
宮本　輝　にぎやかな天地(上)(下)
宮本　輝　新装版 朝の歓び(上)(下)

宮城谷昌光　夏姫春秋(上)(下)
宮城谷昌光　花の歳月
宮城谷昌光　重耳《ちょうじ》(全三冊)
宮城谷昌光　介《かい》子《し》推《すい》
宮城谷昌光　孟嘗君 全五冊
宮城谷昌光　子産(上)(下)
宮城谷昌光　湖底の城〈呉越春秋〉一
宮城谷昌光　湖底の城〈呉越春秋〉二
宮城谷昌光　湖底の城〈呉越春秋〉三
宮城谷昌光　湖底の城〈呉越春秋〉四
宮城谷昌光　湖底の城〈呉越春秋〉五
宮城谷昌光　湖底の城〈呉越春秋〉六
宮城谷昌光　湖底の城〈呉越春秋〉七
宮城谷昌光　湖底の城〈呉越春秋〉八
宮城谷昌光　湖底の城 九
宮城谷昌光　俠骨記〈新装版〉
水木しげる　コミック昭和史1〈関東大震災～満州事変〉
水木しげる　コミック昭和史2〈満州事変～日中全面戦争〉
水木しげる　コミック昭和史3〈日中全面戦争～太平洋戦争開始〉

水木しげる　コミック昭和史4〈太平洋戦争前半〉
水木しげる　コミック昭和史5〈太平洋戦争後半〉
水木しげる　コミック昭和史6〈終戦から朝鮮戦争〉
水木しげる　コミック昭和史7〈講和から復興〉
水木しげる　コミック昭和史8〈高度成長以降〉
水木しげる　敗走記
水木しげる　白い旗
水木しげる　姑《クー》娘《ニャン》
水木しげる　決定版 日本妖怪大全〈妖怪・あの世・神様〉
水木しげる　ほんまにオレはアホやろか
水木しげる　総員玉砕せよ!〈新装完全版〉
宮部みゆき　新装版 震える岩〈霊験お初捕物控〉
宮部みゆき　新装版 天狗風〈霊験お初捕物控〉
宮部みゆき　ICO《イコ》―霧の城―(上)(下)
宮部みゆき　ぼんくら(上)(下)
宮部みゆき　新装版 日暮らし(上)(下)
宮部みゆき　おまえさん(上)(下)
宮部みゆき　小暮写眞館(上)(下)
宮部みゆき　ステップファザー・ステップ〈新装版〉

森　博嗣　τ《タウ》になるまで待って〈PLEASE STAY UNTIL τ〉
森　博嗣　ε《イプシロン》に誓って〈SWEARING ON SOLEMN ε〉
森　博嗣　λ《ラムダ》に歯がない〈λ HAS NO TEETH〉
森　博嗣　η《イータ》なのに夢のよう〈DREAMILY IN SPITE OF η〉
森　博嗣　目薬α《アルファ》で殺菌します〈DISINFECTANT α FOR THE EYES〉
森　博嗣　ジグβ《ベータ》は神ですか〈JIG β KNOWS HEAVEN〉
森　博嗣　キウイγ《ガンマ》は時計仕掛け〈KIWI γ IN CLOCKWORK〉
森　博嗣　χ《カイ》の悲劇〈THE TRAGEDY OF χ〉
森　博嗣　ψ《プサイ》の悲劇〈THE TRAGEDY OF ψ〉
森　博嗣　イナイ×イナイ〈PEEKABOO〉
森　博嗣　キラレ×キラレ〈CUTTHROAT〉
森　博嗣　タカイ×タカイ〈CRUCIFIXION〉
森　博嗣　ムカシ×ムカシ〈REMINISCENCE〉
森　博嗣　サイタ×サイタ〈EXPLOSIVE〉
森　博嗣　ダマシ×ダマシ〈SWINDLER〉
森　博嗣　女王の百年密室〈GOD SAVE THE QUEEN〉
森　博嗣　迷宮百年の睡魔〈LABYRINTH IN ARM OF MORPHEUS〉
森　博嗣　赤目姫の潮解〈LADY SCARLET EYES AND HER DELIQUESCENCE〉
森　博嗣　馬鹿と嘘の弓〈Fool Lie Bow〉

森　博嗣　まどろみ消去〈MISSING UNDER THE MISTLETOE〉
森　博嗣　地球儀のスライス〈A SLICE OF TERRESTRIAL GLOBE〉
森　博嗣　レタス・フライ〈Lettuce Fry〉
森　博嗣　僕は秋子に借りがある I'm in Debt to Akiko〈森博嗣自選短編集〉
森　博嗣　どちらかが魔女 Which is the Witch?〈森博嗣シリーズ短編集〉
森　博嗣　喜嶋先生の静かな世界〈The Silent World of Dr.Kishima〉
森　博嗣　そして二人だけになった〈Until Death Do Us Part〉
森　博嗣　つぶやきのクリーム〈The cream of the notes〉
森　博嗣　ツンドラモンスーン〈The cream of the notes 4〉
森　博嗣　つぼみ茸《きのこ》ムース〈The cream of the notes 5〉
森　博嗣　つぶさにミルフィーユ〈The cream of the notes 6〉
森　博嗣　月夜のサラサーテ〈The cream of the notes 7〉
森　博嗣　つんつんブラザーズ〈The cream of the notes 8〉
森　博嗣　ツベルクリンムーチョ〈The cream of the notes 9〉
森　博嗣　追懐のコヨーテ〈The cream of the notes 10〉
森　博嗣　積み木シンドローム〈The cream of the notes 11〉
森　博嗣　妻のオンパレード〈The cream of the notes 12〉
森　博嗣　カクレカラクリ〈An Automaton in Long Sleep〉
森　博嗣　DOG&DOLL

森　博嗣　森には森の風が吹く〈My wind blows in my forest〉
森　博嗣　アンチ整理術〈Anti-Organizing Life〉
萩尾望都　原作　森　博嗣　トーマの心臓〈Lost heart for Thoma〉
諸田玲子　森家の討ち入り
森　達也　すべての戦争は自衛から始まる
本谷有希子　腑抜けども、悲しみの愛を見せろ
本谷有希子　江利子と絶対〈本谷有希子文学大全集〉
本谷有希子　あの子の考えることは変
本谷有希子　嵐のピクニック
本谷有希子　自分を好きになる方法
本谷有希子　異類婚姻譚
本谷有希子　静かに、ねぇ、静かに
茂木健一郎　「赤毛のアン」に学ぶ幸福《しあわせ》になる方法
〈偏差値78のAV男優が考える〉
森林原人　セックス幸福論
桃戸ハル編・著　5分後に意外な結末〈ベスト・セレクション〉
桃戸ハル編・著　5分後に意外な結末〈ベスト・セレクション　黒の巻・白の巻〉
桃戸ハル編・著　5分後に意外な結末〈ベスト・セレクション　心震える赤の巻〉
桃戸ハル編・著　5分後に意外な結末〈ベスト・セレクション　心弾ける橙の巻〉
桃戸ハル編・著　5分後に意外な結末〈ベスト・セレクション　金の巻〉